世界著名作家短篇小说精选系列

毛姆短篇小说精选

[英] 威廉·萨默塞特·毛姆 著　李娜 译

群众出版社
·北京·

图书在版编目（CIP）数据

毛姆短篇小说精选／［英］威廉·萨默塞特·毛姆著；李娜译．—北京：群众出版社，2015.11

（世界著名作家短篇小说精选系列）

ISBN 978－7－5014－5419－8

Ⅰ.①毛…　Ⅱ.①威…②李…　Ⅲ.①短篇小说—小说集—英国—现代　Ⅳ.①I561.45

中国版本图书馆 CIP 数据核字（2015）第 218167 号

毛姆短篇小说精选

世界著名作家短篇小说精选系列

［英］威廉·萨默塞特·毛姆　著　李娜　译

出版发行：群众出版社
地　　址：北京市丰台区方庄芳星园三区 15 号楼
邮政编码：100078
经　　销：新华书店
印　　刷：北京通天印刷有限责任公司

版　　次：2015 年 11 月第 1 版
印　　次：2015 年 11 月第 1 次
印　　张：8
开　　本：880 毫米×1230 毫米　1/32
字　　数：220 千字

书　　号：ISBN 978－7－5014－5419－8
定　　价：29.00 元

网　　址：www.qzcbs.com
电子邮箱：qzcbs@sohu.com

营销中心电话：010－83903254
读者服务部电话（门市）：010－83903257
警官读者俱乐部电话（网购、邮购）：010－83903253
文艺分社电话：010－83901330　010－83903973

那个20世纪的故事高手

李娜

译境何深幽，砚池映月钩。不知秀林琼流，可寻得兰舟？我心惴惴苦求，又恐文博词穷，难成气候。展卷茶香里，览尽意未休。

剖世情，析人性，解机谋。毛姆故事乃高手。善恶美丑识冷暖，起承转落皆艺扣。半学修心半译究。

威廉·萨默塞特·毛姆（William Somerset Maugham, 1874－1965）是英国著名小说家、剧作家、散文家；是20世纪英语写作最为流行的作家之一；他不仅是“世界旅行家”，还是一个引人入胜的故事大王。长篇小说代表作有《人性的枷锁》（1915）、《月亮和六便士》（1919）、《寻欢作乐》（1930）、《刀锋》（1945）等；短篇小说集有《叶之震颤》（1921）、《卡苏里纳树》（1926）、《阿金》（1933）等。1908年，伦敦舞台同时上演他的四个剧本（《弗雷德里克夫人》《杰克·斯特洛》《朵特夫人》和《探险家》)。那种万人空巷的盛况，据说只有著名剧作家萧伯纳能与之媲美。1947年，毛姆奖设立，以奖励优秀的年轻作家，鼓励并资助他们乘兴而游。1952年，牛津大学授予毛姆名誉博士学位。牛津大学和法国图鲁兹大学都授予了他“荣誉团骑士”称号。1954年，英国王室授予他“荣誉侍从”称号。同年1月25日，英国著名的嘉里克文学俱乐部特意设宴庆祝他八十寿辰。英国文学史上受到这种礼遇的，只有狄更斯、萨克雷、特洛普三位作家。毛姆去世后，美国耶鲁大学还为他专门设立了档案馆，以资纪念。①

毛姆被誉为“20世纪最会讲故事的人”。他自己也说：“我有故事要讲，我把讲故事视为乐趣。”毛姆的作品，在不同国家、不同阶层的读者中造就了万千骨灰级粉丝。即便在作家中，他也不乏敬仰者。格雷厄姆·格林称他为“一个有伟大献身精神的作家”；伊夫林·沃说他是“唯一活着的艺术大师。一个人在他的指导下能学到有益的东西”；乔治·奥威尔则说：“现代作家中对我影响最大的就是毛姆。对于他直言不讳、毫无虚饰的讲故事的能力，我是无限钦佩的。”②

毛姆的短篇小说多取材于大英帝国东方殖民地，充满异国情调，风格接近莫泊桑，被誉为“英国的莫泊桑”。他的作品结构紧凑完整，不像现在流行的“开放式结尾”；叙述大多采

---

① 参见词条——威廉·萨默塞特·毛姆，百度百科。

② 参见邵燕君《畅销文学大家与读者文学史——从毛姆说起》，www.chinawriter.com.cn.2007年。

用第一人称，尤其能让读者身临其境。作为现实主义作家，毛姆冷静而客观，只将故事如实完整地呈现出来，让故事本身来揭示社会现象、剖析人性、阐述哲理。如此之下，故事并无煽情之嫌，也无说教意味，让人感发于自然而然之中，回味于意味深长之后。他的短篇小说语言质朴晓畅，读来平顺熨帖。毛姆的短篇小说虽然多为单线或双线故事，但情节跌宕起伏，善恶美丑交织缠绕，结局常常出人意料。这得益于毛姆对人性复杂的认知深度和世事多变的认知广度。

《毛姆短篇小说精选》辑录了他的七个经典短篇：《贞德》(Virtue)、《爱德华·巴纳德的堕落》(The Fall of Edward Barnard)、《昂蒂布的三个胖女人》(The Three Fat Women of Antibes)、《现实生活》(The Facts of Life)、《赴宴之前》(Before the Party)、《穷乡僻壤》(The Back of Beyond)、《蒙德拉哥勋爵》(Lord Mountdrago)。这里既有高高在上的勋爵大人，又有三个四十多岁的妇人；既有即将退休的殖民地派驻长官，又有涉世不深的"网球王子"；既有肉体忠贞、精神出轨的爱情悲剧，又有吃货喝菜汤、吃煮蛋的减肥喜剧，还有精神分裂和谋杀恐怖剧；涉及爱情、亲情、友情、人生理想、事业追求，读之既让人捧腹大笑，又让人回味无穷。

《贞德》讲述了一个肉体忠贞、精神出轨的妻子因此导致的一系列悲剧。故事开始前的叙述部分与整个故事交相辉映，浑然一体。通篇读下来，让人不禁会想起"多米诺骨牌效应"，会想起"蝴蝶效应"。语言辛辣，尽显讽刺意味。《昂蒂布的三个胖女人》讲述了三个性格不一的女人因为肥胖而结成好姐妹，不惜千辛万苦去减肥、结果却功亏一篑的故事。小说对女性心理刻画非常细腻到位：有的女人即便年纪一大把，还是有着少女情怀；有的女人一心想成为女汉子；有的女人因为天生就是吃货而谱写出一部减肥血泪史。整个故事让人捧腹大笑，却不轻浮俗夸。在《爱德华·巴纳德的堕落》中，毛姆讲述了雄心勃勃的年轻人爱德华·巴纳德放弃所谓世俗的成功，转而追求平静生活的故事。主人公的堕落引人深思：生活究竟应该追求什么，什么样的人生才算成功——是赚大钱、干大事，活得惊天动地，还是灵魂的富足、生活的简单宁静更让人愉悦。同时，小说对好人与坏人的描写也引人深思——如果一个恶棍身上竟然散发着圣徒的光辉，那他究竟是一个坏人做着好事还是一个好人做着坏事？“它的阐释是如此新颖别致，人物刻画是如此生动形象，对话描写是如此切中要害，一旦读了《爱德华·巴纳德的堕落》，就永远不会忘记它。”①《现实生活》讲述了一位人生经验丰富的老头子告诉涉世未深的儿子三条金科玉律，让他一定谨记在心，切实执行。结果，儿子偏不按常理出牌，反而大胜而归。故事幽默，结果出乎意料——关于人生经验、道德准则的探讨，引人深思。《赴宴之前》讲述的是一个谋杀亲夫的故事。善恶美丑的交织混杂，足见人性复杂与黑暗的一面。结尾意味深长，颇具讽刺意味。

---

① 原文为 The interpretation is so fresh, the characters are so vivid, the dialog is so much to the point, that once read, “The fall of Edward Barnard” is never forgotten.

“《赴宴之前》是一个关于酗酒和谋杀的颇为残忍冷酷的故事。在毛姆创作的关于英国人在远东的优秀故事中，它是代表作之一。”①《穷乡僻壤》对于人性与人生的描写非常精彩。冷酷理性的派驻长官将人生视为一道高等数学题，并由此得出论断说：人生之趣在于问题的错综复杂，人生之美在于问题的解决之道，而人生的结果却并无实际意义。然而，就是这样一位冷酷而理性的派驻长官却劝人原谅出轨的妻子，并告诫说，为善一事，不要期望感激。小说情节跌宕起伏，结尾关于跳跳鱼比拟人性的描写发人深省。《蒙德拉哥勋爵》从精神分析的角度，讲述了一则勋爵为良心所噬的恐怖故事。上流社会尔虞我诈、钩心斗角、道德堕落有了仔细呈现，人类精神世界阴冷荒凉、可怕恐怖的一面更有深刻暴露。

“如果你拿起这本书，是个意外，请你一个人的时候，揣着它走向灵魂深处……”

① 原文为 Here is “Before the party”, a pretty grim story about alcoholism and murder but one of Maugham’s finest achievements about the British in the Far East.

目　录

贞德[1]

世上很少有东西，能与一支上好的哈瓦那雪茄相媲美。

我年轻时非常穷，只能吸他人馈赠的雪茄。那时我就决定，将来有了钱，一定要在每天午餐和晚饭后都吸上一支。这是我年少时所下的决心中唯一能坚持下来的，也是我唯一实现了、从未遭过幻灭之苦的梦想。

我喜欢那种质地淡雅但口感浓郁的雪茄。它长短适宜，既

---

① *原文篇名为 Virtue。*

不能太细，你还未曾意识到就抽没了，也不能太粗，直让你抽得厌烦。它卷得如此恰到好处，抽的时候根本不费丝毫气力，而烟叶又是如此紧实，根本不会在唇上散了架，故而能保持口味始终如一，直到最后。

但当你吸完最后一口，放下那不成形的烟头，看着袅袅余烟在空气中盘桓消散、渐趋轻淡时，如果你是那种性情敏感之人，想到为了成就自己这半小时的愉悦需要多少人千辛万苦的劳作与辛勤照料，想到他们殚精竭虑、不惧繁琐、历经各道复杂工序，你就不能不伤感起来。为了这个，有人在热带的烈日下常年挥汗如雨；为了这个，轮船要越过七大洋。而在你品味着一打牡蛎（并佐以半瓶干白葡萄酒）时，这些沉思就更显得尖锐而深刻了；而当下肚的是一块嫩羊排时，这些想法简直会让人难以忍受。因为就是这些动物，自地球能够滋养生命以来，在一代又一代千百万年的时间里才得以成型，最后却终止于一盘碎冰或银质烤架上。一想到这些，怎能不叫人顿生敬畏之心呢！也许，人类麻木的想象无法领会吃一个牡蛎时那可怕的严肃性；也许，进化论已经教会我们，双壳类动物古往今来始终故步自封，因而不可避免地导致它们难以获得同情。它们的超然离群是对人类满腹雄心壮志的无礼冒犯，而它们的自我满足较之人类的虚荣又是那么令人讨厌。但我不明白，怎能有人在羊排呈于面前时而不深思落泪！这儿，人类亲自插了一手，进化史与你盘子上那块鲜嫩的羊排紧密相连。

甚至有时，即便是人类的命运，想想也让人费解。那些日常生活中安安静静的普通人，银行职员、清洁工、唱诗班第二排的中年女人，他们背后有着永无止境的历史。自原始的混沌开始，他们历经自然演变过程中的重重危险，终于在此时此地成为此人。看看他们，你就会觉得真是奇怪，不可尽之于言。想想他们历经沧海桑田的变化才能有今天，一个人兴许会觉得他们的存在必定意义非凡，兴许会觉得，他们身上所发生的一切对于造物主抑或任何创造了他们的神秘力量来说必定不会无关紧要。然而，一场意外降临在他们身上，线索中断，那个自世界混沌初开就一直在讲述的故事突然就结束了，仿佛一点意义都没有，而不过是一个傻瓜的荒唐之言。这些如此重要而又充满戏剧性的事件，其起因竟可能是如此微不足道的琐事。这难道还不够奇怪吗？

一起偶然事件，原本极有可能不会发生，却有着难以估量的后果。万事万物，貌似全由盲目的偶然所操纵。哪怕我们一个毫不起眼的小行动，也能给他人的整体命运造成巨大影响。而这些人原本与我们毫不相干。如果那天我没有穿过邦德大街的话，我即将要讲述的故事根本就不会发生。

人生真是不可思议！一个人必须拥有那种独特的幽默感，才能品味到其中的乐趣。

那是一个春日的上午。我正在邦德大街溜达，想着中饭之前都没什么事可做，就决定去苏富比拍卖行，看看那里展出的东西有没有我感兴趣的。街上堵得厉害，我在汽车狭窄的缝隙里穿行。待我来到马路另一边时，恰巧碰到我在婆罗洲认识的一个熟人。他正从一家帽店出来。

“你好，莫顿！”我跟他打招呼道，“你什么时候回来的？”

“我回来差不多有一周了。”

莫顿是婆罗洲的政务专员。我去那里时，总督把我介绍给了他。我给他写了信并告诉他，我将会在他的管辖地待上一周，希望他能安排我住在政府招待所里。我到达的时候，他去了码头迎接我，并邀我和他同住。我谢绝了。我觉得自己根本不可能和一个完全陌生的人共住一周；再者，我也不愿他负担我的食宿。除此以外，我觉得独住的话会有更多自由。

但他根本不听我的。“我那里有很多房间。”他说，“招待所条件极差。而且，我已经有六个月没和白人说过话了。真的受够了独处！”

但当莫顿说服了我，并用小船将我带到他的寓所、给我倒了杯喝的后，就完全不知道该拿我怎么办了。他突然变得害羞起来，他的谈吐原本流畅自然，现在却变得干巴巴的让人乏味。我尽了最大努力让他能“宾至如归”（那当然是我能做的最起码的事情了。毕竟，这就是他的家），我问他是否有新的唱片。他打开留声机，拉格泰姆爵士乐①让他重拾自信。

他的寓所是一套平房，面朝一条河。客厅有一个很大的阳

---

① 拉格泰姆（Ragtime），美国流行音乐形式之一，起源于19世纪末。作为早期爵士乐，它采用黑人旋律，依切分音法（Syncopation）循环主题与变形乐句等法则结合而成，盛行于一战前美国经济繁荣时期。黑人乐师S. 乔普林享有“拉格泰姆之王”的美称，被誉为拉格泰姆爵士乐宗师。《枫叶拉格泰姆》是他的代表作。

台。这是典型的、毫无个人风格的政府官员的家。他们需要经常搬到这儿搬到那儿，而这种搬家因工作上的紧急情况又很少能得到预先通知。墙上挂着当地土著人的帽子作为装饰品，还挂有动物的犄角、吹管和长矛。书架上放着侦探小说和旧杂志。还有一架立式小钢琴，琴键是黄色的。整个家非常杂乱无章，但还算舒服。

遗憾的是，我已不大记得他的长相。他很年轻，后来我才知道他只有二十八岁。他有着大男孩儿的迷人微笑。我和他一起度过了令人愉快的一周。我们沿着河边散步，还去爬山。有一天，我们还和住在二十里外的几个种植园园主吃了午饭。每天晚上，我们都去俱乐部。一个喀奇县工厂的经理和助手是俱乐部的唯一成员。他们关系很僵，彼此互不理睬。只是看在莫顿的分儿上，为了不叫他在有访客时失望，我们才能在一起玩儿圈桥牌，但整个气氛仍然很紧张。然后，我们回到寓所吃晚饭，听听音乐就上床睡觉了。

莫顿手头工作并不多，让人不禁怀疑他是否会觉得时日冗长难熬。他精力充沛，富于激情。这是他的第一份此类工作，故而他非常高兴能够独立。他唯一的担忧就是，修建中的这条路完工之前会被调走。修路让他发自内心地快乐。这原本就是他的主意。他以花言巧语从政府那里哄骗到修路经费，并亲自测量土地，查探路线，还独立解决了许多技术难题。每天早晨去办公室之前，他都要开着那辆晃荡得厉害的老旧福特车去那些苦力干活儿的地方，看看和前一天相比工程有多大进展。他心无旁骛地修路，甚至做梦都在修路。他估计，这条路会在一年之内修好。到那时，他才能放心去休假。他充满激情，即便他作为画家或雕刻家，要创作一件伟大的艺术作品所释放的激情也不会比修路更甚。

我想，正是这种激情，让我喜欢上了他。我喜欢他的热情、他的率直。他对修成这条路的激情实在让我印象深刻。这种激情让他无视生活的寂寞，不在乎晋升，甚至连回家的心思都没有。我忘了这条路究竟有多长，可能十五或二十英里，我也忘了修这条路的目的究竟何在。我相信，莫顿根本不在乎这些。他的激情是艺术家的激情；他的胜利是人类之于自然的胜利。他边干边学。他要对付的是荆棘密林；是一下子就能把几个星期费力完成的工程冲垮的瓢泼大雨；是各种地势、地貌引发的突发事故。他还要把他的雇员团结起来，号召他们齐心协力。他的资金也不够，但梦想在支撑着他。他的雇员们渐渐具备了一种史诗般的品质，而整个工程的跌宕起伏宛如一个开拓传奇，呈现了一集又一集的精彩故事。

他唯一抱怨的就是日子太短，有许多工作要处理。他既是辖地的法官，又是收税员，还是当地臣民的父母官（虽然他只有二十八岁），他还要时不时地离家去各处视察。没有他在场，什么工作都完成不了。他甚至想每天二十四小时都待在工地，鞭策那些工作不甚卖力的苦劳力多加几把劲。我到那里不久，就发生了一件让他欣喜若狂的事。他想与一个中国工头签订合同，将一段路交给他来修，但这个工头要价太高，莫顿付不起。尽管双方进行了无数次讨论，还是无法达成一致协议。

眼看工程因此被耽搁，莫顿不由得怒火中烧。对此，他一筹莫展。有一天早晨，他在去到办公室的路上听说前天晚上一家中国赌馆发生了斗殴，一个劳工因此受了重伤，嫌疑人已被逮捕归案。嫌疑人正是那名中国工头。他被带到法庭，证据确凿，莫顿判他劳改十八个月。“现在，他还是要去修那该死的路。这回，可什么报酬都没有了！”莫顿如此说。当他跟我说起这个故事时，眼睛里精光闪闪。

一天早晨，我们看到那个中国工头正在劳作。他穿着囚衣，对目前的处境漠不关心。看来，他已欣然接受了自己的不幸。

“我告诉他，路修完时我会免除他余下的刑期。”莫顿说，“他高兴得什么似的——嗯，我可不捡了一个大便宜嘛！”

辞别莫顿时，我告诉他，回英国了一定要通知我。他答应我，到了会给我写信。一个人兴之所至，在那个时候发出邀请自然是诚心实意的。但当一个人要兑现承诺时，未免有些沮丧和懊恼。一个人在家与他在国外有着天壤之别。在国外的时候，他们很容易相处，热情诚恳，自然不做作，有很多趣事告诉你，而且非常友善。但当你要回报他们的热情款待时，就会显得有些不知所措。这本就不容易，因为有些人虽然在自己的圈子里非常有趣好玩，但到了你的圈子就有可能非常沉闷乏味，变得拘谨而害羞。当你把他们介绍给朋友们时，你的朋友会发现这些人无聊之极。他们尽最大的努力礼貌待客，但当陌生人离开、谈话回归到大家都习惯的语境而变得流畅起来时，他们确实是大大松了一口气。我想，那些住在遥远殖民地的人们在职业生涯早期对这种情况非常熟悉。因为结果可能是痛苦而羞辱的经历，我发现，他们很少兑现在遥远的他国某处密林边沿办事处里诚挚发出并被诚挚接受了的邀请。但莫顿不一样，他还年轻，而且是单身。通常是那些太太们发现相处起来比较困难，因为其他女人只消瞥一眼她们寒碜的衣服就知道她们是偏远地区来的，然后就以漠不关心的态度将她们冷落在那里。男人们却可以一起打打桥牌、网球或跳跳舞。莫顿是个非常有魅力的人，我相信要不了一天两天，他就能在圈子里站稳脚跟。

“你为什么不告诉我你已经回来了呢?”我问他。

“我想你可能不想被我打扰。”他笑着回答。

“这是什么话!”

此时，我们正站在邦德大街街边。才聊了几句，我发现他看起来有些陌生。他以前总穿着卡其布短裤和网球 T 恤，我从未见过他穿过其他衣服，只有晚上从俱乐部回来时他才会换上睡衣和布裙。这是人类发明的最为舒适的晚礼服。现在这身蓝色哔叽西服让他看起来有些笨拙，他深棕色的脸在白色衣领映衬下显得非常突兀。

“路修得怎么样?”我问他。

“修好了！我原本还担心要推迟休假呢，因为在快要结束时又遇到了一两个问题，但我逼着他们拼命完成了。离开前一天，我开着福特车在路上溜了个来回，中间停都没停!”

我放声大笑，他的快乐很迷人。

“你回伦敦后都在干什么?”

“买衣服！”

“玩得开心吧？”

“棒极了！虽然有点儿寂寞，但我并不在乎。每天晚上我都会去看一出戏。帕尔默夫妇你知道吧？我想，你在沙捞越见过他们的。这两人原本也会在城里，我们还约了一起看戏呢，但是帕尔默夫人的母亲病了，他们得赶去苏格兰。”

他的话说得倒轻快，却刺到了我的敏感处。他的这种经历虽普遍可见，却叫我伤心。这些人在休假前好几个月就开始筹划，等他们终于下了轮船，就会兴高采烈，简直难以自抑。伦敦——商店——俱乐部——剧院——餐厅——伦敦！啊，他们将在这里享受生活！然而，伦敦这个城市却一口吞噬了他们！这是一个陌生而浮躁的城市，虽不致怀有敌意却漠不关心。他们在这里沉沦，迷失了方向，没有朋友，和新认识的人毫无共同之处。他们在这里，比在他国密林里更为寂寞。所以，当他们在剧院偶尔碰到曾在东方熟识的人时（他们可能彼此厌烦抑或根本就不喜欢），简直就像碰见了救星一般。他们会约好某晚相聚，一起高谈阔论，开怀大笑，告诉对方自己假期过得多么愉快，顺便闲话一下他们都认识的朋友，直到最后才有些害羞地告诉对方：他们一点儿都不遗憾假期结束，重回东方岗位。他们会去看看家人，也确实非常高兴见到他们，但一切都变了样，他们觉得自己有点儿像局外人。事实是，伦敦人的生活确实死气沉沉。回家多么叫人开心，但你却住不下去了。有时你会想念你那能俯瞰河流的小平房，想念你在那些地区的旅行，遇上千载难逢的机会，有幸匆匆瞥一眼山打根①、古晋②或新加坡，那是多么让人欢欣雀跃啊。

我记得，莫顿是多么向往着路修好以后可以了无牵挂地回家。想到他一个人在谁都不认识的俱乐部里凄凉地用着晚餐，或是在索和区的餐厅独自一人吃完饭后去看戏，而身边没人可以与他分享看戏的喜悦、可以在幕间休息时陪他喝一杯——想到这些，我真是心痛不已。但与此同时我也明白，即使早就知道他在伦敦，我也没办法为他做什么，因为上周我没有一丝空闲。就是我碰到他的那天晚上，我已约好要和朋友一起共进晚餐，然后看戏，而第二天我就要出国。

“你今晚有什么安排?”我问他。

“我要去圣亭剧院看戏。那里虽说已经爆满，但路边有个不错的家伙帮我搞到了一张退票。两张票虽然不好买，但要搞到一张还是可以的。”

“要不你来和我们一起吃晚饭？我要和朋友一起去草市剧院看戏，完了一起去切罗餐厅吃晚饭。”

“那太好了。”

---

① 山打根（Sandakan），一译“仙那港”，是马来西亚最大的木材出口港和渔港，木材、龙虾、燕窝出口量居全国首位。它还是马来西亚沙巴州第二大城市，景色宜人。

② 古晋（Kuching），马来西亚砂拉越州首府。作为马来西亚东部历史最悠久、最大的城市，也是马来西亚东部的工业、商业、港口中心。古晋地处砂拉越州西部，在砂拉越河南岸，距海三十五公里。市内新旧建筑交替，河渠纵横，绿水悠悠，装载橡胶、椰子、胡椒的小船穿梭其间，有“水上之都”的美称。

我们约定晚上十一点见，然后我就离开他去赴另一个约会了。

我有点儿担心要介绍给莫顿的朋友有点儿不太合他的胃口，因为他们是严格意义上的中年人。但在这个季节，我也实在想不出临时还能约到什么年轻人。就我所认识的女孩儿，没有一个会感谢我邀请她们去和一个自马来亚回来、还有些羞涩的年轻人吃饭、跳舞。我相信，毕晓普夫妇能将莫顿招待得不错。毕竟，在一个有乐队而且还能看见漂亮女人跳舞的俱乐部吃晚餐总比他因无处可去、十一点钟就回家睡觉有趣得多。

当我还是医学院学生时，我就认识了查理·毕晓普。那时，他瘦瘦的，浅褐色头发，五官生硬——眼睛长得挺好看，黑色的眼珠炯炯有神，可惜戴着眼镜——他圆圆的脸非常红润，挂着笑意。他非常喜欢女孩子，而且我觉得他对她们也真有一套。所以，虽然没钱没颜值，他身边却从未断过女人。这让他的欲望得到了充分满足。他聪明而傲慢，好争论，脾气急，而且言语刻薄。回想起来，我得说，他是个非常不讨喜的年轻人，但你绝不会觉得他乏味。现在，他五十多岁，有点儿发福，头发也掉得差不多了，但那金丝边眼镜后的双眼依然明亮有神。他有些武断，有些自负，喜欢争论，而且言语刻薄，但他心地善良，善于逗乐。当你认识一个人太久，他的缺点就不会再对你造成困扰，就像你接受自身的缺点一样，你也会接受他的一切。查理是一位病理学家，偶尔会赠送给我一本他刚出版的小册子。书的内容非常严肃，满是术语，充斥着各种细菌插图，但我从来就没读过。我从别处听说，查理对自己专业所持的观点并不可靠。我想，他在自己的同僚中也并不怎么受欢迎，他一直视他们为一群无能的傻瓜，并对此毫不掩饰。但他有一份工作，每年大概能给他带来六百或八百镑的收入。而对于人们如何看待他，他完全不在乎。

我喜欢查理·毕晓普，因为我已经和他相识三十年了；我喜欢他的太太玛格丽，因为她是个和善的好人。当查理告诉我他要结婚时，我十分震惊。当时他已经四十多了，但感情上经常见异思迁，这让我觉得他会一直单身下去。他是喜欢女人，但并不是那种重感情易伤感的人，也从未有过坚定目标。他对女性的看法，在时下有些理想主义倾向的人看来，十分粗俗。他知道自己想要什么，并设法去得到，但如果用爱或者金钱都无法如愿，那他就会耸耸肩，将一切弃之脑后。简而言之，他需要女人，并不是需要她们去满足他的什么理想，而是需要她们去解决他的生理需求。说来也怪，尽管他长得又矮又普通，但还是有不少女人奋不顾身地献身于他。至于精神需求，单细胞生物就能够满足他了。他向来说话非常直接，所以当他告诉我他要和一个叫玛格丽·霍布森的年轻女子结婚时，我立即就问他为什么。

他咧嘴一笑："有三个原因。第一，如果不结婚，她就不和我上床。第二，她能逗得我像鬣狗发疯般大笑。第三，她在这世上孤独一人，没有任何亲戚，得有个人照顾她。"

"第一个理由不过是想炫耀；第二个纯属借口；第三个才是你想和她结婚的真正原因吧——这说明，她可真把你制服了。"

他那大眼镜背后的双眼散出淡淡柔光，“你可能真说对了。”

“她不仅把你制服了，而你也非常乐意她把你制服了。”

“明天来和我们吃午饭吧，顺便看看她！她可非常养眼哩。”

查理是一家男女不限的俱乐部的成员，那个时候，我也经常光顾这家俱乐部。所以，我们决定明天到那里吃午饭。我发现玛格丽是个非常迷人的年轻女子，她那时还不到三十岁，非常淑女。这点既让我满意又让我有些惊讶，因为根据以往的定律，吸引查理的女人其出身、教养往往不怎么样。她并不多美，但很清秀——黑黑的头发，漂亮的眼睛，肤色很好，看起来十分健康。她人很坦率，有种令人喜欢的直爽，而且诚实、单纯、可靠，我立刻就喜欢上了她。和她交谈很容易，尽管她没什么精彩言论，但她能懂得别人在说什么，能很快领会到笑点，而且并不害羞。她给人的印象是能干，有条有理。她的快乐平和说明她脾气很好，胃口也不错。

他们看起来非常喜欢腻在一起。当我第一次看到玛格丽时，我问自己，她怎么能嫁给这么一个急躁易怒、已经秃顶且绝不年轻的矮小男人。但我很快发现，这是因为她真的爱他。他们彼此打趣，然后开怀大笑，还时不时地向对方递过一个眼神，仿佛在交换什么小秘密。看到他们这样，真令人感动。

一周之后，他们在登记处结了婚，而且是一桩非常成功的婚姻。回想这十六年里他们共同创造的种种生活乐趣，我也情不自禁地要笑了。我从来没见过像他们这样彼此相爱的夫妻。他们从来没有太多钱，似乎也没想过要那么多。他们没什么雄心壮志，他们的生活就像永远不会结束的野餐。他们住的公寓是我见过的最小的公寓，位于潘顿街。公寓只有一间小小的卧室，一间小小的客厅，洗手间同时也是厨房。但他们从来没有家的概念，他们在餐馆吃午饭和晚饭，只有早餐是在公寓里吃的。对他们来说，公寓只是晚上回去睡觉的地方。他们的公寓还算舒适，虽然再来一个人喝杯威士忌或苏打水就会让它显得很拥挤。查理不爱整洁，但玛格丽在钟点女佣的帮助下，还是尽可能地把它收拾得整整齐齐。公寓里没有任何一样东西是带有他们个人色彩的。他们还有一辆小小的车。每当查理休假时，他们就开着它在欧洲大陆四处旅游，每人背个包就是全部行李。他们随心所欲，想去哪里就去哪里。车子发生故障从来不会影响他们的心情，坏天气也能让他们乐在其中。对他们来说，车胎被扎破是一个让人乐不完的笑话；即便迷路了要睡在野外，他们也会觉得那是人生中最好的时光。

查理仍然急躁易怒，仍然好争论，但无论他做什么，都不会扰乱玛格丽的那可爱的平和。她只消说一个字，就能让他平静下来。她仍然能使他开怀大笑。她为他的某种鲜为人知的关于细菌的专著打字，为他在科学杂志上发表的文章校对。有一次，我问他们是否吵过架。

“没有。”她说，“我们没什么好吵的。查理的脾气简直像天使一样好。”

“胡说八道！”我反驳她说，“他是个傲慢、专横、脾气很坏的家伙。而且他一向如此！”

她看看他，咯咯笑了起来。我能看出来，她以为我在开玩笑。

“让他胡说！”查理说，“他是个无知的傻瓜，根本不知道他用的那些字眼是什么意思！”

他们在一起很甜蜜，有对方的陪伴，他们感到非常幸福。所以，除非万不得已，他们绝不分开。即使在他们结婚后很长一段时间，查理还是习惯每天午饭的时候开车到西城和玛格丽一起在餐馆吃饭。大家常常会笑话他们，虽然并非恶意，但也有那么点儿不怀好意。如果有人邀请他们到乡下度周末，玛格丽就会给女主人写信，说如果主人肯给他们安排一张双人床，他们就去。这么多年他们都睡在一起，两人单独就寝的话，谁都睡不着。这总是让人有些尴尬。夫妻俩做客时不仅要住两个房间，而且假如他们被要求共用一个洗手间时都应表示愤怒。这已是约定俗成的事。现代住房不是为了夫妻共住而设计的，但如果你要邀请毕晓普夫妇做客，你就得为他们安排一张双人床。这在毕晓普的朋友中已成为心照不宣的事实了。

当然也有人认为这有点儿不得体，而且安排起来比较麻烦，但这对夫妻很讨人喜欢，故而大家也就尽量宽容他们这种古怪习惯了。查理总是情绪高昂，其刻薄常常逗人发笑；而玛格丽则很平和，容易相处。这对夫妻也很容易招待，让他们自己到乡间田野上散散步，他们就无比欣喜了。

一个男人结婚后，妻子迟早都会使得他和昔日的老朋友越来越疏远。但玛格丽正好相反，她使得查理和他的朋友们更为亲密起来。因为她使他更宽容，也就让他成为更让人愉快的玩伴。有趣的是，他们俩给人的印象不像是一对已婚夫妻，倒像是两位住在一起的中年单身汉。玛格丽时常发现自己是一堆男人中唯一的女人。这些男人说着脏话，争辩不休，寻欢作乐，但玛格丽非但不是这种哥们儿义气的障碍，而是一种助益。每回在英国，我都要去看看他们。他们通常都在我上面提到的那家俱乐部吃饭。如果碰巧我是一个人，我就会和他们一起吃。

那天晚上去戏院之前我们一起吃点心时，我告诉他们，我邀请了莫顿来一起吃晚饭。

“恐怕你们会觉得他相当枯燥乏味，”我说，“但他是一个相当正派的年轻人。我在婆罗洲时，他对我很照顾。”

“你为什么不早点儿告诉我?”玛格丽大叫起来，“那样的话，我就会带一个女孩子过来。”

“带女孩儿来干什么?”查理说，“有你就够了。”

“我可不认为一个年轻人和我这把年纪的女人跳舞有什么乐趣可言。”玛格丽说。

“胡说！这和你的年龄有什么关系?”查理转向我，“难道还有比她更好的人与你共舞过吗?”

“从来没有!”我真心诚意地回答。

等我们到达切罗餐馆时，莫顿已经在那里等我们了。他穿着晚礼服，这让他那被太阳晒过头的皮肤更为明显。或许是因为我知道这套礼服已在塞满樟脑丸的锡盒里封存了四年，所以觉得他穿起来并不舒服，他自然还是穿着那卡其布短裤要更为自在些。查理·毕晓普很健谈，而且也非常享受这样的时刻；莫顿则很害羞。我为他点了鸡尾酒，又要了香槟。我觉得他可能喜欢跳舞，但又不太确定他是否会邀请玛格丽共舞。因为我很强烈地意识到，我们和他并不是同一代人。

“我想我应该告诉你，毕晓普夫人舞跳得非常好。”我说。

“是吗?”他有些脸红，“那夫人你能和我跳一支吗?”

她站起来，然后他们走进舞池。她那天晚上看起来尤为出众，并非多么时髦——我想她身上穿的普通的黑色连衣裙不过花了六个畿尼，但她看起来非常高雅。她有两条非常好看的美腿，而那个时候短裙正流行。我觉得她可能化了一点儿妆，但与其他女人比起来，她看上去非常自然，齐头短发非常适合她，而且她一根白头发都没有，发质光泽迷人。她并非绝代佳人，但她的善良、她那身心愉悦的举止风度，还有那健康的体魄，要是没能让你觉得她漂亮，至少也能让你觉得，漂不漂亮一点儿关系都没有。跳完舞回到餐桌前，她的双眼发亮，双颊泛红。

“他跳得怎么样?”她丈夫问。

“棒极了!”

“那是你跳得好。”莫顿回答说。

查理继续喋喋不休。他有一种讽刺性的幽默。他之所以有趣，是因为他对自己所说的很感兴趣。但他所说的事莫顿一无所知，尽管他出于礼貌而装作听得津津有味。我能看出，餐厅欢乐的气氛、音乐、香槟——这一切都让莫顿太兴奋了，他根本就分不出精力去听查理在说什么。

当音乐再次响起时，莫顿的眼睛立马瞟向玛格丽。查理把这一切看在眼里，然后笑了笑说：“去和他跳舞吧，玛格丽!看着你运动，对我的身材也有好处。”

他们再次走向舞池。有好一会儿，查理满眼温柔和爱意地注视着玛格丽。

“玛格丽今天玩得真高兴。她很喜欢跳舞，但跳舞只能让我气喘吁吁。这个年轻人真不错。”

我安排的这次小聚会很成功。当莫顿和我向毕晓普夫妇告别、一起走向皮卡迪利圆形广场时，莫顿非常热情地向我道谢。我跟他说了再见，第二天早上我就去了国外。

我非常抱歉不能再为莫顿多做些什么。我也知道，当我回来的时候，他一定已在去往婆罗洲的路上了。在那之后，我也会时不时地想起他，但等到秋天回到家的时候，我已经忘记他了。回伦敦差不多一周后，我碰巧又去了查理·毕晓普经常光顾的那家俱乐部。他正和三四个我认识的人坐在一起，我走上前去打招呼。我回国后，没见过他们中任何一个人。其中有个叫比尔·马什的人，他的妻子珍妮特是我的好朋友，他邀我喝一杯。

“你是从哪儿冒出来的？”查理问，“最近一直都没看见你啊。”

我立即注意到查理喝醉了。这让我大吃一惊。因为查理虽然一直都很喜欢喝酒，但他很有节制，从来不曾喝过头。在那些逝去的岁月里，那时我们都还年轻，查理偶尔也会喝多，但那主要是为了表现他是个很够义气的哥们儿。我们不应该拿一个人年轻时的放荡不羁来评判他，那是非常不公平的。但我记得，查理喝醉酒时不太友好，他本性里那种攻击性会因此被放大，他的话更多，嗓门更大，而且很容易和人吵架。就像现在，他大谈特谈，蛮横武断，拒绝听他的轻率言论招致的任何反对意见。知道他喝醉了，其他人也很矛盾——一方面，查理的武断、任性让他们生气；另一方面，他目前的醉酒状态又让人不得不多加宽容。他本来就是个不讨喜的家伙，现在到了这把年纪，头又秃了，长得又胖，还戴着眼镜，再喝醉酒可真是让人嫌恶。平时他也是个衣冠楚楚的人，现在却乱七八糟，烟灰沾了一身。

查理叫来服务生，要他再来一杯威士忌。服务生在这个俱乐部工作三十年了，他说："先生，你面前已有一杯了。"

"关你屁事！"查理·毕晓普骂道，"马上给我拿杯双料威士忌来！不然，我就向俱乐部干事告你无礼！"

"好吧，先生。"服务生说。

"好了，查理，老伙计！我们也该回去了。"比尔·马什劝道。然后，他转向我，告诉我说："查理最近这段时间住在我们家。"

这更加让我吃惊。虽然我已察觉出有什么不对，但为保险起见，我还是什么都没问。

"是要回家。"查理说，"我再喝一杯，立马就回家。那样，我整个晚上就更好过了。"

看情形我知道，他们的聚会还得好一会儿才能结束，所以我站起身，告辞说要散步回家。

正当我要离开时，比尔突然对我说："我说，要不你明天晚上来和我们一起吃晚饭吧。就你、我、珍妮特，还有查理。"这就证明果真出了什么事。

马什夫妇住在摄政公园东侧的一排房子里。女佣给我打开门后，就请我先去马什先生的书房——他正在那儿等我。

“我想，在你上楼之前，我得先和你通个气。”他一边和我握手，一边说，“你知道吗，玛格丽离开了查理。”

“不是吧！”

“他根本无法接受。珍妮特认为，把他单独留在那狭小的公寓里实在太糟糕了，我们就请他来这儿住上一段时间。我们做了一切能做的去帮助他，但他还是喝得烂醉如泥。这两个星期，他简直就没合过眼。”

“她果真离开了查理？”我还是觉得难以置信。

“是的。她疯狂地迷上了一个叫莫顿的家伙。”

“莫顿？那是谁？”我根本就没想到那是我从婆罗洲来的朋友。

“该死的！是你介绍他们认识的。瞧你干的好事！我们还是上楼吧！我只是想，最好还是先跟你通个信。”他打开门，我们走了出去。

我完全不明所以。“但这——”我还是想问个明白。

“问珍妮特，她知道整个事情的来龙去脉。我可真搞不懂！对玛格丽，我实在是一点儿耐心都没有。他的生活更是一团糟。”他在我前面走进客厅。

我进去时，珍妮特·马什站起来并走上前来欢迎我。查理坐在窗子旁边，正在读晚报。当我走上前去和他握手时，他把报纸放在了一边。他现在很清醒，说话还像往常一样神气活现。但我注意到，他看起来像个病人。我们喝了一杯雪利酒后，就下楼去吃晚饭。

珍妮特是个充满活力的人，高高的个子，皮肤很好，人也挺漂亮。整个晚餐，她都机敏地注意着谈话，好让它不中断。饭后，她留我们三人一起喝杯波尔图酒，但也明确指示，不要超过十分钟。

比尔通常都是沉默寡言的，现在却强迫自己说话。我也盲目地随着他说。我根本不知道究竟发生了什么，没法儿畅所欲言。但很明显，马什夫妇不想让查理郁闷地坐在那里沉思，故而我只能尽最大努力去说些让他感兴趣的话。他似乎也很愿意配合，况且他本来就喜欢滔滔不绝。他站在一个病理学家的角度，与我们讨论最近正吸引公众注意力的一起谋杀案。但他说起话来毫无生气，就像一个空壳，让人觉得他是出于对主人的尊敬才强迫自己说话的，实际上他的关注点根本就不在这里。当楼上有人敲了一下地板、暗示珍妮特已经等得不耐烦时，我们都松了一口气。在这种情况下，女人的存在往往能缓和整个气氛。我们到楼上玩了会儿桥牌。待我告辞时，查理说要送我到马勒本大街。

“查理，现在已经很晚了，你还是上床睡觉的好。”珍妮特说。

“散散步，我能睡得更好。”查理回答说。

她担忧地看了他一眼。如果一个中年病理学教授想要去散散步，你是没办法阻止他这么做的。她突然眼睛一亮，瞥了他丈夫一眼。“我想，散散步对查理也没什么坏处。”这话说得可真是毫无机智。女人有时就是好管闲事。

查理闷闷不乐地看了她一眼。“没必要把比尔也给拉出去。”他非常坚定地说。

“我一点儿也不想出去。”比尔笑了笑说，“我疲倦得要命，感觉得马上上床睡觉。”

我想我们离开后，比尔·马什和妻子肯定会有一番争吵。

“他们实在对我太好了！”我们顺着栏杆走时，查理说，“我真不知道，没有他们，我该怎么办，我已经两个星期都没合过眼了。”

我对此表示遗憾，但没有追问原因。然后，我们就在沉默中走了一段。我原本以为，他和我出来就是为了告诉我究竟发生了什么事，但我感觉到他需要时间慢慢来。我急于表达自己的同情，但又害怕说错话。我不想让他觉得，我急于掏出他心里的秘密；我也不知道该如何把话题引到这上来。我相信，他也不需要我去导引。他不是那种转弯抹角的人，我想他一定是在寻找措辞。然后，我们就走到了街角。

“你在教堂那里就能叫到出租车。”查理说，“我还要继续走走。晚安。”

他朝我点点头，没精打采地走了。这可真是出乎我的意料。但我也无能为力，只能继续往前走，直到我叫到一辆出租车为止。第二天早上，我正在洗澡，电话响了。我不得不从澡盆中出来，浑身湿漉漉的，裹着一条浴巾去接电话——是珍妮特打来的。

“说吧，你怎么看？”她说，“昨天晚上，你应该和查理聊得挺久的吧。我听到他今天凌晨三点钟才回来。”

“他在马勒本大街就和我分开了。”我回答说，“他根本什么都没和我说。”

"什么都没说?"

我能从珍妮特的声音里听出来她准备与我长谈。我怀疑电话就在她床头边。

"等等,"我语气匆匆,"我正在洗澡。"

"天啊,你浴室也有电话?"她急切地说,语气里有些羡慕。

"不,没有。"我语气生硬且坚定,"我浑身滴水,搞得地毯上到处都是。"

"这样啊!"我感觉她的声音里夹杂着失望与些许恼怒,"那我什么时候能见到你?你十二点钟能过来吗?"

这个时间我不方便,但我不想和她争。"好吧,拜拜。"我立即挂掉电话,不让她再多说一句。在天堂里,那些接受祝福的人打电话只说他们必须说的,从不废话。

珍妮特是我的挚友,但我也知道,没有什么比她朋友的不幸更让她兴奋的了。她焦虑不已,竟没法帮助他们了,但她的的确确是想在他们困难的时候陪在身边的。她是逆境中的朋友,管别人的闲事让她孜孜不倦。如果你恋爱了,你就会发现,不知怎的,她就成了你的心腹知己;而如果你闹离婚,你也会发现,她同样掺和在里面。但另一方面,她又是一个非常好的女人。中午的时候,当我被带到珍妮特的客厅,看着她那拼命压抑着的急切时,我都忍不住要偷偷发笑。毕晓普夫妇身上发生的巨大不幸让她很不安,但同样也让她很兴奋。她现在心里急得直发痒,要找一个新人来听她好好再把这事倾诉一遍。珍妮特现在这种一本正经的期盼,就像一个母亲在和家庭医生讨论已婚女儿的第一次分娩一样认真。她知道这件事很严重，绝不会轻率地讨论它，下定决心要物尽其用。

“我得说，当玛格丽告诉我她已下定决心离开查理时，我想这世上绝没有人比我更惊骇了。”她这样说道。那种流利的程度让你觉得，她至少以同样的话将这件事说了十好几遍。“他们是我见过的对彼此最为忠诚的夫妻，那简直是完美的婚姻，他们俩感情那么好。当然，我和比尔感情也不错，但我们时不时还会吵架，甚至有时，我都想杀了他。”

“你和比尔的关系我一点儿都不感兴趣，”我说，“还是直接告诉我毕晓普夫妇的事吧。这才是我来这里的真正原因。”

“我只是觉得必须见见你。毕竟，你是唯一能解释此事的人。”

“噢，天，拜托你别这么说！直到那天晚上比尔告诉我，之前我可是什么都不知道。”

“我同意，因为我突然意识到，你可能真的什么都不知道。我觉得，这一次，你可能责任大了。”

“你还是从头说起的好。”我说。

“好吧，你就是开始。毕竟，这麻烦正是因你而起，是你介绍他们认识的那个年轻人。这也是我为什么那么急于见到你的原因。你知道他的一切，我却从来没见过他；我所知道的关于他的，都是玛格丽告诉我的。”

“你什么时候吃午饭？”我问。

“一点半。”

“我也是，所以请你快点儿说故事吧。”

但我的话又给了珍妮特一个新念头。

“瞧，如果我不去和朋友吃午饭，你是不是也能不去呢？那样的话，我们就可以在这里用点儿小点心。家里肯定还有冻肉。我们也没必要赶时间。我下午三点才去理发师那里。”

“不，不，不。”我说，“我讨厌这样。最晚一点二十分，我必须离开这里。”

“那我只能快点儿说了。你觉得杰瑞这个人怎么样？”

“谁是杰瑞？”

“杰瑞·莫顿，他的名字是杰瑞德。”

“我怎么会知道？”

“你在他那里住过，那儿就没什么信件之类的吗？”

“信总该有吧，但我碰巧没读过。”我有些尖刻地回答说。

“噢，别傻了，我是说信封。他看起来是怎样的一个人？”

“好吧，是吉卜林那类人，工作很努力，精神饱满，愿意为大英帝国建设贡献力量等之类的。”

“我要问的不是这个。”珍妮特大叫起来，已经没了耐心。“我是说，他长得怎么样？”

“和普通人没两样，我想。当然，如果再见到他，我肯定能认出来。但我也没办法描述得更清晰，他看上去很干净。”

“噢，我的天啊！”珍妮特说，“你到底还是不是小说家啊？他的眼睛是什么颜色？”

“我不知道。”

“你肯定知道。你总不能和一个人待了一周，还不知道人家眼睛是蓝色还是棕色的吧。他是长得白还是黑？”

"不白也不黑。"

"高还是矮?"

"中等身材吧。"

"你是不是存心惹我生气?"

"不，他本来就很普通。他身上没有任何引人注目的地方。他长得既不难看也不好看，人很得体，看起来像个绅士。"

"玛格丽说他笑起来很迷人，身材也很好。"

"可以这么说吧。"

"他对她简直疯魔了。"

"你凭什么那么认为?"我冷冷地问。

"我看过他的信。"

"你是说，玛格丽把他写给她的信给你看了?"

"当然。你为什么这么问?"

女人对私生活的背叛总叫男人难以忍受。她们毫无廉耻，即使和别人说着最私密的事也不会觉得尴尬；谦逊谨慎是男性才具有的美德。尽管男人早就在理论上知晓女人这一特点，但每次面对女人的肆无忌惮还是会震惊。我不禁想弄清楚，如果知道不仅信会被珍妮特·马什和玛格丽共同赏阅，自己痴迷恋情的进展还会被玛格丽日日汇报给珍妮特，莫顿会怎么想。依据珍妮特的说法，他对玛格丽是一见钟情。就在我安排的切罗餐馆小聚会后的第二天早上，他就打电话给玛格丽，邀请她去一个可以跳舞的地方喝茶。听着珍妮特叙述的故事，我当然意识到那是玛格丽的一面之词，所以我也就抱着听听看的态度，没有较真儿。我饶有兴趣地发现，珍妮特竟然是站在玛格丽这一边的。虽然玛格丽离开时确实是珍妮特邀请查理来他们家住两三周，而不是让他悲惨孤独地待在那已被遗弃的凄凉小公寓。她对他也非常照顾，几乎每天都陪他吃午饭，因为他已习惯每天如此了。她陪他去摄政公园散步，周末的时候让比尔和他一起打高尔夫。她极其耐心地听他讲述不幸的故事，并尽一切可能去安慰他。她觉得他非常可怜，但仍然站在玛格丽那一边。当我对她的做法表示不赞同时，她那么厉害地申斥我，就像要把一千块砖头砸在我身上。这场婚外情让她觉得刺激。一开始，玛格丽笑意盈盈、有些受宠若惊，还有些迟疑不定地前来告诉珍妮特，有一位年轻人出现在她生活里。最后，玛格丽心烦意乱、恼怒不安地宣布，她再也受不了这种压力，已经打点行李搬出公寓了。这一过程中，珍妮特自始至终都是不可或缺的一分子。

“当然，一开始我简直不敢相信自己的耳朵。”她说，“你知道，查理和玛格丽是怎样恩爱的一对夫妻。他们就像把对方装在自己的口袋里一样形影不离。他们如此亲密，有时都不禁要让人笑话。我从来没觉得查理那个矮男人有什么好，外表也没什么魅力可言，但他对玛格丽实在太好了，好得让人不得不喜欢他。有时我还真有点儿嫉妒玛格丽。他们没什么钱，生活也乱糟糟的，但他们却异常幸福。我从来没觉得玛格丽这事能有什么结果，并且她一开始也只是觉得好玩。‘我自然没当真。’她这么告诉我，‘但在我这把年纪，身边能有个年轻人还是蛮好玩的。我已经好多年没收到鲜花了。我不得不告诉他别再送了，因为查理会觉得这很傻。他在伦敦一个人都不认识，他喜欢跳舞，说我跳得如同梦境般美好。他总是孤单一人去戏院。这太可怜了，所以我就陪他看了两三个日场。当我告诉他我会陪他一起去时，他那一个劲儿的感激看着就让人心酸。’‘听起来，他就像一头温顺的小羊羔。’我说。‘他确实是。’她说，‘我知道你会理解我的。你一定不会因此而责怪我的，对吧？’‘我当然不会责怪你，亲爱的。’我说，‘你对我还不了解吗？我要是你，也会这么做的。’”

一开始，玛格丽和莫顿一起出去玩，并没有向她的丈夫隐瞒，查理还好脾气地拿她这个新仰慕者打趣她。他认为莫顿是一个非常有礼貌且谈吐令人愉快的年轻人，他非常高兴玛格丽能在自己忙的时候有人陪伴。他从来没想过要嫉妒，他们三个人还一起吃过好几顿饭，去看过一场演出。但后来，杰瑞·莫顿就求玛格丽单独和他出去一晚上，玛格丽回说这不可能。但他不停地恳求，玛格丽被缠得没办法，只好答应了他。她向珍妮特求助，请她给查理打电话，说他们打桥牌三缺一，让查理过去吃晚饭并玩牌。查理去哪儿都要带着他的妻子，但马什一家是老朋友，而且珍妮特也强调了这一点。她编了一个荒唐的理由，让它听起来很重要，查理不得不来。第二天，玛格丽去见了珍妮特，告诉她，他们度过了愉快的一晚。他们在梅登黑德餐厅吃了晚餐，并在那儿跳了舞，然后两个人趁着迷人的夏夜开车回家。

“他说，他爱我爱得发疯。”玛格丽告诉珍妮特。

“他吻你了吗？”珍妮特问。

“当然吻了。”玛格丽咯咯直笑，“别傻了，珍妮特。他真叫人甜蜜。你知道，他人那么好。当然，我绝不会相信他对我说的话。一半都不信。”

“亲爱的，你该不会是爱上他了吧？”

“我是爱上他了。”玛格丽说。

“亲爱的，这会有多尴尬啊！”

“噢，这不会持续多久的。毕竟，他秋天就要回婆罗洲了。”

“不过，倒是不能否认，这让你看起来年轻多了。”

“我知道，我自己也觉得年轻了好多岁。”

很快，他们每天都见面。早上，他们一起在公园散散步或者去画廊；中午分开，玛格丽去和丈夫吃午饭；下午，他们又聚在一起，开车去郊区或河畔什么地方。玛格丽没再告诉丈夫。她非常自然地认为，查理根本不懂这些。

“那你怎么可能一直都没见过莫顿呢？”我问珍妮特。

“哦，玛格丽不想让我见他。你知道，我和玛格丽是同一时代的人，我很能理解她这一点。”

“我明白了。”

“当然，我尽了最大努力来帮她。每次她和杰瑞出去，她都说和我在一起。”

我是一个对细节一丝不苟的人。“他们发生关系了吗？”我问。

“呃，没有。玛格丽可不是那种女人。”

“你怎么知道？”

“她会告诉我的。”

“我想她会的。”

“当然。我也问过她，但她一口否认了。我相信她说的是实话。他们两个人之间根本没有那种关系。”

“这对我来说可太奇怪了。”

“你要知道，玛格丽是个好女人。”

我耸了耸肩。

“她对查理绝对忠诚。这世上绝不会有什么事要她来骗他。要对他保守秘密，她想都不敢想。从她意识到自己爱上杰瑞的那一刻，她就想告诉查理。当然，是我求她别这么做的。我跟她说，告诉查理不会有任何好处，只会让查理更痛苦。不管怎样，那年轻人几个月后就要走的。对于一件不可能持续太久的事小题大作没有任何益处。”

但正是杰瑞指日可待的离去成为整个灾难的导火索。毕晓普夫妇像往常一样准备去国外度假，打算开车穿过比利时、荷兰和德国北部。查理忙着准备地图和导游资料，从朋友那里搜集旅社和路线信息。他就像小学生一样兴冲冲地期待着假期的到来，玛格丽心情沉重地听着他谈论假期。他们将要离开四周，而九月的时候杰瑞就要登船走了。她不能忍受他们原本所剩不多的共同时光因此变得更短，一想到要驾车旅行，玛格丽就痛不欲生。随着旅行日期越来越近，她变得越来越烦躁。最后她决定，现在只有一条路可走了。

“查理，这次旅行我不想去。”一天，当他正和她谈论他刚听说的某家餐馆时，玛格丽突然打断他说，“我希望你能找人陪你去。”

他茫然地看着她。她也被自己所说的吓了一跳，因而嘴唇有些哆嗦。

“为什么？怎么了？”

“没什么。我就是不想去。我想自己待一段时间。”

“你生病了吗？”

她看到了他眼里骤然涌起的恐惧。他的这种关心让她难以忍受。“不，我身体再好不过了。我只是爱上了别人。”

“你？爱上了谁？”

“杰瑞。”

他吃惊地看着她，简直不敢相信自己的耳朵。她理解错了他的表情。

“你怪我也没用。我自己也控制不住。还有几周他就要走了，我不想浪费剩下的这点儿和他在一起的时间。”

查理放声大笑起来。“玛格丽，你怎能这样傻呢！你年纪大得都足够当他妈妈了！”

她满脸通红。“他爱我就像我爱他一样。”

“他这样对你说过吗？”

“说了成千上万次。”

“他是个大骗子。仅此而已。”

他咯咯直笑，胖胖的大肚子随着笑声直晃动。他认为这是个天大的笑话。我承认查理对妻子的这种方式不对。珍妮特似乎认为，查理应该表现得更为温柔，更富同情心。他应该能够理解的！我能想象她脑海里浮现的场景：僵硬的嘴唇，沉默的哀伤，最后的放弃。女人通常对于他人以自我牺牲来成人之美比较敏感。如果查理当时勃然大怒，摔一两件家具（当然事过之后，他得负责换新的），抑或对准玛格丽的下巴狠揍一拳，或许会博得珍妮特的同情。但嘲笑玛格丽就难以原谅了。我并没有指出，对一个矮胖的已届五十五岁的病理学教授，你要他突然像一个野人一样行动，那是相当困难的。不管怎样，荷兰旅行是无法再去了，毕晓普夫妇整个八月都待在伦敦。他们一点儿也不开心，虽然每天一起吃午饭和晚饭，但这不过是多年来他们已习惯如此。其他时间，玛格丽都和杰瑞在一起。她和杰瑞共同度过的这些美好时光弥补了她为之所要忍受的一切，而且她需要忍受的并不少。查理的幽默下流而充满讽刺，现在，玛格丽和杰瑞成了他取笑的对象。他固执地不肯严肃对待此事。他非常恼怒玛格丽怎能这样傻，但很明显，他从来没怀疑过玛格丽会对他不忠。我向珍妮特提及了此事。

“他一点儿都没怀疑。”她说，“他太了解玛格丽了。”

时光流逝，杰瑞终于远航而去。他从提尔伯里港出发，玛格丽送他走的。回来后，她一直哭了四十八小时。查理看着她，越来越愤怒，越来越烦躁。

“瞧瞧你，玛格丽！”他最终开口说道，“我已经对你够有耐心的了。但是现在，你必须振作起来！这场闹剧也该结束了！”

“你怎么就不能让我单独待会儿？”她哭叫道，“我已经失去了生活中所有美好的东西。”

“别再这么傻了！”他说。

我不知道他还说了什么，但他肯定很不明智地陈述了他对杰瑞的看法；而且我能想象，他描述的画面肯定充满恶意。这引发了他们有史以来第一次家庭暴力。当她知道再过一小时或者再过一天就能与杰瑞见面，玛格丽还能忍受查理的冷嘲热讽，但现在她已永远失去他，她对查理也就忍无可忍了。几周以来，她一直都在控制着自己；现在，她完全将这种自制扔到了九霄云外。或许，她根本就不知道自己对查理都说了些什么。向来脾气暴躁的查理最后动手打了她。打完之后，他俩都吓坏了。查理一把抓过帽子，飞也似的逃出了公寓。在那些痛苦的日子里，他们依然睡在同一张床上。但这次查理半夜回来的时候发现，玛格丽在客厅的沙发上给自己弄了个小窝。

“你不能睡在这儿！”他说，“别傻了，快到床上来睡！”

“不，我不去。别管我！”

那一夜，他们一直在争吵，但他没能扭过她。之后的每晚，她都睡在沙发上。但在那小小的公寓，他们根本无法避开对方，连不想看见、不想听见对方都不可能做到。他们在一起亲密了这么多年，甚至这已变成一种本能。他试图和她讲理。他认为她傻得叫人难以置信，所以无休止地和她争辩，企图让她明白，她有多么执迷不悟。他一点儿空间都不给她，也不让她睡觉，每天都和她争吵到半夜，直到两人都精疲力尽。他以为自己能把她从爱情中劝说出来。有时，两三天他们互相不说一句话。直到有一天，他回家后发现，她哭得那么伤心，她的眼泪叫他心烦意乱。他告诉她，他有多么爱她，并试图通过回忆两人往昔的快乐时光来感动她。他想让过去的就成为过去，并许诺永远不再提起杰瑞这个人。难道他们就不能忘掉这场噩梦吗？但查理那种破镜重圆的暗示让她直恶心。她告诉他，她头疼得厉害，请他给她点儿安眠药。第二天早上，当他出去的时候，她假装还在睡。但等他一走，她立马就收拾东西离开了。她有几件继承来的珠宝饰品，便将它们变卖了，得了一笔小钱。她在一家便宜的小旅馆租了一个房间，并把地址向查理保密。

查理发现玛格丽离开了，就完全崩溃了。她的离开摧毁了他。他告诉珍妮特，他寂寞得难以忍受。他写信给玛格丽，恳求她回来，并求珍妮特为他说情。他愿意做任何承诺，甚至卑躬屈膝，但玛格丽不为所动。

“你认为她还会回来吗?”我问珍妮特。

“她说她不会。”

这时快一点半了，我不得不离开，因为我要赶到伦敦的另一头去。

两三天后，我接到玛格丽的电话留言，她问我能否和她见见面。她的意思是要到我家来，所以我就请她来喝茶。我试图对她友好，她的婚外情与我无关。但在我心中，她是个非常愚蠢的女人。所以，我的态度有些冷冰冰的。她从来就不是那种漂亮女人，岁月流逝也未对她造成多大影响。她那黑色的眼睛依然好看，脸上也很惊奇地没什么皱纹，她的穿着打扮也很简单。如果她化妆了的话，那一定很巧妙，我根本看不出来。她一贯的魅力仍然还在，那就是自然和善良的幽默感。

“如果你愿意，我希望你能帮我做件事。”她开门见山地说道。

“什么事呢?”

“今天，查理会离开马什家，搬回公寓去。我担心他刚搬回去的这几天会比较难过，如果你能陪他一起吃晚饭或者邀他做点儿什么，那就太感谢你了。”

“我得看看日程安排。”

“有人告诉我他最近酗酒厉害，真让人担心。我希望你能劝劝他。”

“我知道他最近有些家庭烦扰要处理。”我刻薄地说。

玛格丽脸红了，痛苦地看了我一眼，往后缩了缩，就像我打了她一下。“当然，你认识他比认识我更久一些，站在他那一边也是自然而然的事。”

“亲爱的，实话告诉你，我这么多年还和他交往，主要是看在你的分上。我从来就没多么喜欢他，但我认为你是个非常好的人。”

她朝我笑笑，笑得很甜。她知道，我说的都是真心话。

“你认为我对他来说是个好妻子吗？”

“绝对是。”

“他过去常常得罪人，很多人不喜欢他，但我从来没觉得他不易相处。”

“他非常喜欢你。”

“我知道。我们曾经共度过美好时光。十六年来，我们非常幸福。”她略微停顿，眼睑下垂。“我要离开他。因为一切都变得难以忍受，那种争争吵吵的日子实在太可怕了。”

“我向来就不明白，如果两个人不想在一起生活了，为什么还非得在一起不可。”

“你知道，这对我们来说糟透了。因为我们一直都很亲密，简直不可能离开对方。但现在，我连看都不想再看他一眼。”

“我知道，目前的处境对你们两人来说，都不容易。”

“爱上别人不是我的错。你知道，这种爱和我对查理的爱完全不同。我对查理的爱总带着一种母性关怀，我在保护他，因为我比他更通情达理。别人都管不了查理，但我能。杰瑞却不是这样的。”她的声音变得柔和，脸上也散发出一种光辉。“他让我找回了青春。对他来说，我就是个小女孩儿——他的力量可以让我依靠，他的照顾让我感到安全。”

“他在我眼里，似乎也是个不错的年轻人。”我慢慢答道，“我想，他以后会很成功的。我刚刚认识他的时候，他还那么年轻就已经担任要职了。他现在也只有二十九岁，对吧?”

她笑得很温柔。她很清楚，我说的是什么意思。

“我从来没向他隐瞒我的年龄，但他一点儿都不在乎。”

我知道这是真的，她不是那种会因为自己年龄撒谎的女人。而且，告诉他自己的真实情况，也让她感到兴奋和刺激。

“你多大岁数了?”

“四十四。”

“那你现在有何打算?”

“我已经写信告诉杰瑞，我离开查理了。一旦收到他的回信，我就会立即去找他。”

我有些犹豫。“你知道，他住在一个非常原始的小殖民地。去了那里，恐怕你会觉得自己的处境相当尴尬。”

“但他让我答应他，如果我发现生活难以忍受，就要去找他。”

“你觉得，光凭恋爱中的年轻人说的话就作出这么重大的决定，明智吗?”

那种极度兴奋的迷人表情再次浮现在她的脸上。“如果那个年轻人恰巧是杰瑞，那就是明智的。”

我的心沉了下来。沉默了一会儿，我给她讲了杰瑞·莫顿修路的故事。我有些添油加醋。我想，戏剧效果还不错。

“你为什么要告诉我这个?”当我说完的时候，她这么问道。

“我觉得这是一个很不错的故事。”

她摇摇头，笑了。“不，你是想告诉我，他还很年轻，满是激情，一心扑在工作上，没有太多时间浪费在其他事情上。但我不会影响他工作的。你不像我那么了解他。他非常浪漫，将自己视为一个开拓者。从他参与开拓一片新天地的想法中，我能领会到他的兴奋。这非常了不起，是不是?它让这里的生活显得那么单调乏味、平淡如水。当然，那里是很寂寞的。有人陪伴，即便她是一个中年妇女，也能聊胜于无。”

“你要提议和他结婚吗?”我问。

“我会把决定权交给他。我不想做任何他不愿意做的事。”

她说得那么天真，而她的自我屈从又那么感人。当她离开的时候，我一点儿都不生她气了。当然，我认为她很愚蠢。但如果一个人因为别人的愚蠢生气，那他就一辈子都要生活在永不停歇的愤怒中了。我相信，船到桥头自然直。她说杰瑞很浪漫，他确实很浪漫，但在当今这个世俗社会，浪漫不过是掩饰胡言乱语的托词。其实，他们心底都是极其现实的：受害者就是那些真把夸夸其谈当回事的人。英国人是浪漫的，这也是为什么人们认为他们很虚伪的原因。但他们并不虚伪，他们确实是真心实意地踏上天国之路的。但其间的行程如此艰辛，他们有理由捡起行程本身所提供的任何利己投资。英国人的灵魂就像威灵顿将军的军队，是要在酒足饭饱之后才能向前行进的。我想，当杰瑞收到玛格丽的信时，一定会痛苦挣扎一刻钟。我对整个事件没有太多同情，只是很好奇地想知道，杰瑞会如何把自己从所种恶果中解脱出来。我想，玛格丽会失望得厉害。但这对她也没什么坏处，她还能回到丈夫身边。我也毫不怀疑，经过这番磨练后，这对夫妻一定能够在平和、安静、幸福中度过余生。

但事情并没有这样发展。那段时间，我一直没法儿约查理·毕晓普做任何事，但我给他写信，让他在下周的某晚与我一起吃饭。我还提议一起去看场戏，尽管这个提议让我有点儿忐忑不安。我知道，他会喝得烂醉如泥。而当他喝醉的时候，他就会变得很吵。我希望他不要在剧院太招人嫌。我们约定在常去的那个俱乐部见面，七点吃晚饭。我们要看的那场戏八点一刻开始。我到了，等了又等，一直都没看见他。我往他公寓打了电话，但没人接。我猜，他一定是在路上了。我讨厌错过戏的开头部分，就不耐烦地等在大厅里，以便一看见他，立马就能上楼去。为了节约时间，我已经点好菜。时钟指向七点半，然后是八点差一刻。我看不出自己为什么还要等他，就进了餐厅，独自吃了晚饭。他一直都没露面。我叫餐厅给马什家挂个电话。过了一会儿，服务生过来告诉我，接通了比尔·马什。

“我说，你知道查理·毕晓普怎么回事吗？我们本来要一起吃晚饭，然后去看戏的，但他一直都没来。”

“他今天下午去世了。”

“什么？”我吃惊的声音让周围的人都抬起头来看着我。餐厅坐满了人，侍者来来回回地穿梭其中。电话是放在收银台上的，一个酒侍托着放了一瓶霍克酒和两个长颈酒杯的托盘过来，将一张账单交给收银员。英俊的前台先生带着两个男人去他们的餐桌，他们挤了我一下。

“你是从哪儿打来的电话？”比尔问。

我想，他听到了我周围喧闹的声音。我告诉他后，他问我是否可以一吃完饭马上就到他家去，珍妮特想和我谈谈。

“我马上就过来。”我说。

我到达的时候，珍妮特和比尔正坐在客厅——比尔在读报纸，珍妮特正在无聊地打发时间。女仆领我进去后，她很快迎上前来。她走起路来很轻，富有弹力，身体前倾，就像一只猎豹在跟踪它的猎物。我立马就看出她现在状态正佳。她把手伸向我，脸却转到一边，似乎在掩饰眼里闪动的泪光。她的声音低沉而满含悲戚。“我把玛格丽接来了，她正在睡觉。医生给她打了镇静剂，她疲乏到了极点。发生了这种事，太可怕了！”她发出一种介于喘息与呜咽之间的声音。“我真不明白，为什么这种事总发生在我身上。”

毕晓普夫妇从来没雇过仆人，却有个钟点女工，每天早晨去打扫他们的公寓、洗刷早餐餐具等。钟点工有钥匙。那天早晨，她像往常一样走进公寓，打扫客厅。自从妻子离开后，查理的作息时间就没规律。发现他还在睡时，她并不觉得有什么奇怪。但时间一点点过去了，她知道他还有工作要做，就去敲卧室门。没人答应，但她似乎听到了他在呻吟。她轻轻推开门，发现他正仰面躺在床上，鼾声很响。她叫他，他没醒。这叫她有点儿害怕。她就去了同一层楼的另一间公寓。那里住着一位记者。她按门铃的时候记者还在睡觉，打开门时他还穿着睡衣。

“对不起，先生。”她说，“您能过来看看我们家先生吗？他的状况不太好。”

记者穿过走廊，来到查理的公寓。在查理床边，他发现了一个巴比妥的空瓶子。“我想，你最好叫警察来。”他说。

来了一个警察，打电话到警察局要求派救护车过来。他们把查理送到了查令十字医院，但他没再醒过来。玛格丽在他临终前，陪在了他身边。

“警察当然会有问话，”珍妮特说，“但事情很明显。过去的三四周，查理一直都睡不好。我想，他可能在吃巴比妥，一定是不小心吃过量了。”

“玛格丽也这样想吗？”我问。

“她太伤心了，什么都想不了。我告诉她，我敢肯定查理不是自杀。我是说，他不是那种人。对不对，比尔？”

“对，亲爱的。”他回答道。

“他有没有留下什么信？”

“没有，什么都没留下。奇怪的是，玛格丽今天早上收到了他一封信。呃，或许根本就不能叫信，只是一句话：‘没有你，我太寂寞了，亲爱的。’就是这么一句话。当然，这根本不能说明什么。她已经答应我，警察询问的时候，她不会提及此事。我的意思是，让人平白无故地胡思乱想又能有什么好处呢？所有人都知道，巴比妥这种药是很难把握的。我自己是说什么都不会吃这种药的。很明显，这不过是一场意外。我说得对不对，比尔？”

“对，亲爱的。”他回答道。

我能看得出，珍妮特已经下定决心要相信查理·毕晓普并不是自杀。但在内心深处，她究竟有多相信我并不知道。我对于女性心理还没那么了解。当然，也有可能她是对的。一个科学家，人到中年，仅仅因为中年妻子离开他就闹自杀，实在不是一个合情合理的推测。更能让人接受的说法是，失眠让他恼怒，醉酒使他神志不清，因此吃安眠药时过了量。不管怎样，验尸官也是这么看的。验尸官听到的消息是，已故的查理·毕晓普因为酗酒过度导致妻子离开了他。很明显，他根本不可能想到查理会自杀。验尸官向遗孀表示同情，并着重强调了安眠药的危险性。

我讨厌葬礼，但珍妮特恳请我去参加查理的葬礼。查理在医院的几个同事也表示想来参加，但应玛格丽的要求，对他们婉言以谢。查理的葬礼上只有珍妮特、比尔、玛格丽和我。我们要一起去殡仪馆接灵柩，比尔他们答应我，上路后会给我打电话。我站在窗前等车。看车到了，我就下了楼。

比尔从车里出来，未等我迈出门去就把我堵住了。“稍等片刻！”他说，“我有件事要和你说。珍妮特希望你能在葬礼后来和我们喝茶。她说让玛格丽一直那么闷着不好，茶后我们玩几圈桥牌。你能来吗？”

“就这个样子去？”我问。我穿着燕尾服，系着黑领带，套着晚礼服西装裤。

“哦，没关系。至少能让玛格丽分分心。”

“那好吧。”

最后，我们没能打成桥牌。珍妮特头发金黄，配着深色丧服，显得很雅致，她以高超的技巧扮演那个充满同情心的好朋友形象。她稍微哭了哭，擦眼睛时小心翼翼，以免弄坏睫毛膏。当玛格丽哭得肝肠寸断时，她伸出手臂，温柔地抱着她。她是困难中的好帮手。我们回到她家时，来了封玛格丽的电报。她拿起电报，上了楼。我想，应该是刚刚听闻查理去世的朋友发来的唁电。比尔去换衣服，珍妮特和我到楼上客厅去把牌桌摆好。她摘下帽子，把它放在钢琴上。

“虚伪做作是没有任何益处的。”她说，“玛格丽现在当然很伤心，但她必须振作起来。打几圈桥牌能帮她回到正常状态。可怜的查理，我当然为他感到惋惜。但从他的角度来说，玛格丽离开了，我想他永远都不可能从这个打击中恢复过来。然而，我们也不能否认，现在事情对玛格丽来说变得简单多了。她今天早晨给杰瑞发了个电报。”

“关于什么的？”

“告诉他可怜的查理的事。”

正巧在那时，女佣走了进来。“夫人，您能到毕晓普夫人那里去吗？她想见您。”

“当然。”她很快走出客厅。

只剩我一个人在那里。过了一会儿，比尔进来了，我们喝了一杯。最后，珍妮特终于回来了，并交给我一份电报。上面写着：

看在上帝的分上，请务必等我信。杰瑞。

“你觉得这是什么意思？”她问我。

“就是它上面写的意思。”我回答说。

“傻瓜！我当然也告诉了玛格丽，这电报没什么特别的意思，但她仍然很是担忧。这电报肯定和她发过去的关于查理去世的电报擦肩而过了。我想，她现在肯定没什么心思打桥牌了。我的意思是，在她丈夫下葬的当天就打桥牌，有些不太好吧。”

“非常不好。”我说。

“当然，他还会再发电报来回复她这封电报的。他一定会发的，是不是？我们现在唯一能做的就是好好坐等他的来信。”

我觉得没必要再继续这场谈话，就离开了。过了几天，珍妮特给我打电话说，玛格丽收到一封莫顿发来的唁电。她读给我听：

得悉噩耗，不胜悲痛。谨致深切哀悼。爱你的，杰瑞。

“这个，你怎么看?”她问我。

“我觉得合乎时宜。”

“他当然不能说这个消息让他欢呼雀跃，对吧?”

“懂一点儿世故的人都不会这么说。”

“而且，他还用了‘爱你的’这个字眼。”

我能想象这两个女人对着两封电报研究来研究去，从各个角度审视每一个字可能包含的潜在意思。我似乎都能听到她们无休无止的讨论了。

“我真不知道，杰瑞让玛格丽失望的话，她该怎么办。”珍妮特继续说，“当然，现在就要看他是不是一个真正的绅士了。”

“别胡说了。”我说完，立即挂了电话。

那之后，我又和马什夫妇一起吃了几次晚饭。玛格丽看上去非常疲劳。我想，她正在心急如焚地等着莫顿那封还在路上的信。悲伤和忧虑已把她折磨得薄如剪影，她现在看起来非常脆弱，脸上带着一种我从未见过的宗教表情。她非常温柔，对别人的各种善意感激不尽；她的笑容没有自信，有些害羞，带着无尽的哀恸；她的无助非常吸引人，可惜莫顿远在万里之外，根本看不到。

有一天早晨，珍妮特给我打来了电话。“那封信终于来了。玛格丽说我可以给你看。你能不能过来?”

她声音里的紧张已向我泄露了一切。我到达后，珍妮特把信交给我，我读了一遍。这是一封精工雕琢的信，我猜莫顿一定反复写了好多遍。信里满含善意。很明显，他已经非常努力地避免任何可能伤害玛格丽的言辞，但这掩饰不了他的恐惧。很明显，他已吓得双腿都在哆嗦了。他兴许觉得，处理这件事最好的办法就是开些无关痛痒的玩笑，便拼命取笑殖民地白人。如果玛格丽突然出现，他们会怎么说。而且，他很快就会因此被炒鱿鱼。人们总是认为，东方是自由而温和的，但它不是，它比伦敦郊区的人还要狭隘。他太爱玛格丽了，怎么能忍受那儿的可恶女人对玛格丽说三道四。他还会被派到一个新的偏远驻地去。从那里出来，无论到哪里去，都得走上十天。她根本就没法儿住在他的小平房里，而那里又没什么旅馆。他的工作还需要他经常到密林中去，一去就是好几天。不管怎样，那里都不是女人该待的地方。他告诉玛格丽，她对他有多重要，不应因他而困扰。权衡再三，他觉得她还是回到丈夫身边好。如果他真成了她和查理的阻碍，那他无论如何都不会原谅自己的。是的，我非常肯定，这是一封极其难写的信。

“他写信的时候，肯定不知道查理已经去世了。我告诉过玛格丽，那会将一切都改变的。”

“她同意你的观点？”

“我觉得她现在有点儿不可理喻。你对这封信怎么看？”

“这还不明显吗，他不想要她。”

“就在两个月之前，他还那么想要她。”

“你简直不知道，空气的变化、环境的变化会对人有多大的影响。他肯定觉得，离开伦敦已有一年之久了。他已经重新回到老朋友中去了，已经重拾昔日爱好。亲爱的，玛格丽没必要再自欺欺人了。远方的生活已经将他带走，那里没有她的位置。”

“我建议她甭管这封信说什么，直接去找他。”

“我希望她的理智能让她避免再次遭到断然拒绝。”

“那现在她该怎么办？哦，这太残忍了。她是这世上最好的女人，她真的很善良。”

“你要是仔细想想，就会觉得这事还真滑稽——正是她的善良，才引发了这一连串的不幸。她为什么就不能和莫顿真正发生关系呢？查理还是什么都不会知道，也不会比现在更糟，而她和莫顿却可以度过一段美好时光，然后他离去。两人分开后会清晰地认识到，这个美好故事已优雅落幕。这样，他俩都会留着一段美好回忆；而玛格丽还可回到查理身边，心满意足，静下心来继续充当查理一如既往的好妻子。”

珍妮特噘着嘴，鄙视地看了我一眼。“这世间还有一种叫‘贞德’的东西，你知道吗？”

“去他妈的贞德！这种只能带来破坏和痛苦的贞德一文不值。你可以叫它贞德，我却觉得是怯懦。”

“当时她还和查理住在一起，那样叫她对查理不忠，单是想想，她就觉得恶心。你知道，这世上有些女人就是这样。”

“我的天，她可以在肉体上对他不忠，但在精神上却对他保持忠贞啊。女人一向擅长这种伎俩和花招。”

“你这种玩世不恭多么让人讨厌啊！”

“如果你觉得面对现实、依据生活常识来办事是玩世不恭，那我的确是玩世不恭了。你也可以说我讨厌，但还是让我们面对现实吧！玛格丽是个中年妇女，查理已经五十五岁了，他们已经结婚十六年。这时，一个年轻人对她表示好感，拿她那么当回事，她自然会被迷得晕头转向。但不要说这是爱，这只是生理欲望。相信他说的话，她就是个大傻瓜。要知道，说话的不是他本人，而是他饥渴的性欲。他的性饥荒已经闹了四年了，至少从对白种女人的渴求这点来说是这样。要他兑现他在那个境地胡乱说出的承诺，简直会毁掉他的生活。叫他这样做，她岂非不荒谬吗？他喜欢上玛格丽纯属偶然，他想要她。但得不到她，让他更想要她。我敢说，他以为这就是爱情。但相信我，这只是色欲。如果他俩上床了，兴许查理今天还会活着。就是她那该死的贞德，造成了这整个的灾难。”

“你可真蠢！难道你就看不出来她没法儿做到这一点吗？她压根儿就不是那种放纵的女人。”

“我宁愿要一个放纵的女人，也不要一个自私的女人！宁愿要一个荡妇，也不要一个傻瓜！”

“你闭嘴。我叫你来不是叫你来招人嫌的。”

“那你叫我来是干什么的？”

“杰瑞是你的朋友，是你把他介绍给玛格丽的。她现在陷入困境，全是因为他！但整个麻烦都是因你而起。所以，你有责任给他写信，告诉他，他必须善待玛格丽。”

“我要是写了，我就不是人。”我说。

“那你最好还是走吧。”

我站起身，准备离开。

“哎，不幸中的万幸！查理是买了人身保险的。”珍妮特说。

我禁不住奚落她："瞧你，还敢说我玩世不恭！"

这里我就不再重复当我摔门而去时骂她的那些粗话了，但珍妮特到底还是个很不错的女人。我常常会想，和她结婚的话，肯定其乐无穷。

爱德华·巴纳德的堕落[①]

贝特曼·亨特睡得很不好。这两周，在塔希提驶往旧金山的船上，他一直在思考着自己即将讲述的故事。而这三天在火车上，他又在反复推敲措辞。再过几个小时，他就要到旧金山了，而他竟疑虑重重起来。

他那永远敏感的良心变得惴惴不安了。他不确信，自己是否做了全部能做的。就道义来说，他应该尽了最大努力了。所

① 原文篇名为 *The Fall of Edward Barnard*。

以，一想到竟在利益攸关的事上让利欲之心战胜了侠义精神，他就深感不安。

想象中，自我牺牲对他如此具有吸引力，以至于生活中无法实现时竟会让他有一种幻灭感。他就像一个慈善家，出于毫不利己的动机，为穷人修建了一批模范住宅。到头来却发现，他竟然做的是可以大赚一笔的投资。他简直抑制不住自己的满意之情——撒到水里的粮食居然得了一成回报。但这也让他有了一种怪怪的感觉，因为这在某种程度上削弱了他美德的光辉。

贝特曼·亨特知道自己的良心纤尘不染，但不知道它在多大程度上能岿然不动。当他把自己的故事讲给那个叫伊莎贝尔·朗斯塔夫的女子时是否足够坚强，好经受住她那双冷静的灰眼睛的审视。那双眼睛既深富远见又聪慧睿智。她总是以自己明察秋毫的正直作为衡量他人行为的标准。当她以冷冷的沉默来表达她对未能达到自己严苛标准的行为不满时，再没有比这更厉害的责难了。她的决断从无调和余地，一旦打定主意就不再更改。

贝特曼绝不想她变成另外一种样子。他不仅喜欢她的外表美——身材窈窕，亭亭玉立，头部略带骄傲；更喜欢她的灵魂美——她的真诚，她一丝不苟的荣誉感，她无所畏惧的人生观。在贝特曼眼里，她似乎集美国女性最令人敬佩的品德于一身。除了完美的美国女孩儿形象，他还在她身上看到了更多东西。他觉得从某个方面来讲，她的优雅是她的环境所独有的。这世上所有的城市中，只有芝加哥才能造就她这么一个人。当他想到自己不得不处理一件将会给她的自尊心带来重大打击的事时，就不由得感到一阵痛苦。但当他想到爱德华·巴纳德时，心中的怒火不禁腾腾燃烧起来了。

当火车冒着蒸汽终于驶进芝加哥时，看到那矗立着灰色房子的长长街道，他的心兴奋得咚咚直跳。一想到斯台特和沃巴什那拥挤不堪的街道、人来车往的交通及喧闹嘈杂，他简直难以忍受。好在他回家了！

他非常庆幸自己出生在美国最重要的城市。旧金山有些闭塞，纽约已在衰老——美国的未来全靠经济发展，而芝加哥由于地理位置和市民蕴含的能量与活力，注定要成为这个国家真正的首都。

“我想，我一定能活着亲眼看到它成为世界最大城市。”迈步走向月台时，贝特曼自言自语道。

父亲来车站接他。两人亲切握手后，一起走出车站。父子俩都身材颀长、体型匀称，同样生着禁欲主义者的面容和薄薄的嘴唇。亨特先生的汽车正等在外面。两人上了车，老亨特一眼就注意到儿子看着街道时眼里流露出的骄傲与快乐。

“回来很高兴吧，儿子？”他问。

“我正这样想呢。”贝特曼答道。他的眼睛贪婪地看着那繁忙的街景。

“我猜，这里的车辆要比你在南海群岛那里热闹得多吧。”亨特先生大笑着说，“你喜欢那里吗？”

“我心属芝加哥，爸爸。”贝特曼答道。

“你没把爱德华·巴纳德带回来。”

“没有。”贝特曼沉默了一会儿，他那英俊而敏感的面孔黯淡下来。“我现在不想谈起他，爸爸。”他终于开口说道。

“没关系，儿子。我想你妈妈今天要高兴死啦。”

他们穿过路普区拥挤的街道，沿着湖滨一直行驶，最后来到一座富丽堂皇的府邸前。它完全是法国卢瓦尔河畔别墅的翻版，是老亨特早几年前建成的。

当终于独自待在自己房间时，贝特曼立马拨了一个电话出去。听到电话那头接通的声音，他的心扑扑直跳。“早上好，伊莎贝尔！”他开心地说道。

“早上好，贝特曼！”

“你怎么听出是我来的？”

“我上次听见它就在不久之前啊。再说了，我正等着你呢。”

“我该什么时候去看你？”

“除非你还有什么其他更好的事要做，不然今天晚上就来和我们一起吃饭吧。”

“你很清楚，我根本不可能还有什么更好的事要做。”

“我想，你现在一定是满腹新闻吧。”

他觉得自己已从她的声音听出她有所预感了。“是的。”他回答。

“那你今天晚上一定要跟我说说。再见！”她挂掉了电话。

她的性格一贯如此，竟能等上那么久去听一件与她休戚相关的事。在贝特曼看来，她这种自我克制蕴含着一种可敬可佩的坚韧不拔的精神。

餐桌上，除了贝特曼和伊莎贝尔，就只有她的父母了。他注意到，她在有意导引一种温文尔雅的闲谈。这让他突然觉得，一个侯爵夫人在断头台的阴影下即使知道有今天没明天，也会像伊莎贝尔一样以游戏的态度处理当天事务。她那精致的面容、贵族式小小的上唇、浓密的淡黄色头发，无一不让人再次想起侯爵夫人。尽管不是人尽皆知，但显而易见，她的血管里流淌着芝加哥最为尊贵的血脉。餐厅与她的娇美十分相宜。正是伊莎贝尔让一位英国专家把这所威尼斯大运河畔豪华宫殿的复制品用路易十五风格的家具装饰起来的，与那位多情君主名字相连的优雅装饰品增添了她的妩媚多姿。与此同时，她的魅力又赋予房子更为深邃的韵味。因为伊莎贝尔思想丰富，她的谈话无论多么轻巧，从来都不显得肤浅。此时此刻，她正在谈今天下午和母亲参加的一场音乐会，谈一位英国诗人在礼堂的演讲，谈政治形势，谈她父亲最近以五万美元的重价在纽约购买的一位中世纪大师的名画。这让贝特曼听得非常舒服。他感觉，自己已重回文明之邦，重处文化中心，再次置身于高贵典雅的人们中间，心中那些困扰他的喧嚣不止的声音终于因此平息下来。

“哇，回到芝加哥的感觉真好!”他说。

晚餐终于结束了。当他们走出餐厅的时候，伊莎贝尔对她的母亲说道：“我要和贝特曼单独在我的房间待会儿，我们有很多事情要谈。”

“好的，亲爱的。”朗斯塔夫太太说，“你们谈完了，可以到杜芭莉夫人房间来找我和你爸爸。”

伊莎贝尔领着年轻人上楼去，将他带到了那有着他无数美好回忆的房间。尽管他对这个房间非常熟悉，但再次走进去还是忍不住像之前一样，发出愉悦的惊叹之声。

她面带微笑，环顾四周。“我觉得这房间布置得很成功。”她说，“重要的是，每一件物品都经过精心挑选，布置得一丝不苟。哪怕是一个烟灰缸，都要是当时的不二之选。”

“我想，这也正是这间屋子如此美妙纷呈的原因。就像你无论做什么事，都是那样正确一样。”

他们坐在燃烧着木柴的壁炉前，伊莎贝尔用她那沉静的灰眼睛审视着他。“现在，告诉我你想要告诉的吧！”她说。

“我简直不知道应该从何说起。”

“爱德华·巴纳德回来吗？”

“不回来。”贝特曼沉默了好一会儿，才又重新开口。他说的每一句话都是经过深思熟虑的。那是一个难于讲述的故事，充斥着无礼冒犯伊莎贝尔那敏感耳朵的事情，他不忍心说及。但另一方面，他必须公正地对待她和他自己，又不得不和盘托出整个事实。

那是很久以前的事了。彼时，他和爱德华·巴纳德还在大学读书。在为伊莎贝尔·朗斯塔夫进入社交界举办的茶会上，他们遇见了她。其实，早在她还是孩童时他们就认识她了。当时，他们也还是细胳膊瘦腿的小男孩儿。中间有两年，伊莎贝尔去欧洲完成学业。这次能和刚刚回国的可爱女孩儿重续旧交，实在让他们又惊又喜。他们两个都疯狂地爱上了她，但贝特曼很快就发现，她的眼里只有爱德华。出于对朋友的忠诚，贝特曼自动退居到知心朋友的位置。他度过了一段很痛苦的时光。但又不能否认，爱德华这次的好运是受之无愧的。担心他如此珍视的友谊会受到破坏，他小心翼翼地掩饰着对伊莎贝尔哪怕一丝一毫的感情。六个月之后，这对年轻人订婚了。但他们太年轻了，伊莎贝尔的父亲决定至少要等爱德华毕业后才让他们正式结婚。他们不得不再等一年。贝特曼很清楚地记得那个冬天。冬天一结束，伊莎贝尔和爱德华就要结婚了。那是一个舞会、戏剧会、非正式宴会接连不断的冬天，而他作为第三者，也是场场宴会都要出席的。他对她的爱并没有因为她即将成为朋友之妻而减少，她的笑容，她偶尔向他掷过去的一句开心话，她因为信任而向他倾诉的情感，都叫他高兴。他带着些许自满的情绪恭喜自己，因为他并不嫉妒他们的幸福。

突然，发生了一件始料未及的事。一家大银行倒闭了，引发了交易恐慌。爱德华·巴纳德的父亲发现自己破产了，一天晚上他回家告诉妻子，现在身无分文了。晚饭后，他走进书房，开枪自杀了。一周之后，爱德华·巴纳德带着满脸苍白与疲倦找到伊莎贝尔，请求她解除婚约。

她唯一的回答就是，双臂环绕着他的脖子，潸然泪下。

“亲爱的，别让我更难过。”他说。

“你觉得我现在会放开你吗？我爱你！”

“我怎能再叫你嫁给我呢？一切都变得毫无希望。你父亲绝不会让你嫁给我的，我已经一贫如洗了。”

“我有什么好在乎的。我爱你！”

他告诉了她自己的计划。他必须马上出去挣钱，他家的一个老朋友——乔治·布劳恩施密特已答应带着他干。乔治在南海做生意，在太平洋很多岛屿上都有办事处。他建议爱德华先去塔希提干上一两年。在当地他最好的经理带领下，爱德华可以从纷繁复杂的生意经中学到很多。学成之后，他会给爱德华在芝加哥谋一个职位。这是一个千载难逢的机会。

当他把这一切解释清楚以后，伊莎贝尔已重绽笑容。“你这个傻瓜，为什么不早点儿告诉我，倒故意叫我痛苦。”

他的脸因为她的话而光彩焕发，眼睛也光芒闪闪。“伊莎贝尔，你的意思不会是还要等我吧？”

“你难道不觉得自己值得我等吗？”她微笑道。

“噢，现在别打趣我。求你认真考虑一下，可能要等两年呢。”

“别怕！我爱你，爱德华。等你回来，我一定嫁给你。”

爱德华现在的老板不喜欢拖沓。他告诉爱德华，如果愿意接受他提供的职位，一周之后的今天就必须从旧金山启程远航。爱德华和伊莎贝尔度过了最后一晚。

直到晚饭后，朗斯塔夫先生才说他要和爱德华谈谈，并将他带到吸烟室。事先，朗斯塔夫先生已经很和蔼地接受了女儿告诉他的这一决定，爱德华现在根本想象不出他和自己还有什么秘事要谈。看到主人神情有些尴尬，爱德华有些不知所措。朗斯塔夫先生言语支吾，说了些无关紧要的琐事，最后才终于说道：“我想你应该听说过阿诺德·杰克逊这个名字。”他说着，眉头紧皱地看着爱德华。

爱德华犹豫了一会儿。他诚实的性格使他不得不承认一件他宁愿可以否认的事。“是的，听说过。但那已是很久之前的事了。我想，当时我也没怎么太在意。”

“芝加哥人没听说过阿诺德·杰克逊的少之又少。”朗斯塔夫尖刻地说，“就算有人不知道，但要找到乐于告诉他们的人也不是什么难事。你知道他是朗斯塔夫夫人的兄弟吗?”

“是的，我知道。”

“当然，我们已经很多年没有联系了。自打有能力离开这个国家，他就走了。我想，这个国家也没有因为失去他而有什么遗憾。我们知道他住在塔希提。我建议你到了塔希提，离他能有多远就多远。如果听到了关于他的消息，我和夫人还是非常高兴你能告诉我们。”

“那是当然。”

“这就是我想和你说的。现在，我敢说，你肯定想回到太太、小姐们那边去了吧。”

几乎所有家庭都有这么一个成员，如果邻居不提起，他们非常乐意把他忘掉。而随着一两代人的逝去，那个人的特立独行也会因此染上一层浪漫色彩。那个时候，这一家子就会感到非常庆幸了。如果他还活着，他的怪癖还不是所谓“他并非谁的敌人，只是与自己过不去”就能宽恕了。也就是说，那个被大家控诉的家伙并非罪大恶极，只是爱喝酒或者爱拈花惹草，用上这么一句话就搪塞过去了。如果他并非如此，那唯一的解决办法就是对他避而不谈。朗斯塔夫一家人对阿诺德·杰克逊采取的就是这种态度。他们从不谈起他，甚至连他昔日住过的那条街也刻意不去。朗斯塔夫一家人慈悲心肠，不忍看到阿诺德的妻子和孩子因为他行为不端而受罪，多年来一直在经济上照顾他们。彼此也达成了共识，那就是他们必须住在欧洲。他们做了一切能做的，以抹去人们关于阿诺德·杰克逊的回忆，却又清楚地意识到，大家对此依然记忆犹新，就像他的丑闻最初暴露在目瞪口呆的公众面前一样鲜活生动。

阿诺德·杰克逊是一匹十足的害群之马。谁家要出他这么一个人，准得一起跟着倒霉。他本是一个富裕的银行家，在教会里有着崇高的威望。他还是一个慈善家，一个大家都尊重的大人物。这不仅是因为他的社会关系（他的血管里流淌着芝加哥名门贵族的高贵血液），还因为他本人正直诚实的品德。但就是这么一个人，却突然有一天因犯了欺诈罪而被逮捕。审判揭露出的欺诈行为并非那种因受不住一时诱惑的跌跤失足，而是经过精心策划、蓄谋已久的罪行。总而言之，阿诺德·杰克逊是个恶棍。当他被判处七年监禁时，所有人都认为太便宜他了。

那晚的最后，这对爱侣海誓山盟，依依惜别。伊莎贝尔尽管泪眼婆娑，但想到爱德华对自己一往情深，还是感到了些许安慰。她当时的感觉奇怪而矛盾：一方面，与他分别让她肝肠寸断；另一方面，爱德华对她的爱慕又让她幸福得飘飘然。

这已是两年多以前的事了。

那之后，每班邮件他都有信寄给她，总共寄有二十四封，因为每月只走一批邮件。那些信和其他情书没什么两样，满是亲密呢喃，充满醉人字眼。有时，特别是后来，颇富幽默，句句情深义重。最初从信中可以看出他思乡甚切，里面随处可见他想回芝加哥、想回到伊莎贝尔身边的渴望。伊莎贝尔有些担忧，回信求他千万忍耐一段时间。她有点儿害怕他放弃这个良机，不顾一切地冲回来。她并不想她的爱人缺乏毅力，所以引用了几句诗来激励他："如果我不能再珍爱荣誉，就不能更珍爱汝。"

但过了一段时间，他似乎已定下心来，伊莎贝尔非常高兴看到他情绪高涨地把美国式方法推介到了那个被世界遗忘的角落。但她很了解他，所以到了那一年年终的时候——这是他必须在塔希提停留的最短期限——她料想自己不得不施展全部影响力劝阻他回家。他能深入学习业务更好，而既然他们一年都能等，还有什么理由不能再等一年呢。她和一向最乐于助人的贝特曼·亨特谈及此事（爱德华走后最初那段时间里，如果没有贝特曼，她简直不知道该怎么办），两人都一致认为，爱德华的前途重于一切。随着时间的推移，她发现爱德华并没有要回来的迹象，不禁大大松了一口气。

"他真了不起，对吧！"她向贝特曼赞美道。

"很了不起！非常非常了不起！"

"从他来信的字里行间我能读出来，他非常讨厌那里，但还是坚持了下来。因为……"

她脸上泛起淡淡红晕。而贝特曼，带着他那最迷人的庄重微笑，替她说了下去："因为他爱你。"

"这让我觉得自己配不上他。"她说。

"你很优秀，伊莎贝尔！真的非常优秀！"

第二年也过去了。每个月，伊莎贝尔还是会收到爱德华的信。然而，事情开始变得有点儿奇怪起来，他竟对回国的事闭口不提。他的信让人觉得，毋庸置疑，他已经在那里定居下来了；不仅如此，他已乐不思蜀了。她有些吃惊。然后，她把他的来信，所有来信，反反复复读了好几遍。再去仔细体味字里行间的意思时，她疑惑地发现，里面有自己之前没能注意到的变化。后来的这几封信虽然也像第一封一样充满柔情蜜意和欢呼雀跃，但语气已大不相同。她对这些信里的幽默隐隐感到怀疑，出于女性的本能，她对心中那些捉摸不透的东西疑虑重重了。现在，她发觉信中颇有些叫她困惑不解的轻率与无礼。她已不能确信，现在给她写信的这个爱德华还是不是当初她认识的那个爱德华。

一天下午，就是从塔希提寄来的信到达的第二天，她和贝特曼坐在车里。他对她说："爱德华有没有告诉你他什么时候启程回国?"

"没有。他没提过。我还以为他和你说了些什么呢。"

"一个字也没说。"

"你知道爱德华是怎样一个人。"她笑着回答道，"他一点儿时间观念都没有。下次你写信，如果碰巧想起来的话，可以问问他什么时候回来。"

她说得那么满不在乎，只有贝特曼敏锐的心灵才能发觉她请求里的急切。他轻轻一笑。"好的，我会问问他的。我真不知道他在想些什么。"

几天之后，再碰见他时，伊莎贝尔发现他正有些纠结。自爱德华离开芝加哥后，两人经常在一起，都十分惦念爱德华。无论谁想聊聊那位离去的朋友，都能找到一个热心听众。这导致的结果是，伊莎贝尔清楚贝特曼脸上每一个表情。现在，他的否认在她敏锐的本能面前毫无用处。她的本能告诉她，贝特曼那烦躁不安的神情与爱德华有关。她惶恐不安，直到逼他讲出来。

“是这样。”他最后终于说了出来，“我间接听人说，爱德华已不再替布劳恩施密特公司效力了。昨天，我找了个机会问了布劳恩施密特先生本人。”

“然后呢？”

“爱德华与他解除雇佣关系差不多一年了。”

“真奇怪！他丝毫没和我说起过！”

贝特曼犹豫不决，但话已说到这儿，没办法只得继续说下去。这让他异常尴尬。“他被炒了。”

“天哪，这到底是为了什么？”

“他们似乎警告过他一两次，最后直接让他走人了。他们说，他又懒又无能。”

“爱德华吗？”

有那么一会儿，两人谁也没再说话。然后，他看见伊莎贝尔眼泪直掉。他本能地握住她的手。“噢，亲爱的，别，别这样。”他说，“我实在不忍看下去了。”

她如此虚弱无力，只好让自己的手一直被他握着。他尽力去安慰她。“简直难以理解，是不是？这太不像爱德华了。我禁不住去想，其中一定有什么误会。”

她好一会儿没再说话。当她再启口时，显得有些犹豫不决。“你最近觉得爱德华的信有什么异常吗？”她问的时候头扭向一边，眼里闪烁着泪光。

他真不知道如何回答才好。“我发现有点儿变化，”他承认道，“他似乎把我一直非常钦佩的严肃、认真的精神丢掉了。简直让你觉得，原本很重要的事对他来说，根本不算什么。”

伊莎贝尔没有答话。不知什么原因，她神色非常不安。

“或许，他给你的回信中会提到什么时候回来的。现在我们能做的，只有等他的信了。”

爱德华给他们每人写了一封信，仍然没提到归期。或许，他写信的时候，还没收到贝特曼问他何时归来的信。下批邮件一定会带给他们答案的。然后，下批邮件到了，贝特曼把他刚收到的信交给伊莎贝尔。但瞥见他脸的第一眼就足以告诉她，他有些惊慌失措。她仔细把信读完，然后紧抿嘴唇又读了一遍。“这封信太奇怪了。”她说，“我没太读懂。”

“叫人觉得他简直是在戏弄我。”贝特曼说，脸刷的一下子红了。

“读起来是有那么一点儿，但他一定不是故意的。这太不像爱德华了。”

“他一点儿也没说回来的事。”

“如果我不是那么确信他对我的爱，我会想……我根本不知道我会怎么想。”

直到那个时候，贝特曼才说出今天下午脑子里酝酿成形的计划。他父亲创建的公司，现在他也是合伙人了。这是一家生产各种各样机动车辆的公司，即将在火奴鲁鲁、悉尼、威灵顿设立办事处。贝特曼自告奋勇，代替本来打算派去的经理到这些地方走一趟。他可以经塔希提回来。事实上，从威灵顿走的话，必须要经过塔希提，他可以去看看爱德华。“事情有些莫名其妙，我要把它弄清楚。也只好这么办了。”

“噢，贝特曼，你怎么能这样好，这样善良呢!”她惊叹道。

“你知道，这世上我只想让你过得幸福，伊莎贝尔。”

她看着他，把手交给他。“你是个好人，贝特曼。我不知道这世上还有谁能像你一样。我该如何谢你呢?”

“我不要你谢我，我只想让你能允许我帮助你。”

她垂下眼睛，脸色微红。她和他太熟了，熟到都忘了他长得多么英俊。他像爱德华一样身材高大、体型匀称，但他肤色黝黑、面色苍白，而爱德华面颊红润。当然，她知道，他爱她。她心里很感动，对他感到一种柔情。

这时的贝特曼·亨特，就是结束了这趟行程，回来了。

公事占用的时间比他预料的要长，他有的是时间思索两位朋友的事。他已经得出结论：阻止爱德华回家的并非什么了不起的大事，或许不过是一种骄傲心理。这种骄傲心理使他立志要干出一番事业后再来迎娶他心爱的新娘，但这种骄傲必须理性对待。伊莎贝尔很不开心，爱德华必须和他一起回芝加哥，然后立即迎娶她。可以在“亨特机动牵引和汽车公司”给他找份工作。贝特曼虽然心里流着血，但想到自己的牺牲是为了成就这世上他最爱的两个朋友的幸福，不禁有些自豪。他此生不会结婚，他将会成为爱德华和伊莎贝尔孩子的教父。等到许多年后他俩都已去世时，他会告诉伊莎贝尔的女儿，很久、很久以前，他有多么爱她的母亲。贝特曼脑子里幻想着这一场景，不禁泪眼模糊。

为了给爱德华一个惊喜，他事先并没有电报通知他的到来。在塔希提登岸后，他让一个自称鲜花旅馆老板儿子的年轻人带他去了那家店。想到朋友看到他这个最意想不到的客人走进办公室时那一脸的惊诧，他不禁咯咯笑出声来。

“顺便问一下！”在路上，他边走边问那个年轻人，“你知道我在哪里能找到爱德华·巴纳德先生？”

“巴纳德？”年轻人说，“我似乎听说过这个名字。”

“他是个美国人，高高的个子，浅棕色头发，蓝眼睛。他来这儿有两年多了。”

“当然咯，我现在知道你说的是谁了。你说的是杰克逊先生的侄子吧？”

“谁的侄子？”

“阿诺德·杰克逊先生的侄子。”

“我想，我们说的不是同一个人。”贝特曼冷冷地答道。

他被吓到了。这太奇怪了。那个臭名昭著的杰克逊·阿诺德居然还在这里沿用他判刑时令人丢脸的名字。但这个以他侄子身份出现的人又是谁呢？贝特曼百思不得其解。朗斯塔夫太太是他唯一的姊妹，而他又没有其他兄弟。身边走着的年轻人说着一口流利英语，声调里夹杂着些外国口音。贝特曼乜斜了他一眼，发现自己之前竟没注意到，年轻人身上带着大量土著血统的特征。贝特曼的态度不自觉地变得骄矜起来。

他们到达旅馆，贝特曼安顿好自己后，就问起怎么去布劳恩施密特公司。这家公司的办事处在岸边，面对一湾咸水湖。经过八天海上航程，贝特曼非常高兴再次踏上坚实的土地。他沿着洒满阳光的马路，漫步走向湖滨。到达目的地后，贝特曼向经理递过一张名片。然后，他被人领着穿过一座高耸的、谷仓似的房子（这间房子兼作仓库和店面），到达经理办公室。里面坐着一个矮胖的、戴着眼镜的秃顶男人。

“您能告诉我，哪儿能找到爱德华·巴纳德先生。我知道他在您这里工作过一段时间。”

“你是找他呀。我可不知道他现在在哪儿。”

“我知道，他到这儿来是经过布劳恩施密特先生特别介绍的。我与布劳恩施密特先生很熟。”

胖男人用他那双精明而满是怀疑的眼睛审视着贝特曼，然后向仓库里正在干活儿的那堆男孩儿喊道：“我说，亨利！巴纳德现在在哪儿，你知道吗?”

“我想，他正在卡麦隆商店干活儿吧。”某人答了一声，连走都没走出来。

“你出了这里向左拐，大概走三分钟就能看到卡麦隆商店了。”

贝特曼犹豫了一下。“我想，我应该告诉你，爱德华·巴纳德是我最要好的朋友。听说他离开布劳恩施密特公司，真叫我大吃一惊。”

那个胖男人的眼睛在往小里缩，直到眯成一条缝。那里透露出的百般研究让贝特曼非常不舒服，甚至觉得脸都有些发烧起来。“我想，布劳恩施密特公司与爱德华·巴纳德在某些事务上意见相差甚远。”他回答说。

贝特曼不大喜欢那家伙的态度。他站起来，带着应有的尊贵道了声歉，就告辞走了。他带着一种奇怪的感觉离开那个地方。刚刚和他交谈的男人明明有很多可以告诉他，却没有打算详说的意愿。

他按照那人指点的方向走去，果然很快就找到了卡麦隆商店。这是一家杂货店，就像他路经的半打左右的小店铺一样。他走进去，第一眼看见的那个人——那个穿着衬衫，正在量一块棉布的人竟然就是爱德华。看到他正在做着这样一份卑微的工作，贝特曼不免大吃一惊。恰巧这时爱德华抬起头来，看见他，又惊又喜地叫起来：“贝特曼！谁能想到你会来这儿!”

他从柜台上伸过胳膊来，紧紧握住贝特曼的手。他神情泰然自若，尴尬不堪的反而是贝特曼。

“等我把这块布包好。”他十分老练地剪开布料，折起来包好，递给一个黑皮肤的顾客。“请到柜台付账。”然后，他转向贝特曼，满脸笑容，双眼发亮。“你怎么来这儿了？天啊，看到你，我真是太高兴了！快坐下吧，老伙计！就像你在家一样，在这儿也别拘束。”

“我们不能在这儿交谈。来我的旅馆吧！我想，你脱得开身吧?”最后一句，他是带着些许顾虑说的。

“我当然脱得开身。在塔希提做买卖，可没那么一板一眼。”他向站在对面柜台的一个中国人喊道，“阿林，老板来的时候告诉他，我的朋友刚从美国来，我要出去和他喝一杯。”

“好的。”中国人咧嘴一笑。

爱德华套上外衣，戴上帽子，就随着贝特曼走出了商店。贝特曼打算以开玩笑的方式把他要讲的事说出来。“出乎意外啊，你竟然在这儿给一个油不拉叽的黑鬼扯三尺半烂布头！”

他哈哈大笑。“布劳恩施密特公司炒了我，你知道吧。不过我想，在哪儿干活儿都一样。”

爱德华的坦白让贝特曼非常吃惊，但他还是觉得最好谨慎一些，暂不追问。“我想，你现在干的这份工作是发不了大财的。”他有些干巴巴地回答。

“我想也是。不过，我现在挣的钱足以叫我整个身心通泰。对此，我已非常知足。”

“两年之前，你绝不是这样想的。”

“越老越聪明嘛！”爱德华愉快地反驳道。

贝特曼瞟了他一眼，爱德华穿着破旧的帆布衣服，一点儿也不干净，戴着当地人制作的大草帽，比过去瘦些，皮肤也晒得黝黑，却比以往任何时候都好看。然而，他的神情里有些东西叫贝特曼惊惶不安。他走路带着一股全新的快活劲，行为举止无忧无虑，无来由地穷开心。对这些，贝特曼都无法加以指责，却叫他苦思不解。“上帝保佑，我要是能知道他这该死的高兴劲儿打哪儿来的就好了。”他暗自对自己说。

到了旅馆，他们坐在阳台上，一个中国男孩儿给他们送来了鸡尾酒。爱德华迫不及待地想知道芝加哥的各种新闻，连珠炮似的问了朋友一个又一个问题。他表现出的兴趣自然而又真诚，但奇怪的是，他对这一大堆各种各样话题的关切程度似乎并无主次之分，全都是同等程度地急于了解。他迫切地想知道贝特曼父亲的近况，同样迫切地想知道伊莎贝尔正在做什么。谈起伊莎贝尔来，他没有一丝一毫尴尬的迹象，让你弄不清她究竟是他的亲姊妹还是他的未婚妻。贝特曼还未来得及细细品味爱德华话里的意思，就发现话题已转至他的工作以及他父亲新近建造的大楼上来。他下定决心要把话题再拉回至伊莎贝尔，而当他正在寻找恰当时机时，发现爱德华正热情地挥动着手臂。一个男人正从阳台向他们走来，贝特曼背对着他，所以没看见。

“来坐坐吧。”爱德华开心地说。

新来的人走近了。他非常高，很瘦，穿着白帆布衣服，一头整齐的白色卷发。他的脸又瘦又长，一只大大的鹰钩鼻，嘴巴却生得很美，富于表情。

“这是我的老朋友贝特曼·亨特。我跟你说起过他。”爱德华说，嘴角再次浮现他一贯的笑容。

“非常高兴见到你，亨特先生。我过去与你的父亲很熟。”陌生人伸出手，亲切、有力地握住年轻人的手。

直到此时，爱德华才介绍他的姓名。“这位是阿诺德·杰克逊先生。”

贝特曼脸色惨白，感到双手骤然变冷。这就是那个伪造支票的罪犯。这就是伊莎贝尔的舅父！他不知道该说些什么，努力掩饰自己的惊慌失措。

阿诺德·杰克逊看着他，眼睛一闪一闪的。“我敢说，我的名字你一定很熟。”

贝特曼不知该承认还是该否认。更为尴尬的是，杰克逊和爱德华两人正饶有兴味地看着他的窘态。硬叫他认识一个他在岛上避之唯恐不及的人就够糟糕了，竟还叫他成为对方愚弄的笑料，简直糟糕透顶。

但或许他这个结论下得太快了，因为杰克逊紧接着又加了一句："我知道你和朗斯塔夫一家关系非常好。玛丽·朗斯塔夫是我妹妹。"

现在，贝特曼不禁想道，莫非阿诺德·杰克逊还真以为他对芝加哥有史以来最大的丑闻一无所知。但杰克逊把手搭在爱德华的肩上："我不坐了，特迪①。"他说，"我有些忙。你们两个孩子最好晚上到我家一起吃晚饭。"

"那太好了！"爱德华说。

"谢谢你的好意，杰克逊先生。"贝特曼冷冷地说，"我在这儿耽搁不得。要知道，我的船明天就起航。请原谅我不能来。"

"噢，别胡说了！我要请你吃一顿地方菜，我妻子厨艺不错。特迪会领你来的。早点儿来，去看看落日。要是愿意的话，你们两人都可以在我那里睡上一宿。"

"我们当然会来的。"爱德华说，"每次船到的那一天，旅馆里都要吵翻天。住在你家，我们可以好好聊聊。"

"我不会放过你的，亨特先生。"杰克逊带着最真挚的热情继续说，"我想听听关于芝加哥的新闻，还有关于玛丽的一

---

① 爱德华的昵称。

切。”他点点头，在贝特曼还未来得及说什么之前就走了。

“在塔希提，要拒绝别人的邀请可不容易。”爱德华大笑，“再说了，你会享受到岛上最好的晚餐。”

“他说他妻子厨艺不错，到底是什么意思？我碰巧知道，他妻子正在日内瓦。”

“作为妻子来说，日内瓦可太远了，是不是？”爱德华说，“他已经很久未见到她了。我想，他说的是另一个妻子。”

贝特曼半晌没说话，满脸凝重。但当他抬头看时，一眼就捕捉到了爱德华神色里的消遣意味，脸不由得一下子涨得通红。“阿诺德·杰克逊是个可鄙的恶棍。”他说。

“怕是让你说着了。”爱德华笑了笑，回答道。

“我不明白，正派人士怎能与他有丝毫瓜葛。”

“或许，我并不是一个正派人。”

“你经常和他在一起吗，爱德华？”

“是的，非常频繁。他已经认我为侄子了。”

贝特曼身子前倾，一双探究的眼睛直视着爱德华。“你喜欢他？”

“非常喜欢。”

“你难道不知道，还是说这里的人都不知道，他是一个伪造犯，并因此被判过刑？他是应该被文明社会驱逐的啊！”

爱德华看着圈圈烟雾从雪茄烟上袅袅升起，直到消散在宁静芬芳的空气中。“我想，他是个十足的流氓。”他终于启口说道，“即使他对自己的罪行有所忏悔，也没法儿给人宽恕的理由。他曾经是一个诈骗犯、一个伪君子。这是谁也抹不掉的。但我从来没碰到过比他更令人愉快的同伴了。我现在所知道的一切，都是他教给我的。”

“他究竟都教你什么了?”贝特曼吃惊地叫起来。

“如何生活。”贝特曼讽刺地大笑起来。

“真是一位良师！是不是因为他的谆谆教导，才让你丢掉发财致富的机会而在一家不值十个小钱儿的杂货铺站柜台?”

“他的性格十分有魅力。”爱德华好脾气地笑了笑，说道，“或许你今晚就能明白我说的是什么意思了。”

“我是不会去和他吃晚饭的，你还是死了这份心吧。这世上绝没有任何事能让我踏进他家半步。”

“求求你看在我的面子上，还是去吧，贝特曼。我们在一起做朋友这么多年了，我这小小的请求你是不会拒绝的。”爱德华的语调里有一种对贝特曼来说非常新奇的东西，他的柔声细语异常具有说服力。

“你这样说的话，爱德华，看样子我是非去不可了。”他笑了笑说。贝特曼还有另外一层考虑：这样做，还可以尽量了解阿诺德·杰克逊这个人。很明显，他对爱德华有着巨大影响。要消除这种影响，就必须清楚它到底包含着什么。他与爱德华说得越多就越能发现，爱德华身上发生了一种变化。他本能地感觉到理当三思而后行，并下定决心要再看得更清楚一些才宣布他此行的真正目的。他开始天南海北地侃起来，说到他的行程，说到他此行的成就，说到芝加哥的政治，说到他们这位、那位朋友以及他们在大学的共同生活。

最后，爱德华说他必须回去工作，并提议五点钟来接贝特曼，然后开车去阿诺德·杰克逊家。

“顺便说一下，我本来觉得你会住在这家旅馆。”和爱德华漫步走出花园时，贝特曼这么说道，“我看得出来，它是这里唯一还算体面的旅馆。”

“我可没住在这里。”爱德华大笑，“这对我来说太奢华了。我在城边租了一间房，又便宜又干净。”

“要是我没记错的话，你在芝加哥时对这些可并不怎么看重啊。”

“呵，芝加哥！”

“我不知道你这是什么意思，爱德华。芝加哥可是这世界上最伟大的城市。”

“我知道。”爱德华说。

贝特曼很快扫了他一眼，但爱德华脸上的表情无懈可击。“你什么时候回芝加哥？”

“我自己也常常在寻思。”爱德华笑了笑，答道。

这个回答，还有他的语气，都叫贝特曼震惊不已。但他还没来得及要他作出解释，爱德华已向驾着小车从他们身边经过的欧亚混血儿招手了。“载我一程，查理。”爱德华说。他朝贝特曼点点头，向停在几码远的小汽车跑去，留给贝特曼一堆令人费解的印象慢慢去拼凑。

爱德华再次去找他时，乘坐的是一匹老母马拉着的晃荡不堪的破马车。他们沿着临海马路向前驶去，路两边都是种植园。里面种着椰子树或香子兰。时不时地，他们会看见一株高耸的芒果树。郁郁葱葱的树叶里露出黄的、红的、紫的果实；

再时不时地，他们还能瞥一眼远方的环礁湖。平静而蔚蓝的湖面，这儿或那儿矗立着几座玲珑小岛，高高的棕榈树优雅地点缀其间。阿诺德·杰克逊的房子在一座小山上，只有一条小径通达。他们将母马从车上解下来，系到一棵树上；马车则扔在路边。在贝特曼看来，他们这种办事方法有点儿乐天派的意味。他们往上走，进入房子时，一个高高的、相貌端庄但已不年轻的当地女人迎了出来。爱德华热情地和她握手，并把贝特曼介绍给她。“这是我的朋友亨特先生。我们到你家吃晚饭来啦，拉薇娜。”

“欢迎。”她说，脸上掠过一丝笑容，“阿诺德还没有回来。”

“那我们下去洗个澡。给我们拿两条‘帕瑞欧’来吧。”

女人点点头，走进屋子。

“她是谁？”贝特曼问。

“哦，她是拉薇娜，阿诺德的妻子。”

贝特曼双唇紧抿，什么都没说。不一会儿，那个女人拿着一捆东西递给爱德华。然后，他们顺着一条陡峭的小路向海滩上一片椰林走去。脱掉衣服，爱德华教朋友如何把那叫作“帕瑞欧”的红棉布折成一块齐整的浴巾，围在腰上。很快，两人就在温暖、清浅的海水里玩得水花四溅了。爱德华兴致高昂，又笑又叫又唱，就好像他现在只有十五岁一样。贝特曼从没见他这么开心过。之后，他们躺在沙滩上抽烟。空气澄澈，清新。爱德华那难以抑制的无忧无虑的欢乐劲儿，简直叫贝特曼惊呆了。

“你似乎觉得生活满是欢欣。”他说。

“确实。”

他们听到一阵窸窸窣窣的声音。回头看时，发现阿诺德·杰克逊正朝他们走来。“我就知道，非得过来叫你这俩孩子不可。”他说，“洗得爽吧，亨特先生？”

“挺好。”贝特曼回答说。

阿诺德·杰克逊没再穿着那身整洁的帆布衣服，只在胯上系着一条“帕瑞欧”，赤脚走了过来。他的身体被阳光晒得黝黑。长长的、卷曲的白发，一张苦行僧的脸，再搭上这身土著衣服，使他看起来妙不可言。但他自己根本没意识到这一点。

“你们要是收拾好了，我们立即就上去。”杰克逊说。

“我这就穿上衣服。”贝特曼说。

“为啥，特迪？难道你没为朋友拿条‘帕瑞欧’吗？”

“我想，他还是愿意穿上衣服。”爱德华笑了笑。

“我自然是要穿上。”贝特曼严肃地说。他才刚套上衬衫，就看见爱德华已缠好腰部，站起来准备走了。

“你走路不穿鞋，不嫌扎脚吗？”他问爱德华，“我突然想到，这条路可是石头不少啊。”

“哦，我已经习惯了。”

“从城里工作回来，换上‘帕瑞欧’是非常舒坦的。”杰克逊说，“你要是在这里久待，我强烈建议你这么穿。这是我见过的最为合情合理的服装之一，凉快又便利，而且也不贵。”

他们走向上面的房子，杰克逊把他们领进一间大屋子。墙壁粉刷得雪白，天花板是开放式的。屋子里餐桌已摆好，贝特曼发现有五个人的餐具。

“伊娃，过来见见特迪的朋友。然后，给我们调杯鸡尾酒。”杰克逊喊道。然后，他将贝特曼领到一个长长的矮窗前。“看看那里！”他说，做了个夸张的手势，“好好看看！”

在他们下面，椰树林顺着陡峭的山坡迤逦而下，一直延伸到环礁湖。湖水在夕阳余晖里颜色柔和，飘忽变换，波光粼粼，就像鸽子的胸脯一样。在不远处的小港湾里，当地土著的茅屋鳞次栉比地排列着；靠近礁石的地方飘荡着一只独木舟，轮廓鲜明，几个当地人正在舟上捕鱼。再远一些，可以看到太平洋广袤无垠的洋面风平浪静。二十英里以外，是一座名为莫里亚的小岛，美得不可思议，仙境般梦幻缥缈，宛如诗人无尽幻想编织出来的一样。太美了，看得贝特曼直出神。“我从来没见过这样的美景。”他最后终于说道。

阿诺德·杰克逊站在那里，注视着前方，眼睛里流露出一种梦幻般的柔和，瘦削而沉思的脸显得异常庄严。贝特曼扫了一眼这张脸，再次意识到它是那样强烈地超凡脱俗。“美，”阿诺德·杰克逊轻声低语，“一个人很少可以现场看到美。好好欣赏欣赏吧，亨特先生！因为你现在所看到的将再也看不到了。时光转瞬即逝，但它在你心里留下的回忆却不可磨灭。你就这样触到了永恒。”他的声音低沉而浑厚，吐露出的似乎是最纯洁的理想主义。贝特曼不得不一再提醒自己，现在说话的这个人可是一个罪犯、一个没心肝的骗子。

爱德华却在此时似乎听到什么声音，迅速扭过头去。

“这是我的女儿，亨特先生。”

贝特曼和她握了握手。她的眼睛又黑又亮，樱红的嘴唇带着盈盈笑意，但她的皮肤是棕色的，卷曲的长发波浪般披在肩上，像石炭一般乌黑。她穿着粉红棉布的宽松长衫，光着脚，头上戴着馨香的白色花环。她的样子非常可爱，像极了波利尼西亚传说中的春日女神。她有点儿害羞，但贝特曼更是局促不安。对他来说，整个场面非常尴尬。即使看着这空气般精灵的窈窕女孩儿拿着调酒器，熟练地将三种鸡尾酒混合在一起，也没让贝特曼感觉多么舒畅自然。

“要酒劲大的，孩子。”杰克逊说。

她将酒倒出，微笑着递给每人一杯。贝特曼平日对自己在鸡尾酒调制方面的造诣颇为自得，但尝了她调制的这杯酒后，发现味道竟这样好，不禁大吃一惊。

杰克逊看见客人情不自禁地流露出了赞赏之情，骄傲地大笑起来。“不错吧，是我亲自教的这孩子。昔日在芝加哥的时候，要论调酒的本领，我想全城没有一个酒侍配给我打下手。我在监狱里无所事事，就琢磨着鸡尾酒的新配法。但讲到真正的好酒，再没什么能与一杯干马提尼相媲美的了。”

贝特曼感觉到，好像有人在他胳膊肘的麻筋上狠狠打了一拳——他明明白白地意识到自己的脸正一阵红，一阵白。但他还没来得及想好要说些什么，一个土著男孩儿就端来一大钵汤，然后大家都坐下来吃晚饭了。阿诺德·杰克逊的这番话好像打开了回忆的匣子，滔滔不绝地讲起自己的监狱时光。他非常自然，不带丝毫怨恨，就好像正在讲述的是他在国外的求学经历。他总是朝着贝特曼讲话，搞得贝特曼开始时有些困惑不解，后来简直惊慌失措。他看到爱德华的眼睛一直紧紧盯着自己，目光里始终闪耀着消遣的意味。他的脸涨得紫红，因为他突然灵光一闪，意识到杰克逊正在愚弄自己，然后又觉得这荒谬至极。他根本想不出杰克逊有什么理由要这么做。这让他不禁火冒三丈。阿诺德·杰克逊是个轻率鲁莽的小人——没什么别的词可形容他了——他的麻木不仁，不管是假装的还是真的如此，总之叫人愤慨。

晚餐继续进行，贝特曼被逼着吃进去各种各样稀奇古怪的东西——生鱼和其他他都不知道的东西——他只是出于教养才不得不将这些东西吞下去，却惊奇地发现它们竟然如此美味。然后发生了一段小插曲，被贝特曼认为是整晚最令他感到羞辱和悔恨的经历。他面前摆着一个小花环，纯粹为了找话说，他随便评论了一句。

"这是伊娃给你编的花环，"杰克逊说，"但我想她太害羞了，不敢当面给你。"

贝特曼把花环拿在手上，非常礼貌地向女孩儿表达了谢意。

"你必须戴上它。"她笑着说，面色通红。

"我？戴上它？我看还是不必要了吧。"

"这是我们这里一个非常迷人的习俗。"阿诺德·杰克逊说。他的面前也有一个，他拿起来戴在头上。

爱德华也这么做了。

"我想，我这身衣服不适合戴这个。"贝特曼有些不自在地说。

"你要不要一条'帕瑞欧'？"伊娃马上接口说，"我马上给你送一条来。”

“不，谢谢。我这样很好。”

“教给他怎样戴，伊娃。”爱德华说。

此时此刻，贝特曼恨透了这位好朋友。伊娃从桌边站起来，满面笑容地将花环戴在他黑色的头发上。

“戴着挺漂亮。”杰克逊夫人说，“是不是，阿诺德？”

“当然漂亮。”

贝特曼浑身每一个毛孔都在往外冒汗。

“真遗憾天已经黑了。”伊娃说，“要不然，还可以给你们三人拍张照。”

贝特曼感谢自己的好运，幸亏天已经黑了。他觉得，他现在看起来一定像一个十足的傻瓜——穿着蓝色哔叽西服，系着整洁的高领，明明一副绅士派头，却偏偏头上戴着那可笑的花环！他怒火中烧，人生中从来没有一刻像现在这样需要如此巨大的克制力。他需要始终保持一副和善的面容。看着那个坐在桌子尽头的老头儿几乎半裸、漂亮的白发上戴着花环、满脸圣徒般虔诚的样子，贝特曼气得火冒三丈。他现在觉得尴尬不已、荒谬至极。

好不容易晚饭结束了，伊娃和妈妈留下来收拾餐桌，三个男人则坐到外面露台上去了。天气很暖和，空气中弥漫着一种夜间绽放的白花的芬芳，碧空万里无云，一轮满月缓缓滑行，在广袤无垠的大海上照出一条光路，直通向那浩瀚无际的永恒之国。

阿诺德·杰克逊开口阔谈起来，声音浑厚而悦耳。他谈到这里的土著，谈到这个国家的古老传奇。他给他们讲过去的奇事妙闻，讲关于探索的冒险故事，讲爱与死亡，讲恨与复仇，讲那些发现遥远岛屿的冒险家，讲在岛上定居并与酋长女儿结婚的水手，讲在银色海岸过着各种各样生活的流浪汉。

贝特曼带着窘迫与激愤，开始时闷闷不乐地听着，但没过一会儿，就被杰克逊话语中的神奇魔力所吸引，坐在那里一动不动地听得入了迷。海市蜃楼般的传奇故事让平凡庸俗的日常生活黯然失色。难道贝特曼已忘记阿诺德·杰克逊的伶牙俐齿？难道他已忘记杰克逊就是凭借他的巧舌如簧从轻信的公众手里骗走了大批钱财？难道他已忘记杰克逊凭着他的花言巧语几乎逃脱了法律惩罚？再没有人比他更能说会道了，也再没有人比他更懂得引人入胜了。

突然，他站起身来。“好了，你们两个孩子许久没见面了，我该让你们好好聊聊了。等你想睡觉的时候，特迪会领你去你的房间的。”

“噢，我不打算在这里过夜，杰克逊先生。”贝特曼说。

“你会发现这里更舒服些。我们到时会早点儿叫醒你的。”然后，他礼貌性地与他们握了握手。他神态庄严，就像身披法衣的大主教似的，离开了他的客人。

“当然，如果你想回巴比特镇，我也可以开车送你回去。”爱德华说，“但我建议你还是留下来。要知道，清早走那条路才叫妙不可言呢。”

有好一会儿，两人都没有说话。贝特曼思索着该怎样开始这场谈话，白天的经历已让他觉得这场谈话势在必行了。“你准备什么时候回芝加哥?”他突然问。

爱德华沉默了一会儿，没有回答。然后，他懒懒地转过身去看着他的朋友，笑着说：“我不知道。或许，永远都不回去了。”

“天呐，你这是什么意思?”贝特曼大叫起来。

“我在这里很开心。干吗要去改变?那不是愚蠢吗?”

“我的老天，你不能在这里住一辈子啊！这简直不是人过的生活！这样活着，简直跟死了没什么区别！噢，爱德华，趁着为时不晚，立刻跟我走吧！我已经觉得有些事不对劲了。这个地方让你着了迷，你已经向恶势力屈服了。但只要奋力挣扎一下，你还是可以得救的。而一旦摆脱了这个环境，你一定会感谢一切神明的。你会像一个戒掉毒品的瘾君子一样，你将发现，这两年来你一直在呼吸着有毒空气。当你的肺里再次充盈着祖国的新鲜而澄澈的空气时，你简直难以想象那是多么的舒畅!”他说得很快。激动之下，言语像竹筒倒豆子一样，一句接一句地蹦了出来。

他的声音真诚而充满感情，爱德华被感动了。“你这样关心我，真是太感谢你了，老朋友。”

“明天和我一起走吧，爱德华！你来这里简直就是个错误。这不是你该过的生活。”

“你谈及这种生活、那种生活，你可知道，一个人怎样才能享受到生活中最好的东西?”

“这还用问?答案只有一个，那就是恪尽职守，努力工作，完成国家和他的身份、地位所赋予的一切职责。”

“那他得到的回报是什么呢?”

“回报就是，他清楚地知道自己实现了初衷。”

“这对我来说，有些遥不可及。”爱德华说。夜光下，贝特曼能看到他在笑。“我恐怕你会觉得我已堕落得厉害了。我现在对有些事的看法，我敢说，三年之前对我来说也是难以置信的。”

“你是不是从阿诺德·杰克逊那里学会了这一套?”贝特曼轻蔑地问道。

“你不喜欢他?或许也不该期待你会喜欢他。我刚来的时候，也不喜欢他，和你一样，对他充满了偏见。但他是个非常了不起的人。你自己也看到了，他丝毫不隐晦自己坐过牢的事实。我看不出他对坐牢，或者对那些导致他坐牢的罪行有过丝毫悔恨。我所听到的他唯一的抱怨就是，坐牢损害了他的健康。我想，他根本就不知道忏悔是什么。他丝毫没什么道德观念。他接受一切，也接受自己遭遇的一切。他非常慷慨，也非常友善。”

“他一直都很慷慨,”贝特曼突然打断他说，“在别人的钱上!”

“我发现，他是一个非常好的朋友。我根据亲眼所见来评判一个人，难道不是再正常不过了吗?”

“结果是你已辨不清是非界限了。”

“不，是非界限在我脑海里依然和以前一样清楚明了。我感到困惑的是，坏人与好人之间的界限。阿诺德·杰克逊究竟是一个坏人在做着好事还是一个好人在做着坏事?这是个非常难以回答的问题。或许，我们把人与人之间的界限划得太清楚了。或许，我们中那些最好的人实际上却是恶棍，而那些罪大恶极的人反而是圣徒。这些，谁知道呢。”

“你永远也不能说服我将白的看成黑的、将黑的看成白的。”贝特曼说。

“我当然不能，贝特曼。”

贝特曼不明白，为什么爱德华附和自己的看法时嘴角会闪过一丝笑容。爱德华稍微停顿了一会儿。“我今天早上看到你的时候，贝特曼，”他继续说道，“就好像看到了两年前的自己：同样的假领，同样的鞋子，同样的蓝色西服，同样精力充沛，同样满怀的豪情壮志。天呐，我那时简直劲头十足啊！这地方昏昏入睡的办事方式叫我的血液都沸腾了起来。我各处逛了逛，随处所见的都是发展机遇，觉得大可作为一番。这是个很能赚大钱的地方。椰肉被一袋袋装好、再送到美国榨油的事对我来说，太荒唐了。何不就在当地加工？这里有廉价劳动力，还能节省运费——我似乎都能看到，一座座巨大的加工厂在岛上拔地而起。他们加工椰果的方法也原始得让我绝望。我发明了一种快速剥壳机器，每小时可以挖出两百四十只椰果的肉。港口也不够大，我计划扩建，并成立一个财团收购土地，建两三个大旅馆以及别墅区，为来此游玩的客人服务。我还有一个改善轮船服务以吸引澳大利亚游客的方案。再过二十年，这里将不再是半法兰西式的懒洋洋的帕皮提小镇，人们看到的会是繁华的美国大都市：十层高的摩天大楼，电车，还有戏院、歌剧院、股票交易所，以及一位市长。”

“那就去干啊，爱德华。”贝特曼大叫，兴奋地从椅子上跳起来，“你有这个思想，也有这个能力。天呐，你将成为澳大利亚和美国最富有的人。”

爱德华轻轻地咯咯笑起来。“可我不想。”他说。

“你的意思是，你不想发财，不想发大财，发几百万的大财？你知道，有了这些钱你可以做什么吗？你知道，它能给你带来多大权力吗？如果你不把钱放在眼里，至少想想能用它做什么——为人类事业开辟新渠道，给成千上万的人创造就业机会。你那些话在我脑海里唤起的一幕幕图景，都让我的脑袋有种眩晕的感觉。”

“那就坐下来吧，我亲爱的贝特曼。”爱德华大笑，“我发明的椰果剥壳机应该永远尘封起来。而且就我看来，帕皮提慵懒的大街上永远都不要有电车。”

贝特曼重重地跌落在椅子上。“我都搞不明白你了。”他说。

“我也是一点点才明白的。我开始喜欢这里的生活，喜欢它的安逸与舒适，喜欢这里的人。他们性格温和，脸上永远挂着幸福的微笑。我开始思考——以前从没时间思考；我开始读书。”

“你一直都在读书啊。”

“以前那是为了考试而读书，为了高谈阔论而读书，为了教养而读书。现在，我学会为兴趣而读书。我学会了聊天。你知道吗，聊天是生活中最大的乐趣之一。但聊天需要闲暇，我以前太忙了。渐渐地，那些以前对我来说如此重要的东西开始变得微不足道、庸俗不堪起来。那种忙忙碌碌、坚持不懈的奋斗有什么用呢？我现在一想起芝加哥，看到的是一座灰暗的城市，到处都是砖墙石壁，就像一座监狱一样，还有永无休止的混乱与嘈杂。在那里，所作所为究竟是为了什么？人们能从那里享受生活中最美好的东西吗？我们来到这个世界，难道就是为了这个吗——匆匆忙忙赶去办公室，一直工作到晚上，然后再匆匆忙忙赶回家，吃晚饭，上剧院？难道我就必须这样度过我的青春吗？青春短暂易逝，贝特曼。等我老了的时候，我还有什么盼头呢？难道还是一大早匆匆忙忙从家里赶去办公室，一小时接一小时地工作，直到夜晚来临，然后再匆匆忙忙赶回家，吃饭，上剧院？如果你想赚大钱，或许值得这么做——我不知道。一切都取决于你的本性。但如果你不想赚大钱，这样做还值得吗？我想让我的生活过得比这个更有意义，贝特曼。”

“那生活中有什么是你重视的？”

“我怕你会笑话我——真、善、美。”

“难道你认为在芝加哥得不到这些吗？”

“也许有些人能得到，但我不能。”现在轮到爱德华跳起来了。“我告诉你，一想起自己以前过的是什么日子，我简直觉得恐怖。”他激动地叫起来，“想到自己幸而逃脱的灾难时，我就吓得直发抖。我以前从不知道自己还有灵魂，是到了这里我才找到的。如果我仍是个有钱人，我或许要永远失去灵魂了。”

“我不知道你怎么能这么说。”贝特曼气愤地喊道，“我们过去常常讨论这个问题的。”

“是的，我知道。但那就像和聋哑人讨论和弦一样，毫无意义。我永远都不会再回芝加哥，贝特曼。”

“那伊莎贝尔怎么办呢?”

爱德华走到阳台边沿，身子前倾，专心致志地凝视着迷人的蓝色夜空。当他再转向贝特曼时，脸上挂着淡淡的笑意。“伊莎贝尔对我来说，实在太好了。我崇拜她，胜过我见过的任何一位女性。她头脑聪明，心灵既好外表也美。我非常敬佩她的精力充沛与雄心壮志。她生来就是为了有番大作为的，我完完全全配不上她。”

“她并不这样认为。”

“但你必须这样告诉她，贝特曼。”

“我?”贝特曼大叫起来，“谁能做到谁去做！我是绝对做不到的!”爱德华背对着皎洁的月光，看不见他的脸。他是不是又在窃笑?“你把一切都瞒着、不告诉她是没有用的，贝特曼。她那么睿智，五分钟就能把你看透了。你最好还是一见面就立即坦白吧。”

“我不知道你什么意思。我当然会告诉她，我见到你了。”贝特曼有些烦躁地说，“老实讲，我真不知道该对她说些什么。”

“告诉她我一事无成！告诉她，我不仅穷，而且甘于贫穷！告诉她，我因为又懒又怠被解雇了！告诉她你今晚看到的一切以及我所告诉你的一切!”

突然，一个念头闪现在贝特曼脑海，让他不禁跳了起来。带着无法控制的焦躁不安，他直面爱德华：“天呐，你难道不想和她结婚了?”

爱德华神情严肃地看着他。“我永远都不会叫她解除婚约、放我自由的。如果她想让我履行承诺的话，我一定会好好待她，做一个爱她的好丈夫。”

“你希望我将这个消息传给她吗，爱德华？噢，我做不到，这太可怕了。她哪怕一刻都没想过，你会不想娶她。她爱你，我怎能让她遭受这样的打击！”

爱德华再一次笑了。“你为什么不娶她呢，贝特曼？你已经爱她很久了，而且你俩非常适合彼此。你能给她幸福的。”

“别这么和我说，我受不了。”

“我自甘退让，贝特曼。你是她更好的人选。”

爱德华语调里有什么东西促使贝特曼立即抬起头向上看。但爱德华眼睛里满是严肃，毫无笑意。贝特曼不知道该说些什么。他感到惊慌失措，思索爱德华是否怀疑自己是带着特殊任务才来塔希提的。尽管他知道这很可怕，但还是压不住心头的狂喜。“如果伊莎贝尔写信和你解除婚约，你有什么打算？”他慢慢地说道。

“活下去。”爱德华说。

贝特曼太激动了，竟没能听见爱德华的回答。“我真希望你穿的是正常点儿的衣服。”他有些气愤地说，“你作出的可是一个性命攸关的重大决定。而你穿的这件怪里怪气的衣服让人觉得，你太漫不经心了。”

“我可以向你保证，我虽然穿着‘帕瑞欧’，头戴玫瑰花环，但我作出的决定绝对和我戴着高礼帽、穿着长礼服时作出的决定一样严肃、认真。”

然后，又一个想法闪过贝特曼脑海。“爱德华，你该不是为了我才这么做的吧？我自己也说不清，但这或许会让我的未来发生重大变化。你不是为了我才牺牲自己的吧？你知道，我是不能接受你这样做的。”

“不，贝特曼。我在这儿已经学会不再犯傻，不再多愁善感了。我是想看到你和伊莎贝尔幸福，但我一点儿也不希望自己不幸福。”

这个回答多少有些让贝特曼感到心寒。他似乎觉得这些话语带有讽刺意味。要是让他现出高尚无私的一面，他不会觉得遗憾的。

“你的意思是心甘情愿在这儿浪费生命！这简直等于自杀。想到我们刚踏出大学校门时你的那些个雄心壮志，再叫我瞧见你竟然心甘情愿在廉价的小杂货店站柜台——简直太可怕了！”

“噢，我那只是暂时的凑合。我正在这里积攒大量非常宝贵的经验。我脑子里还有其他计划。阿诺德·杰克逊在玻毛塔斯群岛有个小岛，离这里大概一千英里远。那是一个环形岛屿，环抱着一个咸水湖。他在那里种了椰子，而且答应把小岛送给我。”

“他为什么要送给你？”贝特曼问。

“如果伊莎贝尔和我解除婚约，我就会娶他的女儿。”

“你？”这对贝特曼简直是晴天霹雳，“你不能娶一个混血儿。你还不至于疯到这种程度吧！”

“她是个好女孩儿，甜美温柔。我想，她一定能让我很幸福。”

“你爱上她了吗?”

“我不知道。”爱德华思索着回答道，“我对她的爱和我以前对伊莎贝尔的爱不同。我崇拜伊莎贝尔，觉得她是我见过的最为优秀的女孩儿，我连一半都配不上她。而对伊娃，我就没有这种感觉。她就像一朵美丽的异国鲜花，需要你来保护她不受寒风的袭击。我想要保护她。没人会想到伊莎贝尔需要保护。我想，伊娃爱的是我这个人，而不是我以后会如何。不管我今后发生什么，我都不会让伊娃失望的。她很适合我。”

贝特曼没有说话。

“明天我们还得早起，”爱德华最后说，“这个时间真该去睡觉了。”

这时，贝特曼说话了，声音里现着真切的痛苦。“这太叫我困惑不解了，真不知道该说什么。我来这里，是因为我觉得发生了什么事。我想，你没实现初衷，因为失败没脸回去。我从没想过会遇到如今这种境况。我感到太遗憾了，爱德华！我太失望了！我本希望你能干出一番事业。看到你现在以这样一种令人惋惜的方式浪费才华，浪费青春，浪费机遇，我简直痛心疾首!”

“别悲伤，老朋友!”爱德华说，“我并没有失败，我成功了。你想象不出我现在对生活带着何种热切的期盼。生活对我来说多么充实，多么富于意义。你和伊莎贝尔结婚后，偶尔也会想起我来。我会在自己的珊瑚岛上修建一座房子，我将会住在那里，照看我的椰子树，用他们用了无数年的老法子剥出椰壳里的果肉，我还要在花园里种上各种各样的植物和花卉，我还要捕鱼。将会有足够的工作让我忙，但不会多到让我感到枯燥厌烦。我会有书，有伊娃，还有孩子——我希望，更重要的是，我会有千变万化的海洋、天空，清新的黎明，美丽的落晖，雄伟壮丽的星夜。我会开垦出一座花园，而不久前它还是一片荒芜。我将会创造出一些东西。岁月不知不觉地流逝，当我老了的时候回首一生，我希望能看到自己过的是幸福、简单、宁静的生活。虽然没有活得惊天动地，但也活得美丽潇洒。你是不是觉得，这样自满自足意义甚微？我们都知道，如果一个人赢得了全世界却丢了自己的灵魂，那他是所得甚微的。我想，我已经赢得了自己生活的意义。”

爱德华将他领进一间放着两张床的屋子，自己仰头倒在床上。不过十分钟，贝特曼从他均匀、像孩子般宁静的呼吸中知道，爱德华已经睡着了。他却睡不着，心里焦虑不安。直到晨曦像幽灵一样静悄悄爬进屋子，他才睡了过去。

贝特曼已向伊莎贝尔讲完了他那长长的故事。除了那些他认为会伤害到她以及会让他觉得自己可笑的部分，他什么也没有隐瞒。他并没有告诉她，他曾被逼头戴花环坐在餐桌旁；也没有告诉她，一旦她和爱德华解除婚约，爱德华就会娶她舅舅的混血女儿。但或许伊莎贝尔的直觉比贝特曼知道的更为厉害，因为随着他讲述的故事，她的眼睛变得越来越冷，嘴唇也抿得越来越紧。时不时地，她会仔细盯他两眼。如果不是那么专心致志地讲故事，他或许会好好思索一下她的这些表情。

“那个女孩儿如何？”他一讲完，她就问道，“阿诺德舅舅的女儿，你觉得她和我长得有相似的地方吗?”

这个问题让贝特曼非常吃惊。“我没看出来。你知道，我的眼里除了你没有别人。我不能想象有人长得像你。谁能长得像你呢?”

“她漂亮吗?”伊莎贝尔说。他的话让她微微一笑。

“我猜，是吧。我敢说，有些男人会觉得她漂亮。”

“嗯，这也无关紧要了。我觉得，我们没必要再过多关注她了。”

“你打算怎么做，伊莎贝尔?”他然后问道。

伊莎贝尔低下头，看着自己的手。那根指头上仍然戴着订婚时爱德华送的戒指。“我当时没让爱德华解除婚约，是因为我觉得那对他来说是一种激励。我想给他鼓劲儿。我想，如果这世上还有什么能激励他去取得成功的，就是让他想到我爱他。我已经做了我能做的一切。已经没有希望了，我要是再不面对现实，那我就太懦弱了。可怜的爱德华，他并非谁的敌人，只是与自己过不去罢了。他是一个可爱的、善良的人，但他身上也缺了些东西。我想，缺的就是骨气吧。我希望他幸福。”她摘下戒指，将它放在桌子上。

贝特曼看着她，心跳得厉害，几乎都无法呼吸了。“你太好了，伊莎贝尔！真的，你太好了!”

她笑了，站起来，将手递给了他。“你为我做了这么多，叫我如何感谢你呢?”她说，“你帮了我一个大忙。我就知道，我可以相信你。”

他抓住她的手，握在自己手里。她从来没有像现在看起来的这么美丽。“啊，伊莎贝尔，我还可以为你做更多。你知道，我唯一要求的，就是能被允许爱你，能被允许为你做所有的事。”

“你是如此坚强，贝特曼！”她叹了一口气，“这给了我一种非常甜蜜的感觉，觉得我可以信赖你。”

“伊莎贝尔，我爱你。”他自己也不知道怎么会灵机一动，突然紧紧把她圈在怀里。

而她，一点儿也没抗拒，笑意盈盈地看着他的眼睛。

“伊莎贝尔，你知道，从看见你的第一眼起，我就想娶你为妻了。”他深情地说。

“那你为什么不向我求婚呢?”她回答道。

她爱他！他简直不敢相信这是真的。

她递上自己可爱的嘴唇，让他亲吻。当他把她抱在怀里时，脑海不禁浮现出这样一幅景象：亨特机动牵引和汽车公司的规模越来越大，影响力也越来越广，公司占地一百英亩，生产出了几百万台汽车。他则收集了大量名画，藏品之丰富、名贵连纽约的大收藏家都望尘莫及。他将戴上一副玳瑁眼镜。

当贝特曼想着这些的时候，伊莎贝尔在他双臂的甜蜜环抱下幸福地叹着气。她想到的是：她将有一座富丽堂皇的宅邸，里面摆满了古色古香的家具。她将在这里举办音乐会、舞会和只有最具教养的上流人士才能参加的晚宴，而她的丈夫，贝特曼则应该戴一副玳瑁眼镜。

“可怜的爱德华！”她叹了一口气。

昂蒂布的三个胖女人[①]

有三个女人：一个是里奇曼太太，一名寡妇；另一个是萨克利夫太太，离过两次婚；还有一个老处女，叫希克森小姐。她们都是四十多岁的年纪，生活舒适，手头宽裕。

萨克利夫太太有一个非常古怪的名字，叫“箭（英文Arrow）”。年轻的时候，她身材窈窕，所以非常喜欢这个名字。这个名字很适合她，尽管经常被人拿来打趣，但大多是恭

---

① 原文篇名为 *The Three Fat Women of Antibes*。

维话，听着十分悦耳。不仅如此，她还认为这个名字与她的性格也相得益彰：“箭”意味着直接、迅速、明确。现在，她却并不怎么喜欢了。因为原本纤细窈窕的她如今已变得肥肉横生，容貌也因此走了样，胳膊和肩膀圆大粗壮，屁股更是肥硕无比，越来越难以找到衣服把自己打扮成乐意被人看到的样子。同样一个名字，之前当面说的俏皮话现在都变成背地里的悄悄话了。她心里也非常清楚，那些话绝对算不上亲切友好。虽说人到中年了，她可一点儿也没自暴自弃，仍然喜欢穿蓝色衣服，好衬托双眼的神采。精心保养之下，她金黄色的头发依旧光滑柔亮。她之所以喜欢碧翠丝·里奇曼和弗朗西斯·希克森，是因为这两人都比她胖得多，倒显得她苗条了。而且，这两人都比她老，喜欢将她当小姑娘对待。这自然不让人讨厌。她们都是随和友善的女人，常常拿她的情郎开些令人愉悦的玩笑，虽说她们早就对爱情这荒谬玩意儿不抱幻想了。事实上，希克森小姐从来就没想过这事，但对萨克利夫太太的卖弄风情并不反感。毋庸置疑，不久的将来，“箭”姑娘一定会让第三个男人获得幸福的。

“但你一定不能再胖了，亲爱的。”里奇曼太太说。

“而且，看在上帝的分上，一定要确保他会打桥牌。”希克森小姐说。

关于未来老公的标准，她俩已经为她想好了：年纪应在五十岁左右，但必须保养得当，举止高贵有礼，最好是一名退伍海军上将或优秀的高尔夫玩家，抑或是没有儿女拖累的鳏夫，但无论如何都要有丰厚的收入。

箭姑娘亲切地听着，内心却自有主张。她的确是想再嫁出去，但这次她的梦中情郎却是一个皮肤黝黑、体型修长的意大利人，双眼炯炯有神，有着响亮的头衔，也可以是一个有着贵族血统的西班牙绅士。至于年龄，必须三十岁，一天都不能多。很多时候，对着镜子端详时，她深信自己一点儿也不像四十多岁的女人。

希克森小姐、里奇曼太太、箭·萨克利夫是非常要好的朋友，肥胖将她们聚在了一起，而桥牌则让她们的友谊更加稳固。她们最初相识是在卡尔斯巴德。在那里，她们住在同一家宾馆，接受同一个医生的治疗，医生以同样残忍冷酷的态度对待她们。碧翠丝·里奇曼体形庞大，但长得非常漂亮，有着一双美丽的眼睛，脸上涂着胭脂，唇上抹着口红。作为坐拥巨富的寡妇，她感到心满意足。她很喜欢吃，喜欢面包、黄油、奶油、马铃薯以及牛油布丁；一年中有十一个月她想吃什么就吃什么，剩下的一个月去卡尔斯巴德减肥。但一年年过去了，她越来越胖。她责骂医生，但丝毫没得到医生的同情。他给她指出了种种显而易见的事实与原因。“我要是连自己喜欢的食物都不能吃，活着还有什么乐趣！”她抗议道。医生只好失望地耸耸肩。

那之后，她告诉希克森小姐，她开始怀疑医生并不像她想象的那样聪明。希克森小姐放声大笑。她是这样一种女人：有着深沉的男低音，一张大饼脸，面色灰黄，小眼睛精光闪闪，走路懒洋洋的，手插在口袋里，只要不太引人注目，还会叼根长长的雪茄，衣着尽可能穿得像男人。

“穿那么花里胡哨的干吗！”她说，“当你像我一样胖的时候，所求的也不过就是舒适了。”

她身穿粗花呢衣服，脚蹬重靴。每次出去，只要有可能，都光着头，不戴帽子。但她力大如牛，曾夸口说，少有男人击球能比她更远的。她说话直来直去，骂人比码头工人还难听。尽管她的名字是弗朗西斯，她却宁愿大家叫她弗兰克。她控制欲很强，但圆滑老练。正是她那种天生快活的性格，将三姐妹紧紧联结在一起。她们喝水时在一起，同一时间去洗澡，一起费力地散步，一起在职业教练的指导下在网球场上跑来跑去，肥硕的身子呼呼地击打地面，在同一餐桌上吃着量少且经过特别调配的减肥餐。除了秤上的数字，没有什么能影响她们的好心情。如果她们中任何人的体重今天和昨天一样，那无论是弗兰克的粗俗笑话还是碧翠丝的温和敦厚，抑或箭姑娘的柔媚娇顺，都不足以驱散这一阴霾。这时就必须采取严厉措施：那个体重保持一致的“犯人”必须二十四小时都躺在床上，除了医生那著名的菜汤——尝起来就像卷心菜在热水里涮过一遍的菜汤，不得吃任何食物。

天底下没有比这三个女人更要好的朋友了，要不是打桥牌时三缺一，她们绝不需要第四个人。她们都是非常狂热的牌友。每天的治疗一结束，她们就会在牌桌边坐下来。箭姑娘，别看她娇娇柔柔的，却是这三人中打得最好的，牌风凌厉，技艺超群，出手毫不仁慈，绝不让一个子儿，绝不放弃利用对手的任何一个失误。碧翠丝稳扎稳打，弗兰克雄赳赳、气昂昂。她是一个大理论家，经常引经据典。叫牌时她们斗阵不休——

你拿卡尔伯森①来攻击我，我拿西姆斯②来反击你。很明显，她们每打出一张牌都有一箩筐理由。同样明显的是，从她们随后的谈话可以看出，她们为什么不该出那张牌也有一箩筐理由。如果没有经常找不到旗鼓相当的牌友这一苦恼，她们的生活原本会相当完美，即使是医生那糟透了的（碧翠丝语）、该死的（弗兰克语）、讨厌的（箭姑娘语）体重秤显示两天以来她们连一盎司都未减掉、故而必须二十四小时都只能喝他的烂菜汤也无所谓。正是因为这个，弗兰克才邀请莉娜·费茨来昂蒂布和她们同住。而这正是本则故事要讲述的场景。

以她的常识来说，弗兰克认为这很荒谬。治疗才刚结束，碧翠丝——通常都能减掉二十磅的——就有可能故态复萌。再次毫无节制的饮食，会导致刚刚减掉的体重再长回来。碧翠丝意志薄弱，需要一个意志坚定的人来监管饮食。她提议，一离开卡尔斯巴德，她们就在昂蒂布找地方住下来。在那里，她们可以继续得到充足的锻炼——大家都知道，没有什么运动比游泳更能瘦身了——以便尽可能继续治疗。有了自己的厨师，她们至少可以避免吃那些明显会增肥的食物。她们没有理由不再瘦几磅。这似乎是个好主意。碧翠丝知道什么对自己最有利，她当然能抵制诱惑——只要诱惑不是刚好摆在她的鼻子底下。

---

① Ely Culbertson（1891－1955），定约桥牌的创始人，在20世纪30年代非常有名。他在桥牌新玩法的推广方面起着重要作用，被誉为“定约桥牌之父”。文中指代的是卡尔伯森这种桥牌玩法。

② Dorothy Rice Sims（1889－1960），美国著名桥牌手，“心理叫牌”策略创始人。文中指代的是这种桥牌策略。

更何况，她还喜欢赌博。一周去赌场赌个两三回，时间就能很愉快地打发掉。箭姑娘非常喜欢昂蒂布，在卡尔斯巴德待的这一个月让她状态正佳。在那里，她可以好好挑一挑未来的夫君。那里有年轻的意大利小伙子，有热情洋溢的西班牙人，有殷勤勇敢的法国人，还有穿着泳裤和灰色便袍整天闲逛的长腿、长脚的英国人。计划进行得非常不错，大家在昂蒂布玩得不亦乐乎。一周有两天，她们除了煮鸡蛋和生番茄，什么都不吃。每天早晨，她们都能带着轻松的心情爬上体重秤。箭姑娘的体重都减到十一石①了。这让她有一种重回少女时代的感觉，而碧翠丝和弗兰克要是站的位置恰当，也能避开十三石的大关。她们买的体重秤本来是以千克计算的，但她们聪明过人，眨眼之间就能将体重换算成磅和盎司。

但桥牌三缺一仍然是一个大难题：换这个——牌打得像傻子一样烂；换那个——出牌慢得要死，简直让你发疯；再换一个——又好争吵；再换一个——又输不起；再换一个——几乎是个骗子。真奇怪，要找到一个合乎心意的牌友竟然这样难。

一天早晨，她们穿着睡衣坐在阳台上，面对着大海，一边喝茶（没有加牛奶也没放糖），一边吃着赫德伯特医生特别为她们准备的保证不会胖的面包干时，弗兰克读完信抬起头来。“莉娜·费茨要来里维耶拉了。”她说。

“她是谁？”箭姑娘问。

“她嫁给了我的一个表兄，但我那表兄几个月前去世了。

---

① 一石等于十四磅。

她正处于精神崩溃恢复期，要不让她来这里待两周？”

“她会打桥牌吗？”碧翠丝问。

“我敢拿命保证，她会打。”弗兰克用她低沉的嗓音答道，“而且还打得不错。我们再也不用找人打桥牌啦。”

“她年纪多大？”箭姑娘问。

“和我一般大。”

“叫她来吧。”

事情就这么定了。弗兰克，按照她一贯果断的行事作风，吃完早饭立即拍了个电报。三天之后，莉娜·费茨就来了。弗兰克去车站接她。丈夫新丧，她身穿黑色衣服，但并不惹眼。弗兰克已经两年没看见她了，她非常热情地亲了亲她，然后仔细打量起来了。“你好瘦啊，亲爱的。”她说。

莉娜舒心地笑了。“我最近遭遇了很多事，体重减了不少。”

弗兰克叹了一口气。究竟是出于对表兄去世的惋惜还是嫉妒，那就不得而知了。然而，莉娜并没有抑郁不振，快速洗了个澡后，就准备好陪弗兰克去伊登罗克了。弗兰克将她介绍给另外两位好友，三人在一个名为“猴屋”的餐厅坐了下来。这是一个四周被玻璃围住、可以看海的地方，后面有个酒吧。里面人们穿着泳衣、睡衣或者便袍，坐在桌边边喝饮料边聊天。碧翠丝那颗善良的心已经接受了这孤独的寡妇；而箭姑娘看到寡妇面色苍白、容貌普通、大概四十八岁，也开始喜欢她了。

一个侍者走上前来。“你要喝点儿什么，莉娜，亲爱的？”弗兰克问。

"呃，我不知道。你喝什么呢，干马提尼还是白美人鸡尾酒?"

箭姑娘和碧翠丝快速扫了她一眼。谁不知道鸡尾酒是最能增肥的了。

"我敢说，你一定是旅途累着了。"弗兰克友好地说。她给莉娜要了一杯干马提尼，为自己和另外两位朋友要了柠檬橘子汁。"我们都觉得，这大热的天喝酒不太好。"她解释说。

"哦，这对我一点儿影响都没有。"莉娜轻快地接过话，"我喜欢鸡尾酒。"

箭姑娘那擦有胭脂的面庞略显苍白（她和碧翠丝洗澡时从不弄湿脸，都认为弗兰克这种体型的女人竟然还假装喜欢潜水，太荒谬了），但她什么都没说。谈话愉快而轻松，四个人都兴高采烈地闲聊着。没过多久，她们就漫步回别墅，吃午饭去了。

每条餐巾上都放着两小块减肥面包干。莉娜笑容明媚地将它们推到盘子一边。"我能要些面包吗?"她问。

哪怕再粗野无礼的下流话也不能比这句话更叫另外三人震惊的了。她们中没人吃面包已达十年之久，即使最禁不住嘴的碧翠丝都不敢越雷池半步。弗兰克，这位好客的女主人，最先反应过来了。"当然可以，亲爱的。"她说完，转过头去叫管家送些面包过来。

"再加些黄油。"莉娜以她一贯轻松欢快的语调再次说道。

屋里顿时安静下来了。这让人尴尬的安静持续了一会儿。"我不知道家里还有没有黄油。"弗兰克说，"但我会问问的。

厨房或许有点儿。”

“我爱死黄油面包了。你呢?”莉娜转头问碧翠丝。

碧翠丝苦笑了一下，避而不答。管家送来松脆的长条法国面包，莉娜把它一分为二，并涂上戏法般变出来的黄油。然后，上来了一道烤鳎鱼。

“我们这里吃得非常清淡。”弗兰克说，“我希望你不要介意。”

“噢，当然不会。我喜欢清淡的食物。”莉娜一边说，一边将黄油涂在鱼上，“只要我能吃上面包、黄油、马铃薯，还有奶油，我就非常开心啦。”

另外三位朋友交换了一下眼神。弗兰克那张灰黄的大饼脸沉了沉。看着盘子上那干巴巴、淡而无味的鳎鱼，她一点儿食欲也没有。还是碧翠丝来救的场:“真扫兴，这里买不到奶油。”她说，“在里维耶拉有好多事情需要凑合。这是其中一件。”

“那可真遗憾!”莉娜说。

午餐还有些其他菜:羊排——脂肪已被小心去除，以免碧翠丝会误入歧途;煮菠菜;最后一道是炖梨。莉娜尝了一口梨，立即质询地看着管家。善于察言观色的管家立刻心领神会，毫不犹豫地递给她一罐白糖，尽管这桌上从来没上过白糖。她毫不客气地大吃起来。另外三人假装没看见。上咖啡的时候，莉娜在自己的那杯里放了三块方糖。

“你非常喜欢吃甜的嘛。”箭姑娘努力保持口气友善。

“我们觉得糖精比糖甜多啦。”弗兰克说，并放了一点点在咖啡里。

“我可不喜欢那讨厌的东西。”莉娜说。

碧翠丝瘪着嘴，垂涎欲滴地看着那一块块方糖。

“碧翠丝！”弗兰克严厉地叫了一声。

碧翠丝咽了咽口水，伸手去拿糖精。

当她们终于坐到桥牌桌边时，弗兰克这才松了一口气。她很清楚，箭姑娘和碧翠丝不太高兴。她想让她们喜欢莉娜，也希望莉娜能和她们愉快地度过两周。第一圈是箭姑娘和新来者叫牌。

“你是打范德比尔特，还是打卡尔伯森？”她问她道。

“我没什么定例，”莉娜轻松自在地说，“全凭灵感。”

“我可是完完全全按照范德比尔特规则打的。”箭姑娘不悦地说。

三个胖女人摆开阵势迎战。她打牌确实毫无章法可言！她们一定要好好教训她一番。到了桥牌桌上，弗兰克可是六亲不认。她和另两位一样下定决心，要好好修理这位新来者。但凭灵感出牌的莉娜打得非常好，她天生就是打桥牌的料，而且极富作战经验。她凭想象出牌，迅速而大胆，自信满满。另外三位牌友也是技艺精湛，很快就意识到莉娜似乎知道对手要打什么牌。由于她们都是非常善良慷慨的女人，渐渐地，气也就消了。这才是真正的桥牌，大家都玩得很开心。箭姑娘和碧翠丝对莉娜的好感逐渐在增加，而注意到这一点的弗兰克大大地松了一口气——有望相处成功。

打了几小时她们才散。弗兰克和碧翠丝还要去打一圈高尔夫，箭姑娘要和新近认识的洛卡麦尔亲王来一场轻快的散步。

亲王年轻可爱，英俊帅气。莉娜说她需要休息。

晚饭前她们又聚到了一起。“你还好吧，莉娜，亲爱的。”弗兰克说，“留你独自在这儿这么长时间都无事可做，我良心感到非常不安。”

“噢，没关系。我睡得非常好。起来后，我去胡安酒家喝了杯鸡尾酒。你知道我发现什么了吗？你一定会非常高兴的。我发现了一个可爱的小奶茶店，那里卖的奶油又诱人又浓稠又新鲜！我要求他们每天送半品脱过来，算是我对大家的一点点小心意吧。”她的眼睛亮晶晶的。很明显，她正等着看她们欢呼雀跃的样子。

“你太客气了！”弗兰克说，企图以眼神制止她两位朋友脸上的愤怒，“但我们不吃奶油。这种天气吃奶油会让人肝火旺盛。”

“那我只好自己吃完咯。”莉娜欢快地说。

“你都不为自己的身材考虑考虑吗？”箭姑娘故意冷冷地问。

“医生说我必须吃东西。”

“那他说了你必须吃面包、黄油、马铃薯还有奶油吗？”

“说了。你们说要吃点儿清淡的食物，我还以为你们就是这个意思呢。”

“你会胖死的。”碧翠丝说。

莉娜哈哈大笑。“不，我不会的。你要知道，无论什么食物都不会让我长胖的。我从来都是想吃什么就吃什么，而这对我丁点儿影响都没有。”

这话一出，屋子顿时变得死一般寂静，直到管家进来才打破。“小姐们，可以吃晚饭了。”他说。

那天晚上，莉娜睡觉后，她们在弗兰克的房间商议此事直到很晚。整个晚上，她们都表现得兴高采烈，善意地开着一个又一个的玩笑。四人的气氛如此融洽，哪怕眼光再锐利的观察家都要被她们蒙骗了。但现在，她们已摘下了面具。碧翠丝面色阴沉，箭姑娘心怀恨意，弗兰克精神不振。

“要我坐在这儿看着她吃那些我特别喜欢吃的，太残忍了！”碧翠丝悲伤地说。

“这对我们都很残忍！”弗兰克马上回了一句。

“你根本就不应该请她来这儿的。”箭姑娘说。

“我怎么知道她会是这个样子！”弗兰克大叫起来。

“我甚至都禁不住想，她要是真那么爱她的丈夫，绝对吃不下这么多东西的。”碧翠丝说，“他才死两个月。我的意思是，至少要对逝者表示些哀悼和怀念吧。”

“她为什么就不能吃得和我们一样？”箭姑娘满怀恶意地说，“她可是个客人！”

“喂，她怎么说的，你可是听到了呀。医生说她必须吃东西呐。”

“那她就该去疗养院！”

“这叫一个大活人怎么能忍受啊，弗兰克！”碧翠丝呻吟了一声。

“如果我能忍受，你就能忍受。”

“她是你的表嫂，又不是我们的表嫂。”箭姑娘说，“我可不要坐在这儿，看着那个女人像猪一样大快朵颐。”

“把吃看得如此重要，这太庸俗了。”弗兰克嗓音非常低沉，比以前更为低沉了，“毕竟真正有价值的东西是灵魂。”

“你是说我很庸俗了，弗兰克？”箭姑娘问，眼眸微闪。

“不，她当然不是这个意思。”碧翠丝插话道。

“我就不信你没想过，趁着我们都睡着了，偷偷溜进厨房狠吃一顿。”

弗兰克一下子跳起来。“你怎么能说么说，小箭！我永远都不会让别人去做我自己都不打算做的事。这么多年了，你还不了解我吗？你认为我会做出这样卑鄙的事吗？”

“那你的体重怎么总减不下来？”

弗兰克气得气喘吁吁，眼泪波涛汹涌般流了出来。“这话说得多残忍！我已经减了好多磅了。”她哭得像个小孩儿似的，肥硕的身子颤颤摇摇，大滴大滴的眼泪溅在那硕大无比的巨乳上。

“亲爱的，我不是那个意思。”箭姑娘也哭起来。她扑通一声跪下，圆胖的胳膊尽量去抱住弗兰克肥硕的身子，哭得睫毛膏都顺着脸颊流了下来。

“你的意思难道不是我看上去一点儿没瘦吗？”弗兰克抽抽搭搭，“我费了这么大劲，难道都是白搭吗？”

“不，亲爱的，你看上去当然瘦了。”箭姑娘泪眼婆娑，“这谁都能看出来。”

碧翠丝，尽管天生性子平静温和，这会儿也开始柔柔地哭起来了。整个场景非常让人伤感。说实话，看见弗兰克那样勇敢无畏的女人哭得死去活来，任是谁都要被感动，除非他是铁石心肠。过了一会儿，她们擦干眼泪，喝了点儿兑水白兰地——所有的医生都说，这是她们能喝的最不增肥的东西——然后，她们觉得好了点儿。她们一致决定，莉娜应该继续遵医嘱吃些有营养的食物，并郑重其事地下定决心，绝不让自己受她影响。毋庸置疑，她是一个一流的桥牌玩家。而且，毕竟大家相处的时间也不过两周。她们会尽一切可能地让她在这里住得开心。睡前分别时，三人热情地亲了亲彼此，心情也异常舒畅。没有什么东西能够破坏三人之间的友谊。它如此美好，给三人的生活都带来了太多快乐。

但人性本脆弱，你一定不能要求太多。当莉娜吃着直冒热气的乳酪黄油通心粉时，她们吃干巴巴的鱼片；当莉娜吃鹅肝酱时，她们吃毫无油腥的烤羊排和煮菠菜；莉娜一周吃两次奶油烧豌豆和做成各式各样美味的马铃薯，她们吃水煮鸡蛋和生番茄。厨师是个好厨师，一有机会就上菜，而且一道比一道更丰富，更美味，更多汁。

“可怜的吉姆！”莉娜叹了一口气，想起了她的丈夫，“他喜欢法国菜。”

管家透露说，他会调制各种各样的鸡尾酒；而莉娜也告诉他们，医生建议她午饭喝勃艮第葡萄酒，晚饭喝香槟。三个胖女人坚持不懈，不为所动。她们仍然玩玩闹闹，聊天闲侃，甚至表现得兴高采烈（女人天生就善于伪装）。但碧翠丝萎靡不振，箭姑娘那双温柔的蓝眼睛透着寒光，弗兰克低沉的嗓音越来越沙哑刺耳。这种剑拔弩张的状况只有在打桥牌时才会显现出来。她们一直都很喜欢打牌的时候闲聊，而且是非常友善的闲聊。但现在明显不同了，一股怨恨悄悄渗入了谈话。有时候，一个人甚至会毫不客气地指出另一个人的失误。闲谈变成争论，争论变成争吵，有时一圈牌甚至会陷入愤怒的沉默。一次，弗兰克指责箭姑娘故意拆她的台；有两三次，碧翠丝——三人中最温柔的，都哭了起来；还有一回，箭姑娘扔掉她的牌，一气之下跑出了房间。三人的脾气越来越坏，而莉娜一直都是和事佬。

“我觉得因桥牌而争吵实在不值得。”她说，“毕竟，那不过是个游戏而已。”

她倒事事如意，吃得那么好，还能喝半瓶香槟。不仅如此，她打牌的运气也出奇地好，赢光了她们的钱。每打完一圈牌，她们都会在本子上计分，而她的积分与日俱增，毫无中断。这世界本来就无公平可言嘛！她们开始憎恨彼此。尽管她们也恨她，却忍不住向她吐露心声。每个人都单独去找她，告诉她另外那两个多么可厌。箭姑娘说，经常和比自己老得多的女人来往肯定没好处，还不如拿剩下的租金去威尼斯度过余夏呢。弗兰克告诉莉娜，像她这样富于男子气概的思想要能满意箭姑娘那样轻佻无聊、碧翠丝那样笨的无可救药的行为，才叫见鬼呢。

“我要的是睿智的谈话。”她嗓音低沉，“要的是一颗像我这样聪明的脑袋；你肯定也想和同样睿智的人待在一起。”

碧翠丝只想图个安静。“真的，我讨厌女人。”她说，“她们一点儿也靠不住，还特别恶毒。”

待莉娜在这里的两周接近尾声时，三个胖女人几乎都不怎么说话了。莉娜在的时候，她们还装着和和气气的样子；莉娜一离开，她们顿时卸下伪装。她们现在都不争吵了，干脆无视对方。要是连无视也做不到，就冷冰冰地应酬一下。

莉娜要去意大利的里维埃拉和朋友待一段时间，弗兰克去车站送她。莉娜坐着来时的那班火车走了，还带走了赢来的钱，数目不小。

“我真不知道该怎么谢谢你。”就要走进车厢时她这么说，“真是不虚此行啊！”

和任何一个男人比起来，假如有什么叫弗兰克·希克森引以为傲的，那便是：她是一个女绅士。她的回答既大方得体又彬彬有礼：“我们非常高兴有你在这儿，莉娜。”她说，“这真是莫大的荣幸！”但眼看火车离去，她转身离开时不禁大大松了一口气。那气流之强烈，甚至连她脚下的月台都似乎颤动起来。她把巨大的双肩猛地向后一甩，昂首阔步地向别墅走去。

“呼！”她时不时地大呼一声，“呼！”到家后，她换上连体泳衣，穿上平底凉鞋，再披一件男式便袍（没人风言风语）就去了伊登罗可。午饭前还有时间洗个澡。经过猴屋时，她四下扫视，和认识的每一个人打招呼。她突然感觉到，她和大家之间甚是和睦。然后，她脚步顿住，整个人呆在了那里。她简直不敢相信自己的眼睛。碧翠丝坐在一张桌子旁，独自一人，穿着一两天前在慕尼丽思买的睡袍，脖子上戴着珍珠项链。弗兰克犀利的眼睛立即瞧出，她刚刚做了头发，双颊、眼睛和嘴唇都化了妆。胖——不，超级胖，但谁也无法否认，她是一个极其标致的女人。但她这是干什么呢？弗兰克以其特有的尼安德特人懒散的姿势走向碧翠丝。身着黑色泳衣的弗兰克看起来就像日本人在托雷斯海峡捕获的巨大鲸鱼，那些粗俗的人则称之为海牛。

“碧翠丝，你这是干什么？”她用那低沉的嗓音叫起来。

她这一低吼，就像遥远山峦传来的滚滚雷鸣，碧翠丝冷冷地看着她。“吃东西！”她答道。

“该死！我看得见你在吃东西。”

碧翠丝的面前摆着一盘羊角面包、一盘黄油、一罐草莓酱、一壶咖啡、一瓶奶油。只见她在香喷喷、热腾腾的面包上涂了厚厚一层黄油，然后再裹上草莓酱，最后浇上浓稠的奶油。

“你这是作死啊！”弗兰克说。

“我才不管呢！”嘴巴塞得满满的碧翠丝含糊地咕哝了一声。

“你会一磅更重一磅的。”

“滚！”

事实是，她当面嘲笑了弗兰克。老天爷，这些面包多香啊！

“你太叫我失望了，碧翠丝。我本来还以为你有点儿定力呢。”

“都是你的错！那该死的女人！你早就该打发她走了。整整两周，我都看着她像猪一样狼吞虎咽。这哪是活生生的人能受得了的啊！这回就算撑破肚皮，我也要美餐一顿。”

眼泪慢慢涌出弗兰克的眼睛。突然，她感觉自己很脆弱，很女人，好想有个强壮的男人把她抱在膝上，宠爱她，轻抚她，唤着她的乳名。她一声不吭地跌坐在碧翠丝旁边的椅子上。这时，一个侍者走上前来。她可怜兮兮地朝咖啡和羊角面包挥了挥手。“给我来份一样的。”她叹了一口气。

当她有气无力地伸手去拿面包卷时，碧翠丝劈手将盘子夺了过去。“你可别动我的。”她说，“等着吃你自己的好了。”

弗兰克用了一个女士很少对亲密友人骂的词骂了她。不过，很快侍者就端来了她要的羊角面包、黄油、果酱、咖啡。“你个蠢货，奶油在哪里?”她像一只陷入困境的母狮一样，吼了起来。

她开始吃，暴吃，狠吃。餐厅里，人越来越多。游客们完成他们在阳光下海滩上的例行之事后，都来这里喝一两杯鸡尾酒。此时此刻，箭姑娘和洛卡麦尔亲王正一起漫步。她披着一条漂亮的丝质披肩，一只手让它紧紧裹在身上，好尽可能地让自己看起来苗条些。她头仰得很高，以免亲王看见她的双下巴。她笑得非常开心，感觉自己就像个小女孩儿一样。他刚刚告诉她，而且是用意大利语告诉她，她美丽的眼睛简直让蓝色的地中海看起来像绿豆汤。亲王暂时告别一下，去洗手间梳了梳整齐光亮的黑发。他们约定五分钟后去喝一杯。与此同时，箭姑娘也往前走向洗手间，准备往脸颊再扑些胭脂，往嘴唇再抹些口红。她瞥见了弗兰克和碧翠丝，立即停了下来，简直不敢相信自己的眼睛。

“我的上帝啊!”她叫道，“你们这两个畜生！两只猪!”她抓过一把椅子坐下来，叫道，“服务员!”

与亲王的约会早被她抛到九霄云外去了。眨眼之间，服务生就来到了她身边。“这两个女士在吃什么就给我拿什么来!”她命令道。

弗兰克从盘子上抬起她那又大又重的脑袋来。“给我拿些鹅肝酱来!”她吼道。

“弗兰克!”碧翠丝大叫了一声。

“闭嘴!”

“好吧，给我也拿些来!”

咖啡、热腾腾的面包，还有鹅肝酱，一起端了上来。她们摆开架势，准备大吃一场。把奶油涂在鹅肝酱上，大嚼特嚼，狼吞虎咽吞下一勺又一勺果酱，香脆可口的面包咬得嘎吱嘎吱响。吃得痛快啊！此时此刻，爱情对箭姑娘来说，又算得了什么呢！就让亲王自个儿守在罗马皇宫和亚平宁山古堡好了。她们谁也没有说话。眼前正在做的这事儿比什么都重要。她们只是甩开膀子吃，一本正经地吃，心醉神迷地吃。

“我已有二十五年没吃过马铃薯了。”弗兰克说，带着对遥远过去的沉思。

“服务员!”碧翠丝大叫起来，“来三份炸土豆片!”

“是，夫人。”土豆片端了上来。阿拉伯整个香料加起来都没它香，香得她们干脆动手抓着吃。

“给我来杯干马提尼。”箭姑娘说。

“饭到中途是不能喝马提尼的。”弗兰克说。

“不能喝？你等着瞧好了。”

“那好吧，给我来双份干马提尼。”弗兰克说。

“给我来三份干马提尼。”碧翠丝说。

干马提尼端上来了，她们大口大口地喝掉了。三个女人你看看我，我看看你，然后都叹了口气。过去两周以来的误会消融了，各人心中再次涌起对彼此真诚的爱。要断绝给她们带来如此之多真实快乐的友谊，想想她们曾经这么想过，她们简直都不敢相信。她们又吃完了炸土豆片。

“不知道他们有没有巧克力奶油小蛋糕。”碧翠丝说道。

“当然有。”

的确，他们有。弗兰克抓起一个小蛋糕，整个塞进她那大嘴巴里，一口吞了下去。她又抓了一个，吃之前看了看另外两人，准备将复仇之剑插进罪大恶极的莉娜心脏。

“随便你们怎么说，事实真相是，她的桥牌打得糟透了。真的糟透了。”

“糟糕透顶!”箭姑娘表示同意。

但碧翠丝突然想要一份蛋白酥皮饼。

现实生活[1]

亨利·加内特有个习惯，那就是每天下午出城去俱乐部逛逛，打几圈桥牌，然后回家吃晚饭。

他是个谁都喜欢的好牌手，对桥牌很是精通。我敢向你保证，他会充分利用手中的牌，开发其最大价值。他牌品很好：输了也不会恼怒不休；赢了的时候，则更乐意将成功归结于自己的好运而非牌技精湛。他为人宽容大度，搭档偶有失误，他

① 原文篇名为 *The Facts of Life*。

一定会找理由为人家开脱。

此时此刻，听见他以本不必要的犀利口吻斥责搭档，说他从没见过打牌像他这样臭的，可真是奇怪了。更奇怪的是，他自己出牌时犯了一个更严重的错误。你简直都不敢相信他竟然会犯这种错误，而他的伙伴在多少出于找回点儿面子的心理而指出他的错误时，亨利竟然罔顾事实，脸红脖子粗地争辩说自己一点儿都没错。但他们都是老朋友，他的搭档，还有在座的牌友都没把他这次发脾气当回事儿。

亨利·加内特是一名股票经纪人，还是某知名公司的合伙人。他的一位牌友于是就想到，亨利现在脾气不佳，肯定是他参与投资的股票出了问题。“今天行情如何?”他问。

“暴涨。连傻瓜都在赚钱。”

显而易见，亨利·加内特的烦恼跟股票无关。但总归有什么原因。这一点，也是显而易见的。他是一个精神饱满的家伙，非常健康，有很多钱，爱自己的妻子，也疼自己的孩子。通常他都兴致很高，打牌时的胡说八道让他发笑。但今天他坐在那里，面色阴郁，异常沉默，双眉紧缩，连嘴巴都带着生气的表情。

这时，为了缓和气氛，有人抛出一个众所周知的亨利·加内特最乐意谈起的话题。“你儿子眼下如何啊，亨利?我瞧他这次在锦标赛上表现相当不错啊。”

亨利·加内特的眉头皱得更厉害了。“他表现得可没我期望的那么好。”

“他什么时候从蒙特卡洛回来?”

“昨天晚上就回来了。”

“他玩得开心吗?”

“我想是吧。但要我说,他这回可是丢人丢大了。”

“噢,怎么了?”

“我不想谈这事。希望你不要介意。”

三人都好奇地看着他。亨利·加内特则自顾自地怒视着绿呢台面。

“不好意思,老伙计!该你叫牌了。”

牌局在令人紧张的沉静中进行着。加内特叫了牌,却打得烂透了,连输三墩,一声都没吭。然后又开了一盘,打到第二局的时候加内特拒绝跟牌。

“一张牌都没有?”他的搭档问。

加内特脾气大得竟然理都没理对方。然而,最后摊牌时发现,他竟然藏了牌。而正是他的藏牌,葬送了这一整盘。

都到了这份儿上,自然不能再期待伙伴毫无怨言地放过他的粗心大意。“你究竟是怎么了,亨利?”他说,“你的牌打得就像个白痴!”

加内特有些仓皇失措。他自己倒不在乎输掉这一盘,但因自己的疏忽大意连带搭档也跟着输了,却让他十分痛心。他努力收拾好心情,冷静下来。“我看,还是不要再打了。我本来以为打几圈牌能让自己镇静下来的,但事实是,我的心思根本没法儿集中在牌上。实话告诉你们,我现在情绪糟透了。”

牌友们都放声大笑起来。“你没必要告诉我们的,老伙计!大家都看得出来。”

加内特冲大家苦笑了一下。“哎，要是你们也发生了我这种事，我敢打赌，你们也会大发脾气的。不瞒你们说，我现在处境相当尴尬。要是你们能给点儿意见，告诉我该怎么办，我一定感激不尽。”

“咱们去喝一杯！你把事情始末告诉我们。咱们这里一位是王室法律顾问，一位是内政部官员，还有一位是杰出的外科医生。要是我们都不能告诉你该怎么办，那恐怕谁都无能为力了。”

那位王室法律顾问站起身，按铃叫侍者过来。

“就是关于我那该死的儿子的事。”亨利·加内特说。

酒点好了，也端了来。下面就是亨利·加内特告诉他们的故事。

他刚说到的那个男孩儿是他的儿子，名叫尼古拉斯。当然了，大家都叫他尼基。今年十八岁。加内特夫妇还有两个女儿，大的十六岁，小的十二岁。不管多么难以解释，但通常父亲都是更为喜欢女儿的。可加内特不一样，尽管他竭力不表现出来，但毋庸置疑，他还是偏爱儿子多一些。他对女儿也很慈爱，是那种玩玩闹闹、轻轻松松的方式。每逢她们生日和圣诞节，他都会慷慨地给她们买很多礼物。但他对尼基，却几乎近于溺爱。对于儿子，给他再好的东西都不为过。他全心全意扑在儿子身上，整个世界里都只有他，关切的目光简直一刻不离儿子左右。这也不能怪他，因为尼基是那种任何父母都会引以为傲的天之骄子：身高六英尺又二，身体柔韧而强健，宽肩窄腰，身姿笔直挺拔，头脸生得大小适中，英俊迷人，端端正正地挺立在宽阔的肩膀上，淡褐色的头发略微卷曲，两道剑眉下又黑又长的睫毛笼着一双湛蓝的眼睛，嘴唇红润饱满，古铜色的皮肤干干净净，笑的时候露出一口整齐洁白的牙齿。他并不怎么害羞，但举止谦和有礼，特别惹人怜爱。在社交场合，他易于亲近，温文尔雅，沉静愉快。他正是那种友好正派、高雅健康的父母生出来的孩子，有成长于富足家庭的良好教养，并在名校接受优质教育。这样综合的结果，就是终于造就出一个一般人心目中不可多得的魅力少年、俊雅公子。但凡看到他的模样，你就会觉得他诚实率真，内心和外表一样高贵善良。他从来就没有哪怕一刻让父母为他操劳忧虑。孩提时，他很少生病，也不淘气；上学后不负众望，品学兼优，深受欢迎，获得无数值得称赞的奖品和奖状，还是学校领袖人物和足球队队长，完美毕业。

不仅如此，十四岁的时候，尼基在草地网球上表现出了出人意料的天赋。这可是他父亲非但喜欢而且相当擅长的一项体育运动。发现孩子有成为网球明星的潜质后，他就决定要悉心栽培他，务求将来成就一番事业。假期的时候，他请最好的教练来教导尼基。十六岁时，他已经赢得同年龄组众多锦标赛。他可以轻而易举就将自己的父亲打得一败涂地。那时，唯有真挚的父爱才能使老头子不至于气急败坏，安心接受惨败。十八岁的时候，尼基进入剑桥大学深造。亨利·加内特雄心勃勃，满心期望儿子在毕业前能代表剑桥参加比赛。尼基具备成为伟大网球选手的所有条件：个头很高，双臂修长，脚下飞快，对时机的把握也恰到好处。他凭本能清楚地知道球会从哪儿射来，然后看似不慌不忙地到位接球。他的发球强劲有力，而且带着诡异的旋转前冲，让对手很难再把球打回来；他的正手击球过网奇低，线路又长，精准到位，相当致命。他的反手还偏弱，网前截击还稍显慌乱，但进入剑桥前的整个暑假，亨利·加内特已请了英国最好的教练特地针对这几个弱点对症下药，让他狠下过一番苦功。在脑海深处——尽管对尼基他从未提起过——老头子还藏着一个更为远大的野心，那就是有朝一日能看到儿子在温布尔顿参加大满贯比赛。谁知道呢，说不定儿子还能获选代表祖国出征戴维斯杯呢。每当幻想儿子跳过球网和刚被他击败的美国选手握手致意，然后向万众震耳欲聋的欢呼喝彩奔去时，亨利·加内特就忍不住喉头哽咽。

作为温布尔顿赛事的热心观众与忠实粉丝，亨利·加内特结交了许多网球界的朋友。一天晚上，在城里的一次宴会上，他发现旁边坐着的正是布拉巴宗上校。他不禁在谈话中适时提起尼基，以及能有什么机会让尼基在下个赛季获选，代表学校参加比赛。

“你为什么不让他前往蒙特卡洛，参加那里的春季网球赛呢？”上校突然想起来道。

“哦，我觉得他还没到那个水平。他连十九岁都没到，去年十月才上的剑桥。遇上那些顶尖好手，他一点儿赢的机会都没有。”

“当然，奥斯丁①和冯·克拉姆②这类名将肯定能将他打

① 奥斯丁：英国网球选手，是英国最后一位闯入温网决赛（1938）和法网决赛（1937）的男子网球选手，并作为主力同弗雷德·佩里一道为英国连续三年（1933－1935）捧得戴维斯杯。

② 冯·克拉姆：德国业余网球冠军，两届法网冠军得主。

得落花流水，但没准儿他也能从他们手里抢下一两局呢。如果遇上稍逊一筹的，他没理由不赢下一两场比赛。他从来没和一流选手对抗过。这对他来说，将是一个很好的实战锻炼。他在这种级别的比赛中学到的东西，可要比你让他参加的那些海滨小赛多得多啦。”

“这我可想都不敢想。我可不能让他在学期中间离开剑桥去打比赛。我一直向他灌输这种观念：网球不过是一种游戏，绝不能影响正常学业。”

布拉巴宗上校听此一说，就问加内特这个学期什么时候结束。“这没什么大不了，顶多也就耽误他三四天。这肯定能想办法解决的。你知道，我们原本寄予厚望的两个球员彻底让我们失望了，我们现在可以说陷入困境了。我们想尽可能派出最优秀的队伍参加比赛，德国人已经派出了他们的最强阵容，美国人也是一样。”

“绝对不行，老伙计。首先，尼基水平还不够；其次，我可不想把一个没人照顾的孩子就这么送去蒙特卡洛。要是能陪他一起去，我或许还会考虑考虑，但我根本没法儿陪他。”

“我会去的。我将以英国网球队名誉队长的身份前往蒙特卡洛，我可以帮你照看他。”

“到时候你会忙得不可开交的。再说了，我也不想让你承担这样的责任。他从来没去国外生活过。不瞒你说，他要是去了那儿，我会一刻都不得安宁。”

言尽于此。没过多久，亨利·加内特就回家去了。不过，布拉巴宗上校的建议还是让他颇为受用，他禁不住又告诉了妻子。“想想他竟然认为尼基打得好到那个程度了。他告诉我，他看过尼基打球，觉得尼基打球的范儿还不错，只需要更多的锻炼去成为一流选手。总有一天，我们会看到这孩子打入温布尔顿半决赛的，老伴儿。”

令他惊讶的是，加内特太太并没有像他想象的那样过于反对上校的建议。“毕竟这孩子已经十八岁了，他打小就没淘过气，闯过祸，现在更没理由担心他反而会出什么差错。”

“还有他的学业需要考虑。别忘了这个。我觉得，让他学期中途离开学校去打比赛，实在是开了个很不好的先例。”

“但三天又能有什么关系呢？白白剥夺他这样一个好机会，实在太遗憾了。我敢肯定，你要是问他一声，他一定会高兴得跳起来的。”

“呃，我可不准备告诉他。我送他进剑桥，可不是为了打网球的。我知道他意志坚定，可故意把诱惑摆在他面前也实在太愚蠢了。他太年轻了，哪能一个人去蒙特卡洛。”

“你觉得他跟这些顶尖选手对抗没一点儿机会，但万事也没个绝对。”

亨利·加内特略微叹了口气。回来时坐在车里，他就在想，奥斯丁的体能状态不太稳定，冯·克拉姆又在休假，假如，只是设想一下这种可能性，假如尼基能有些运气，毫无疑问，肯定能够获选代表剑桥打比赛。不过，这当然都是些胡思乱想罢了。“绝对不行，亲爱的。我已经打定主意了，不可能再更改了。”

加内特太太沉默不语。第二天，她就给尼基写信，告诉他所发生的事并建议，如果他真想去，她认为应该如何去取得爸爸的同意。

一两天后，亨利·加内特收到了儿子一封信。信上说他听到这个消息兴奋得热血沸腾，已经见过导师了。他恰巧也是网球选手，还是他所在学院的院长。导师碰巧认识布拉巴宗上校，并不反对他在学期结束前离开学校。师生俩都认为机不可失，要好好把握。而且，他自己也看不出这有什么害处。倘若父亲这次能破例同意，仅此一次，下不为例。他郑重保证，下学期一定加倍努力，好好学习。信写得十分漂亮。

加内特太太看丈夫在早餐桌旁读这封信，对他眉头紧锁的神情丝毫不以为意。

他把信扔给她。“我不知道你为什么认为有必要告诉尼基我私下告诉你的事。你这样做太不应该了。你看，你已经搅得他心神不安了。”

“对不起。我以为告诉他上校对他的评价很高会让他很高兴的。我就不明白了，为什么我们只能告诉对方有关不好的评价。我当然也把话说得很清楚了，即便想去，也是不可能的。”

“你可把我放进一个可憎的处境了。我最讨厌的就是，孩子会认为我是一个坏人兴致的老讨厌，是一个独裁专制的大暴君。”

“噢，他绝不会这么认为的。他或许觉得，你有些蛮不讲理。但我相信，他知道，你这么不通情达理，全都是为了他好。”

“上帝啊！”亨利·加内特哀叹道。

他太太差点儿忍不住笑出声来。她知道，这一仗她打赢了。天呐，噢，天呐！要让男人对你言听计从是多么容易啊。为了面子起见，亨利·加内特又硬撑了四十八小时，然后投降了。

两周后，尼基来到了伦敦。第二天早晨他就要动身前往蒙特卡洛了。晚饭后，加内特太太和大女儿离开了。

亨利抓住这个机会，给儿子几条临走前的忠告。“让你一个人在你这么个年纪去蒙特卡洛，我还真有点儿不放心①。”他又继续说道，“但事已至此，我只能寄希望于你的理智。我不想扮演严厉父亲的角色，但有三件事我要特别提醒你，万望你记住：第一是赌博，千万不要赌博；第二是钱财，不要借钱给任何人；第三是女人，不要和女人扯上任何关系。这三件事你只要敬而远之，就不会遭受多大伤害。所以，你一定要谨记在心。”

“好的，爸爸。”尼基微笑道。

“这就算是我对你的临别赠言啦。我对这个世界还是相当了解的。相信我，爸爸的建议绝对可靠。”

“我不会忘记的，我向你保证。”

“这才是好孩子。好了，让我们上楼找女士们去吧。”

在蒙特卡洛的网球赛上，尼基既没有打败奥斯丁，也没有打败冯·克拉姆，但他也没给自己丢脸。他出其不意地打败了

---

① 蒙特卡洛是摩纳哥公国著名城市，也是世界著名赌城，所以老加内特才会说不放心。

一位西班牙选手。在与奥地利选手的比赛中，虽然最终失败了，但比分已接近对方，到了众人都认为不可能的地步。在混合双打中，他甚至闯入了半决赛。他的魅力征服了每一个人，而他自己也非常享受整个比赛过程。大家一致公认，他前途无量。布拉巴宗上校告诉他，等他再长大点儿，与一流选手再多点儿实战历练，他一定会成为他父亲的骄傲的。

赛事已经结束，第二天他就要飞回伦敦了。一心想在赛事上呈现出最佳状态，这几天他一直过得相当谨慎小心，很少吸烟，滴酒不沾，每天早早上床睡觉。但这最后一晚，他想亲自见识见识他早已听闻许多的蒙特卡洛的生活。赛事主办方为所有网球参赛选手举办了正式晚宴。宴会结束后，他跟其他选手一道走入了冒险俱乐部。这是他第一次走进那里。蒙特卡洛到处人满为患，每个房间都是人挤人。除了在影片里，尼基还从未真正见过轮盘赌。迷迷糊糊地，他在走近的第一张赌桌前就停了下来。不同规格的筹码散布在绿呢台布上，混乱状态看起来就像无可救药。庄家把轮盘猛劲一转，然后轻弹进一个小白球。在经过一段似乎无穷无尽的漫长等待后，小白球终于停了下来；另一个庄家就以夸张而又淡漠的姿势将输家的筹码统统扒拉过去。过了一会儿，尼基又逛到另一赌台。那里，他们正在玩一种纸牌游戏①。尼基看不懂到底是怎么玩的，感觉枯燥

---

① 原文法语“trente et quarante”，字面意思是“三十和四十”，即，“rouge et noir（红与黑）”。那是一种纸牌赌博，赌台上标有两红两黑菱形押注标记，“三十和四十”则是赢和输的点数。

乏味。他看见另一个房间也挤满了人，于是也晃悠进去了。一种叫“巴卡拉”的纸牌大赌正在进行，他立即就感受到了那种紧张气氛。参加赌博的人和拼命往前挤的看客被一道铜栏杆隔开来。赌客坐在桌边，每边九人；负责分牌的在中间；庄家在对面。赌得很大。分牌的是希腊辛迪加的成员。尼基端详着他那张毫无表情的脸，他的眼睛时刻警惕着全场的动静，但不管赢还是输，他的表情毫无变化。整个场面相当可怕而又诡异，令人印象深刻。一向在勤俭持家环境中长大的尼基看着他们因一张牌的翻覆就决定上千镑的输赢，而输了的人不过开个小玩笑就一笑置之。这让他觉得难以理解又异常刺激。一切都带着异常可怕的刺激。

这时，一个熟人走上前来。“有没有赢钱?”他问。

“我还没玩。”

“明智之举。烂透了的把戏。走，喝一杯去。”

“好的。”

喝酒的时候，尼基告诉朋友，这是他第一次到这种地方来。

“噢，那离开前一定要小赌一把。不试试你的运气就离开蒙特卡洛，那也太愚蠢了。毕竟就算输上个百把法郎，也不会对你造成多大损失。”

“是没多大损失。但爸爸根本就不赞成我来这里，特别告诫我的三件事之一就是赌博。”

但是，尼基离开这帮朋友，竟又逛回到玩轮盘赌的桌子前。他站了一会儿，看着输家的钱被庄家捞走，又把赢家的钱付出去——不得不承认，整个场面非常刺激。他的朋友说得对，不去赌台试一把就离开蒙特卡洛，确实有点儿蠢。这将会是一种经历，而在他这个年龄就应该尽可能去进行各种尝试。他想了想，觉得自己并没有答应爸爸不赌钱，只是答应他将他的忠告铭记在心。这根本就是两回事，对吧？他从口袋里掏出一百法郎，相当羞涩地把它放在十八那个数字上。之所以选这个，是因为它正好是他的岁数。他的心怦怦狂跳，眼睛一眨不眨地盯着轮盘转动，白色的小球就像个恶作剧的小恶魔吱吱乱转。轮盘转动越来越慢，小白球犹豫着似乎要停下来，但又继续往前滚动。当它停在数字十八上时，尼基简直不敢相信自己的眼睛。一大堆筹码送到了他面前。他接过来的时候，双手直打哆嗦。那看起来似乎是相当大一笔钱啊。他一时间心慌意乱，根本就没想到下一局该押什么。事实上，他根本就无意再赌一盘了，赌一次也就够了。所以，当十八这个数字再次出现时，他真不由得大吃一惊，那上面只放了一个筹码。

“老天爷，你又赢了！”站在他旁边的那个人惊呼道。

“我？可我什么都没押呀。”

“不，你押了。你原先押的那注只要不撤回，他们总会让它留在原处的。这你不知道吗？”

又一堆筹码送到他面前。尼基的脑袋有些眩晕了。他数了数赢进的数目：七千法郎。一种奇异的力量感袭遍全身，他觉得自己真是聪明绝顶。这简直是他听说过的最为容易的赚钱方式。他那张率真迷人的脸上溢满笑容。他明亮的双眼碰到一个站在他身边的女人的视线，她冲他嫣然一笑。

“你真走运。”她说。她说的是英语，不过带着点儿外国口音。

“我简直不敢相信。这可是我第一次玩呢。”

“这更说明你走运。借给我一千法郎，可以吗？我输掉了身上所有的钱。我会在半小时之内还给你的。”

“好的。”

她从他那堆筹码中拿走一个红色的大筹码，道了声“谢谢”，就消失不见了。这时，之前和尼基说过话的男人嘟囔了一句。“你再也见不到那一千法郎了。”

这给了尼基当头一棒。爸爸特别告诫过，不要借钱给任何人，而他却将钱借给了一个素昧平生的人。这事他做得多蠢啊！不过事实是，那会儿，他对人类的爱正激荡在心头，根本就想不到要拒绝人家。而且，那个红色的大筹码简直让你意识不到它有什么价值。嗯，不过这也没啥关系，他还有六千法郎。就再玩一两把，碰碰运气。如果不能赢，立马回家。

他将一个筹码押在数字十六上。这是他大妹妹的年龄，但没押中。然后，他又押在数字十二上，这是他小妹妹的年龄，也没押中。他再随机试了其他几个数字，都没押中。真滑稽，他的诀窍似乎失灵了。他想再玩那么一次就打住。结果，这次他赢了。他将输掉的都赢了回来，还赚了些进来。

一小时后，历经无数次输赢跌宕，他体味到了平生从未有过的刺激。他发现，他赢的筹码已经多得连口袋都装不下了。他决定，该走了，就去了换钱的办公室。当两万法郎的票据摊开在他面前时，他兴奋得都喘不过气来了。他这辈子还从没见过这么多钱。他把钱装进口袋，正要转身离开时，那个刚才借了他一千法郎的女人走上前来。

“我正到处找你呢。”她说，“担心你走了，我急得什么似的，不知道你会怎么想我。这是你那一千法郎，非常感谢你借钱给我。”

尼基的脸涨得通红，惊诧地盯着她。刚才他是何等冤枉了人家啊！父亲告诫他千万不要赌博，结果他赌了，白赚两万法郎；父亲告诫他千万不要借钱给任何人，结果他借了，将一大笔钱借给一个完全陌生的人，现在她还回来了。事实证明，他绝不是父亲以为的傻瓜。他借钱给她时凭直觉觉得她是可以信赖的，现在你看，他的直觉是对的。但当时他的惊诧是如此明显，以至于那位娇小的女士忍不住大笑起来。

“你这是怎么了?”她问。

“实不相瞒，我根本就没想到你会把钱还回来。”

“你把我当成什么人了！难不成你以为我是个妓女?”

尼基的脸一直红到发根。“不，当然不是。”

“我看起来像吗?”

“一点儿也不像。”

她穿得很淡雅：黑色衣裙，脖子上戴着一圈小金珠项链，式样简单的连衣裙完美地凸显出她那优雅苗条的小身段，巴掌大的小脸十分漂亮，头发梳理得整整齐齐。她化过妆，但并不浓艳。尼基觉得，她顶多比自己大三四岁。她朝他友好一笑。“我丈夫在摩洛哥政府做事，我来蒙特卡洛待几周。他想让我出来散散心。”

“我要走了。”尼基这么说道。他实在想不出别的话来了。

“就走?”

“嗯，我明天早上得早起，坐飞机回伦敦。”

“当然咯，网球赛今天就结束了，是吧？你知道吗，我看过你的比赛，两三次呢。”

“真的吗？我不知道你为什么会注意到我。”

“你打球姿势优美，穿着运动短裤非常可爱。”

尼基并非荒唐少年，但脑海里还是闪过这种想法：没准儿她借那一千法郎只是为了借机和我搭讪。

“你去过尼克博克夜总会吗?”

“没有，从没去过。”

“噢，那你离开蒙特卡洛前一定要去见识见识。要不，去跳个舞吧！实话和你说，我快饿死了，真想吃些培根和鸡蛋了。”

尼基记起父亲说的千万不要和女人有任何瓜葛，但这个女人不同，只消看她一眼就知道，这个美丽的娇女子绝对是那种品行端庄的。她丈夫应该在类似民政厅的政府部门工作，他猜想。尼基的父母有好几位朋友就是这样的“人民公仆”，他们有时也带着妻子来他们家吃晚饭。的确，那些太太没有眼前这位女子年轻漂亮，但她的确像她们一样端庄贤淑。而且，赢了两万法郎这么大一笔钱后，他觉得出去稍微乐一乐也无可厚非。

“我很高兴陪你去，”他说，“但希望你不要介意我不能待太久。我已经嘱咐旅馆的人七点钟叫醒我。”

“你愿意什么时候离开咱们就什么时候走好了。”

尼基发现，尼克博克真是个让人快意的地方。他津津有味地吃掉培根和鸡蛋，两个人还一起分享了一瓶香槟。跳舞的时候，那位娇美的女士告诉他，他跳得异常优美。他知道自己舞跳得非常好，当然，她也是个非常好的舞伴，就像羽毛般轻盈。她把脸颊贴在他脸上。当两人目光交融时，她美目中的盈盈笑意让他的心怦怦直跳。一个黑人女子正唱着歌，嗓音沙哑而又肉感，舞池里挤满了人。

“有没有人告诉你，你长得很帅？”她问。

“我可不这么想。”他大笑。“天哪，”他暗想，“我觉得她是爱上我了呢。”

尼基并非傻瓜，一直都知道女人通常都很喜欢他。就在她说出那番话后，他将她搂得更紧了。她闭上眼睛，轻轻叹了口气。

“要是我当着所有这些人的面吻你，恐怕不太好吧？”他问。

“你觉得他们会把我当成什么人呢？”

天已经有些晚了，尼基说他真觉得自己该走了。

“我也一起走吧。”她说，“你能顺路送我回旅馆吗？”

尼基付了账，金额之高让他大吃了一惊。不过，口袋里揣着那么多钱，他可以做到不在乎。他们坐进一辆出租车。她紧紧依偎着他，他亲吻了她，她似乎很喜欢。

“老天啊！”他不禁暗想，“没准儿会发生点儿什么。”

没错，她是结了婚，但丈夫远在摩洛哥，而且她确实看着像已经爱上了他。一切都刚刚好啊。自然也没错，父亲告诫过他，千万不要和女人有任何瓜葛。但他再度想起来，他实际上并未答应父亲不那么做，只是答应将他的忠告铭记在心。而且，他确实也没有忘记呀，他将他的忠告时时刻刻都牢记在心呢。环境决定态度，要具体问题具体分析嘛。她是个甜美可人的小东西，要这么白白放弃已经装盘放在你面前的大好艳遇，可真是傻透了啊。到达旅馆后，是他付的车费。

“我散步回家。”他说，“离开那个让人窒闷的地方，再呼吸点儿新鲜空气会比较好。”

“上来坐会儿吧！”她说，“我给你看看我儿子的照片。”

“啊，你都有儿子了？”他叫道，略微有些惊愕。

“是啊，一个可爱的小家伙。”

他随她上了楼。他根本就不想看她小孩儿的照片，不过出于礼节，还是假装想看的好。他害怕自己会做出蠢事。一个念头突然闪现在他的脑海：她带他上楼看照片莫非只是含蓄地暗示，他刚刚会错了意？他已经告诉过她，他只有十八岁。“我想，她认为我还只是个孩子。”他开始懊悔自己不该在夜总会花那么多钱喝香槟。

但她根本没给他看儿子的照片。两人刚跨进房门，她就转过身来搂住他的脖子，整个儿亲吻着他的嘴唇。他这一生还从未这么热烈地亲吻过。“亲爱的。”她呢喃道。

有那么一瞬，父亲的忠告再次闪过尼基的脑海，但随即被他忘得一干二净。

尼基是个很浅眠的人，一丁点儿声音都能将他弄醒。两三个小时后他突然醒来，一时弄不清自己身在何处。房间并不很暗，浴室的门半开着，里面的灯并未关掉。突然，他意识到房间里有人走动，然后他记起来了。他看到走动的人正是他的小女友。他刚要开口说话，她行为举止中的某种怪异又让他把话咽了回去。她走得小心翼翼，就好像很怕吵醒他，中途还停下来一两次朝床这边仔细看了看。他想知道她这是在干吗，很快就看明白了。只见她走到他放衣服的椅子边，再次朝他这边看了看。她静静查看的那小会儿在他看来，简直无限漫长。屋里静到极致，尼基觉得他都能听到自己的心跳了。然后，非常缓慢，非常轻巧地，她拿起他的外衣，手伸进内袋，把尼基赢得如此自豪的漂亮的千元法郎大钞统统掏了出来。她又把衣服放回去，并在上面加了几件别的衣裳，好让它看起来根本没被动过。然后，她手里攥着那一大把钞票，再次一动不动地站了好一会儿。尼基真想跳起来，当场抓她个现形。但他不得不抑制住这种冲动：一方面是因为他太过震惊，一时不禁呆住了；另一方面他想到，孤身一人在陌生的旅馆，还是在陌生的国度，贸然吵嚷起来真不知道会发生什么。她望着他，他眯着眼睛，确信她觉得自己已经睡着了。在如此的寂静中，她不可能听不到他均匀的呼吸声。当她断定自己的举动不曾弄醒他时，才又无限小心，蹑手蹑脚地走到房间另一边。那里，靠窗的小桌上摆着一盆瓜叶菊。尼基现在眼睛睁得大大的，注视着她的一举一动。那株花显然是很松地种在花盆里的，因为她一把抓住茎杆就把整株花扯了出来。她把钞票放在花盆底部，再把花栽了回去。那可真是个绝妙的藏钱处。没人会想到那花开繁盛的瓜叶菊底下竟然藏着东西。她用手指压了压泥土，然后慢慢地，小心不发出一点儿声音地从房间那头走回来，重新溜回床上。

“亲爱的。”她以爱抚的口吻叫道。

尼基呼吸很平稳，就像一个陷入熟睡的男人一样。那位娇小的女士背转身去，自己也睡着了。尼基虽说一动不动地躺着，脑子却在飞快地转动。刚才目睹的那一幕简直要把他的肺气炸了，他情绪激愤地在心里骂着：“就是个该死的小娼妇！还跟我胡扯什么她和她可爱的儿子，还说什么她丈夫在摩洛哥！我真是瞎了眼！她就是个烂臭的贼婆，还能是什么！把我当傻子耍呢。她要是以为这样就能得了便宜，那她就大错特错了。”

他已经打定主意怎么处理那笔他凭着聪明智慧赢来的钱了。他一直都想要一辆属于自己的车，但父亲不肯出钱给他买。他觉得老头儿未免有些小气。毕竟，一个大小伙子并不想总开着家里共用的车。有了这两万法郎，差不多相当于两百英镑，他可以买一辆非常体面的二手车。他一定要把那笔钱拿回来，只是现在还不知道怎么才能拿回来。他并不想大吵大闹。他在这儿是个地地道道的陌生人，又在一个一无所知的旅馆。那个可恶的女人或许在这儿有同伙，虽然他绝不怕与任何人光明正大地决斗，但要是谁掏出枪来对着他，那可真是犯傻了。再说了，理智地想想，他并没有证据证明那就是他的钱。要是最后摊牌的时候那个女人一口咬定钱是她的，他很有可能被拖进警察局。他真的不知道该怎么办。现在，听着她均匀的呼吸声，他知道这个小女人睡着了。她当然能轻轻松松睡着了，因为她已顺利无阻地偷走了他的钱。看着她睡得如此沉静安稳，自己却干瞪着眼躺在这儿忧虑得要死，尼基一时怒不可遏。突然，他心生一计。这一计真是太妙了！要不是他自制力甚强，早已跳下床当即付诸实施了。她那个把戏，两个人都可以玩嘛。她把他的钱偷走——嘿嘿，他可以再把它偷回来。这样，两人也算是扯平了。他下定决心，要静等他确信那贼女人睡熟了再动手。他等了一段在他看来无比漫长的时间。她一动也没动，呼吸就像小孩子一样均匀酣畅。

“亲爱的。”他终于轻轻唤了一声。

没有回答，也没有动静，她睡得像个死人。非常缓慢地，动一下停两下，静悄悄地，尼基从床上溜了下来。他原地不动，站了一会儿，看看自己是否惊动了她。她的呼吸和之前一样均匀。在他等的这一段时间里，他已经非常仔细地将房间里家具的摆放位置扫视了一遍，以免走动时不小心碰到椅子或桌子而发出声响。他走了几步，停下来等等看；又走了几步，轻手轻脚，走路时没发出一点儿声音。一直走了五分钟，他才来到窗户边。在那里，他又停下来等了会儿。他正准备再行动时，床发出了轻轻的嘎吱声，吓了他一跳。原来只不过是睡梦中的女人翻了个身而已。他强迫自己静等在那里，直到数到一百。她睡得就像根木头。他以无限的小心抓住瓜叶菊的茎，轻轻把它扯出花盆，再把另一只手伸进去。当手指触到钞票时，他的心跳得都快要从嗓子眼儿里蹦出来了。他合拢手指紧紧抓住那沓钞票，慢慢把它们拿出来。重新把那株植物栽回去后，这次轮到他小心地把泥土往下压了压。他在做这些事的同时，一只眼睛还盯着床上躺着的那个人。她一动不动。又等了一会儿，他才蹑手蹑脚地溜到他放衣服的椅子旁。他先把那沓钱放进上衣口袋，然后才开始穿衣服。因为不能发出任何声音，他花了足足一刻钟才把衣服穿上。他晚礼服里穿的是一件软面衬衣，为此他庆幸不已。因为这比硬面衬衣更容易不出声地穿上去。没有穿衣镜，要把领带打好实在有些困难。好在他明智地想到，领带打得好不好根本就没什么关系。他情绪高涨，心情大好。现在整件事情看起来就像一场有趣的闹剧。最后，他终于全部穿戴妥当，只剩下鞋还提在手里，预备到走廊里再穿。现在，他得穿过房间，走到门那里去。他走得非常轻，轻到最浅眠的人都不会被吵醒。可门总得打开。他慢慢转动钥匙，可到底还是咔哒地清脆响了一声。

“是谁?”那小女人突然从床上坐起来。

尼基的心一下子提到嗓子眼儿。他竭尽全力保持镇静。“是我。已经六点了，我得走了。本来不想吵醒你的。”

“啊，我都忘了。”她又倒在枕头上。

“既然你已经醒了，那我还是穿上鞋好了。”他在床沿坐下来，把鞋穿好。

“你出去的时候别弄出声响，旅馆里的人会不高兴的。啊，我真是困死了。”

“你继续睡你的就是啦。”

“亲我一下再走。”

他弯下腰，亲了她一下。

“你可真是个甜人的小家伙，也是个美妙的小情郎。一路平安。”

直到走出那家旅馆，尼基才算放下心来。天已经破晓，碧空万里无云，海港里的游艇和渔船一动不动地停在寂静的水面。码头上，渔民已经预备开始一天的工作。空荡荡的街道少有人迹。尼基深深吸入一口清晨甜美的空气，感觉精神抖擞，浑身舒畅，心情更是快乐无比。他昂首挺胸，大踏步走上山去。一路经过赌场前的花园——清晨阳光照耀下，花朵带着露珠的灿烂光辉，十分芬芳怡人——一直走到他下榻的旅馆。

这里，一天已经开始了。大厅里的服务员脖子上围着围巾、头上戴着贝雷帽，正在忙忙碌碌地打扫卫生。尼基走进自己的房间，洗了个热水澡。他躺在浴缸里，满意地想着，他绝非某些人以为的傻小子。洗完澡后，他做了做运动，穿好衣服，收拾好行李，然后下楼吃早饭。他的胃口好极了，才不要吃清淡的大陆式早餐①呢。他吃了葡萄柚、粥、培根和煎蛋，刚出炉的面包卷又酥脆又美味，入口即化，还有橘子果酱和三杯咖啡。虽然早餐前就感觉身心舒畅，吃了早餐后就更加畅快了。他点燃最近才学会抽的烟斗，付了账，走进等在那里要送他去机场的汽车。机场在戛纳的另一边。从蒙特卡洛去戛纳，车子一路都在山间行驶，下面就是蔚蓝的大海和优美的海岸线。他不禁觉得这地方太他妈漂亮啦。途径尼斯时，发现它在清晨显得那么欢快友善。不久，汽车就驶上一条沿海的笔直大

---

① 西式早餐一般分两种：清淡的（欧洲）大陆式早餐（Continental Breakfast），以咖啡和面包等为主；相对丰盛的英式早餐（English Breakfast），包括培根和煎蛋等。蒙特卡洛地处欧洲大陆，传统上更盛行大陆式早餐。

道。尼基付账时用的并不是昨晚赢的钱，而是父亲给的。昨晚在尼克博克夜总会，他换开过一千法郎去付晚餐。不过，那个小贼婆又还给了他之前借的一千法郎。现在，他的口袋里还有两万法郎。这时，尼基想把钱掏出来好好看看。他差点儿就失去了这笔钱，它们在他眼里，现在有着双重价值。早晨在旅馆换上旅行服装时为安全起见，他把钱塞进了后裤兜。现在，他把钱从后裤兜里掏出来，一张张地数着。然而，怪事发生了。原本二十张的千元大钞现在却有二十六张了。他不明白怎么会这样。他又数了两遍。没错，还是二十六张，而不是他原本的二十张。他真是弄不明白了。他问自己，是否有可能昨晚在大冒险俱乐部赢的钱比他记得的要多。不，这是根本不可能的。他清清楚楚地记得，柜台后负责换钱的人把钞票摊开在他面前，五张一排，一共四排。他还亲自数过一遍。突然间，他恍然大悟了。把瓜叶菊拎起后，他把手伸进花盆时是把里面一切能抓住的都抓了出来。花盆就是那个小娼妇的钱柜，而他不仅掏出了自己的钱，还把她的积蓄也掏出来了。尼基往车座后背上一靠，忍不住爆发出一阵哈哈大笑。这可是他平生经历的最有趣的事了。当想象晚些时候她醒来后，满心欢喜地去花盆查看她如此聪明偷来的钱时发现不仅偷的钱不见了，原本的积蓄也不翼而飞了，他笑得越发不可抑制。就他来说，对这件事，他现在可是什么都做不了啦。他既不知道她的名字，也不知道她带他去的旅馆。就算他想将钱还给她，也没办法做到啦。

"这实在也是她罪有应得。"他最后说了一句。

这就是亨利·加内特在桥牌桌上告诉朋友们的故事。昨晚吃罢晚饭，等他太太和女儿离开后，尼基把整件事从头到尾都跟他说了。

“你们知道，叫我最为恼火的是，他那么洋洋自得、自以为了不起的样子活像一只刚吞了金丝雀的大猫。你们知道他最后跟我说了些什么吗，他用那双无辜的眼睛看着我说：‘你知道吗，爸爸？我禁不住觉得，你给我的那些忠告也许是错的。你说，千万不要赌博——好吧，我赌了，倒是像捡皮夹子一样赢了一大笔钱；你说，千万不要借钱给别人——好吧，我借了，结果人家又还回来了——你说，千万别和女人有任何瓜葛——好吧，我搭上了，结果白赚六千法郎。’”

三位牌友的哄然大笑并没有让亨利·加内特感觉好点儿。

“事不关己，你们三个倒是笑得开心。可你们知道，我现在的处境可真他妈尴尬死了。那孩子一直很崇拜我，尊敬我，不论我说什么，他都当作《福音书》中的真理一样言听计从。但现在，我能从他的眼神看出，他已经把我看成一个满嘴胡说八道的老傻瓜了。我再对他说什么‘孤燕不成夏①’也没什么用了。他根本看不出来，他这次只是侥幸。他以为，整个事情都归功于他的聪明绝顶。这会毁了他的。”

“你确实看起来有点儿像个大傻瓜，老伙计。”一个牌友说道，“这你可无法否认，是不是？”

---

①《伊索寓言》里有个青年，在暖和的冬日看到了燕子。因燕子是春天以后出现的，他就认为夏天到了，把冬衣卖了喝酒。结果过了几天，寒风刺骨。他才意识到，孤燕不成夏，他高兴得太早了。

“这我承认。可我一点儿也不喜欢这样。这实在是太不公平了。命运无权跟人玩这样的恶作剧。毕竟，你们总该承认我的忠告都是有益的吧?”

“非常有益。”

“那小屁孩儿胆敢玩火，就该烧了他自己的手指头。可他竟能毫发无伤。你们三位都是见过大世面的，倒是和我说说，我现在究竟应该怎么处理这一情形。”

三人谁也想不出什么良策来。

“算啦，亨利。我要是你，就不会这样杞人忧天。”律师牌友最后说，“依我看来，你那公子天生就是好命。从长远来看，这可比天生聪明和生来富贵强多啦。”

赴宴之前[1]

斯金纳夫人奉行守时的好习惯。她已经穿戴停当——黑色绸裙与她的年龄十分相宜，也适合她对新近亡故的女婿的悼念；现在，她正准备往头上戴帽子。

要不要戴这顶帽子，她有些犹豫不决。因为帽子上装饰的白鹭羽毛很可能招致宴会必将遇到的几位朋友的尖刻劝诫。当然，仅仅为了取得羽毛就杀掉漂亮的白鸟，尤其还在交配季

① 原文篇名为 *Before the Party*。

节，确实叫人震惊。但话又说回来，这些羽毛如此漂亮而时髦，真要拒绝它们可不是蠢嘛。何况这样还会伤及女婿的情感。他大老远地从婆罗洲将它们带回，就是希望她能开心满意。凯瑟琳当时见到这几根羽毛，就非常不喜欢。如今出了那桩事，她一定懊悔不该那样，但凯瑟琳从来就没有真正喜欢过哈罗德。斯金纳夫人站在梳妆台前琢磨来，琢磨去，最后还是戴上了帽子——毕竟这是她唯一漂亮的帽子，并用顶端饰有一大枚黑玉珠子的别针将它卡住。要是有人跟她议论这几根羽毛，她也有话回答。

“我知道，这种事怪骇人听闻的。”她会说，“我自己是决计不会买这些羽毛的，但这是我那可怜的女婿最后一次回国休假时带给我的。”

这就可以解释她为何会有这些羽毛，而且也能为它的用处开脱了。大家都非常和善，必定不会再与她针锋相对。斯金纳夫人从抽屉里取出一块干净的手帕，并往上喷了些古龙香水。她从来不用香水，也一直觉得用它未免有点儿轻浮，但古龙香水非常清爽怡人。她差不多打扮好了，眼睛朝镜子后面那扇窗户外瞄了瞄。

卡农·海伍德举办的花园宴会遇上了好天气。气候暖和，天空蔚蓝，树叶还没有失去春日的鲜绿。看见小外孙女在房后狭长的花园里忙不迭地耙松自己的小花圃时，斯金纳夫人不禁莞尔一笑。她真希望琼的脸色不要这么苍白。过去将孩子留在热带那么长时间实在大错特错。她小小年纪不苟言笑，从来见不到她活蹦乱跳的样子，只是静静地玩着自己发明的游戏，或者给自己的花圃浇浇水。斯金纳夫人轻轻拍了拍裙子的前襟，拿上手套，走下楼来。

凯瑟琳坐在窗前的写字台旁，正忙着整理她开列的名单。她是女子高尔夫俱乐部的名誉秘书，每逢赛事，就有很多事要忙。但她也准备好了参加宴会。

“你到底还是穿上这件罩衫啦。”斯金纳夫人说。

午饭时，她们讨论过凯瑟琳是穿罩衫还是她的薄绸黑衫。这件罩衫黑白两色，凯瑟琳觉得挺时髦，但一点儿也没有服丧的感觉。米莉森特赞成她穿这件。“没必要我们个个都穿得刚从葬礼上回来似的。”她说，“哈罗德已经去世八个月了。”

这话在斯金纳夫人听来，太过无情无义。米莉森特打从婆罗洲回来后，就变得有些奇怪。“你不会现在就脱下丧服吧，亲爱的？”她问。

米莉森特没有直接回答。“人们现在可不像过去那样服丧啦。”她说完，顿了一下。再说时，声音里夹杂着一种斯金纳夫人认为很奇怪的语调。很明显，凯瑟琳也注意到了这一点。她疑惑不解地瞥了姐姐一眼。只听米莉森特继续说道：“我敢肯定，哈罗德绝不希望我长年累月地穿着丧服。”

“我早早穿好衣服，是因为有点儿事想和米莉森特谈谈。”凯瑟琳说。算是对母亲那种疑问式观察目光的回答。

“哦？”

凯瑟琳没有解释。她把名单搁在一边，拧着眉头又读了一遍一位女士的来信。这位女士抱怨委员会办事太不公平，竟将她的让棍数①从二十四减到了十八。要成为女子高尔夫俱乐部的名誉秘书，需要具备相当机智而老练的处事本领才行。斯金纳夫人开始戴上她的新手套。遮阳帘使得房间阴凉而昏暗。她看着那巨大的木制犀鸟，颜色染得明快而艳丽。这是哈罗德生前托她保管的。虽然斯金纳夫人觉得这木制犀鸟看起来又古怪又粗野，但哈罗德却非常看重它。它有些重要的宗教意义，卡农·海伍德曾对其大为惊叹。沙发后的墙上挂着几件马来西亚的当地武器，她早已忘记这些武器叫什么名字了。几张临时安放的桌子上，这儿那儿随处可见哈罗德在不同时期赠送的银器和铜器。她喜欢哈罗德，眼睛也因此不由自主地转向钢琴上摆着的他的照片。那里一起摆着的还有她的两个女儿、外孙女、姐姐以及姐姐儿子的照片。

“咦，凯瑟琳，哈罗德的照片去哪儿了？”她问。

凯瑟琳的眼睛四下扫了扫——照片确实已经不在原处了。“有人把它拿走了。”凯瑟琳说。她感到惊奇不已又迷惑不解，遂站起来走向钢琴。几张照片被重新安置过，一点儿也看不出因少了一张而露出来的空隙。

“或许米莉森特想把它摆在自己的卧室。”斯金纳夫人说。

“她要是摆在卧室，我就该注意到了。再说，米莉森特有好几张哈罗德的照片。她可是把这些照片都锁起来了。”

---

① 高尔夫球赛以击棍数最少者为胜。业余球员比赛时可享受让棍权利，数目不等，按水平决定。如：业余球员击棍七十八下，减去让棍数十下，所得为六十八，正式球员必须少于六十八下才算赢过业余球员。

女儿并没在自己的房间摆放哈罗德的任何照片，让斯金纳夫人感觉相当怪异。事实上，她还跟女儿提过这件事，但米莉森特没作任何回答。自打从婆罗洲回来后，米莉森特就变得异常沉默。斯金纳夫人原本很愿意对她表示同情的，但米莉森特那个样子却让斯金纳夫人的一腔同情无处表现。她好像不大愿意谈起自己的不幸遭遇。人们排遣悲伤的方式各不相同。斯金纳先生认为最好的方式就是不要去打扰她，让她独自排解。想到丈夫，斯金纳夫人的思绪顿时又转回她们即将参加的宴会上。

“你父亲问我该不该戴一顶大礼帽，”她说，“我说，我觉得还是戴着好，以防万一。”

那将是一场盛会。他们将会享用由宝迪糖果店制作的草莓味和香草味的冰淇淋，还有海伍德家自制的冰咖啡。大家将会齐聚一堂。主人要把他们介绍给香港主教。这位主教是卡农在大学结交的老朋友，眼下正住在海伍德家。他会跟大家分享他在中国传教的所见所闻。斯金纳夫人对此可是相当感兴趣。要知道，她的一个女儿曾在东方住了八年，而女婿又是婆罗洲一个地区的派驻官员。

正如斯金纳先生所说的：“只知道英国的人，又能对英国有什么真正的了解呢?”正在那个时候，斯金纳先生走进了房间。子承父业，他像父亲一样也是一名律师，在林肯法学会广场开了间事务所。每天早晨，他去伦敦市区上班，晚上再回来。他之所以能够陪妻子和女儿去参加卡农的花园宴会，是因为卡农非常明智地选定在星期六举办。穿着燕尾服和灰色花呢裤子的斯金纳先生看起来精神抖擞，他的衣着并不十分雅致考究，但干净整洁，看上去像个受人尊敬的家庭法律顾问。事实上，他也确实是。他的事务所向来不接办那些不能光明正大摆在台面上解决的业务。如果客户找上门来，请他解决一件不大体面的麻烦事，斯金纳先生就会板起面孔，一脸严肃。

“我想，本事务所并不致力于解决此类案件。”他说，“您最好还是移步别处。”他会拉过便签本，草草写下一个名字和地址，然后撕下来递给客户。“我要是您，我想我会去拜访一下这些人。您要是跟他们提一下敝人，我想他们一定会竭尽所能帮助您的。”

斯金纳先生胡子刮得非常干净，脑壳也秃得非常厉害，两片苍白而无血色的薄唇总是紧紧地抿着，一双蓝眼睛透露出些许怯弱，同样苍白而无血色的脸颊皱纹纵横。

“哟，穿上新裤子啦！”斯金纳夫人说道。

“我想，这是让它见见人的好机会。”他回答道，“我还在想，要不要在扣眼上别朵花呢。”

“我要是您，可不戴那玩意儿，爸爸。”凯瑟琳说，“我觉得那太不像样儿。”

“很多人都会戴的。”斯金纳夫人说。

“只有小职员才会戴。”凯瑟琳说，“您也知道，海伍德什么人都得请。再说了，我们还在服丧期呢。”

“我在想，主教讲完话后会不会有什么捐钱仪式。”斯金纳先生说。

“我想，不至于吧。”斯金纳夫人说。

“我想，真要那样做可有点儿差劲。”凯瑟琳附和道。

“以防万一，我们还是有个准备好。”斯金纳先生说，“我来代表咱家捐钱。不过，我在想，十先令够不够，还是必须要捐一镑。”

“我觉得，您要是捐的话，就该捐一镑，爸爸。”凯瑟琳说。

“到时候相机行事吧。我不想比别人捐得少，但也没必要多捐。”

凯瑟琳把她的文件收起来，放进写字台的抽屉，站起来，看了看手表。

“米莉森特，准备好了吗？”斯金纳夫人问。

“时间还很充裕。人家请咱们四点去。我想，我们还是别到得太早，别四点半之前就到了。我吩咐戴维斯四点一刻把车开过来。”

一般来说，平时出门都由凯瑟琳开车。但在重大场合，比如今天这种宴会，就由花匠戴维斯穿上制服，临时充当司机。有专门司机开车送你到宴会，看起来自然更为气派，有面子。再者，穿着新衣的凯瑟琳也不大乐意自己开车。母亲一根手指一根手指地伸进新手套，提醒她也必须戴上一副。她闻闻自己的手套，看有没有肥皂味儿。果真还残存那么一点点。不过，她相信谁也不会注意到。

最后，门终于开了。米莉森特走了进来，穿着寡妇的丧服。斯金纳夫人从来就没习惯女儿这身打扮，不过她也知道，米莉森特必须穿它一年。这身打扮并不适合她，这有点儿叫人遗憾。毕竟有些人穿着它还是非常适合的。她试过米莉森特的帽子——白白的帽带，长长的面纱——她觉得自己戴起来非常好看。她当然希望亲爱的阿尔弗雷德比她长寿，但如果他先走一步，她就永远不再脱下丧服。维多利亚女王就没脱过。但米莉森特不同，还太年轻，只有三十六岁。一个女人在三十六岁就成为寡妇，也未免太让人悲伤了。况且，再婚的几率也不是太大。凯瑟琳如今也不大可能嫁得出去，她都三十五了。前次，米莉森特和哈罗德回国的时候，斯金纳夫人还建议他们邀请凯瑟琳去他们那里住一段时间。哈罗德看起来似乎很乐意，但米莉森特不同意。斯金纳夫人真不知道她为什么不同意，那原本可以给凯瑟琳一个结交朋友的机会。当然，他们并不是想摆脱她这个负担，但女儿家总该出嫁。不知怎的，他们在家认识的那些男人都已经结婚了。米莉森特说那里的气候叫人难以忍受，而她看起来气色确实不太好。现在，都没人能瞧得出米莉森特原是两姐妹中更为漂亮的那个。凯瑟琳越长越纤细窈窕。当然，也有人说她太瘦了。随着她把头发剪短，再加上一年四季风雨无阻地打高尔夫球让她两腮红润，斯金纳夫人觉得她相当漂亮。但对可怜的米莉森特，就没人能这么赞美她了。她的身材完全走了样。人本就不高，如今一发胖，简直成了矮墩子了。她也当真太胖了。斯金纳夫人觉得，这是因为热带炎热的天气让她懒得动弹的缘故。她的皮肤如泥土般灰黄，原本是她最大看点的两只蓝眼睛，也变得黯淡无光。

“她那脖子真该想想办法了。”斯金纳夫人暗自想，“可怕的双下巴都长出来了。”

她就这事跟丈夫提过一两次。但斯金纳先生回答说，米莉森特年纪已经不小了。说的也是，但她也没必要就此自暴自弃，不修边幅了啊。斯金纳夫人已下定决心，要好好和女儿谈谈。当然，她也尊重女儿的丧夫之痛，这事还是等她服完一年丧再说吧。她也乐得借此缘由将谈话尽可能往后推。说实话，一想到要和女儿进行这么一场谈话，她还真有些神经紧张。因为米莉森特性情大变，跟过去简直判若两人。女儿脸上的阴郁沉闷，叫做母亲的感到浑身不自在。斯金纳夫人是那种心里想什么就会大声说出来的人，但米莉森特就不一样。你要是对她说什么（你知道“说”的意思），她连吭都不吭一声。如此怪的毛病，让你简直不知道她到底有没有听见。有时候，斯金纳夫人觉得女儿那副样子实在气人得很。这时，她就不得不提醒自己，可怜的哈罗德才去世八个月。只有如此，她才能抑制自己对米莉森特大动肝火的冲动。

寡妇静静地向前走来，一丝光线透过窗户，落在她阴沉的脸上。凯瑟琳背朝着窗户站在那里，凝神注视了姐姐一会儿。“米莉森特，有件事我想跟你谈谈。”她说，“今天早晨，我和格拉迪丝·海伍德打高尔夫球来着。”

“你打败她了吗？”

格拉迪丝是海伍德家唯一还没嫁出去的女儿。

“她跟我说了些你的事，我认为你本人应该知道一下。”

米莉森特的目光越过妹妹，落在花园里正给花浇水的小女孩儿身上。“您告诉安妮让琼在厨房里用下午茶了吗，妈妈？”她问。

“说了，佣人们喝茶的时候，琼也会一起的。”

凯瑟琳冷冷地盯着姐姐。“主教回家途中在新加坡待了两三天。”她继续说道，“他非常喜欢四处旅游，到过婆罗洲，许多你认识的人他也认识。”

“那他一定很愿意见到你，亲爱的。”斯金纳夫人说，“他认识可怜的哈罗德吗？”

“认识，他在瓜拉苏达见过他。他还清清楚楚地记得他。他说，听到哈罗德的死讯，他感到非常震惊。”

米莉森特坐下来开始戴她的黑手套。看到女儿听到这些话竟能完全沉默不语，斯金纳夫人感到很诧异。

“哦，对了，米莉森特。”她说，“哈罗德的照片不见了，是你拿走了吗？”

“是的，我把它收起来了。”

“我还以为你愿意把它摆在外面呢。”

米莉森特再一次沉默不语。这习惯真是要气死人了。

凯瑟琳微微转了转身，好直面姐姐。“米莉森特，你为什么告诉我们说哈罗德是死于感冒？”

寡妇的姿态没有任何变化，一双沉着的眼睛盯着凯瑟琳，灰黄的脸上却因泛起一抹红云而更显暗沉了。她没有答话。

“你这是什么意思，凯瑟琳？”斯金纳夫人一脸惊奇地问道。

“主教说哈罗德是自杀的。”

斯金纳夫人骇然大叫，但她丈夫做了个噤声的手势。“这是真的吗，米莉森特？”

“是的。”

“那你为什么不告诉我们?”

米莉森特沉吟片刻，手指漫无目的地抚摸着身旁桌子上摆放的一件文莱铜器。这也是哈罗德赠送的礼物。

“我想，我这是为琼好，让人以为他父亲死于感冒。我不想让她知道真相。”

“你将我们都置于一种非常尴尬的境地。”凯瑟琳说，眉头微皱。“格拉迪丝·海伍德说我很可恶，连真相都不告诉她。我费了好大劲才让她相信，我自己也是毫不知情。她说她父亲也甚为生气。老爷子说，两家都这么多年的交情了，他还是你们的证婚人，两家关系又这么好，诸如此类的话——他原本以为我们对他该信任的呢。不管怎么说，即便我们不想告诉他真相，也不该拿谎话去骗他。”

“我得说，在这一点上，我和他意见一致。”斯金纳先生语气尖刻地说。

“我当然对格拉迪丝解释了，这错不在我们。我们只是将你告诉我们的话原封不动地告诉了他们。”

“我希望这件事不会扰了你打高尔夫球。”米莉森特说。

“真是的，亲爱的！我觉得你这话说得太不恰当了。”她父亲大声道。他从椅子上站起来，朝空壁炉那边走去。出于习惯，他岔开燕尾服站在壁炉前。

“这是我自己的事。”米莉森特说，“我要是不想告诉别人，我倒瞧不出我干吗不可以。”

“如果你连你亲妈都不告诉，我倒瞧不出你对她有何感情可言。”斯金纳夫人说。

米莉森特耸了耸肩。

“你要知道，纸是包不住火的。”凯瑟琳说。

“是吗？我可没想到，两个多嘴多舌的老牧师除了议论我，就没什么别的可嚼舌根的了。”

“主教说他去过婆罗洲，海伍德一家顺嘴问他认不认识你和哈罗德，是再自然不过的了。”

“东扯西拉老半天，全都没说到点子上。”斯金纳先生说，“我认为，你本该告诉我们实情的。那样，我们就可以商量出最为妥善的处理办法。作为一名律师，我好言劝你：从长远来看，如果你想隐瞒事实真相，最后只会让它变得更糟。”

“可怜的哈罗德!”斯金纳夫人说，眼泪从涂了胭脂的脸颊上滴了下来。“这似乎也太可怕啦。他对我来说，一直是个好女婿。究竟是什么原因促使他做出这样可怕的事?”

“气候。”

“我想，你最好还是实话实说，米莉森特。”她父亲说。

“凯瑟琳会告诉你们的。”

凯瑟琳犹豫了一下。她即将要说的事真是挺吓人的。这种事竟会发生在他们这样体面的家庭，实在是太可怕了。

“主教说他是割喉死的。”

斯金纳夫人惊得差点儿一口气没喘过来。感情驱动之下，她不自觉地走到失去丈夫的女儿身边，想要把她抱在怀里。“我可怜的孩子哟!”她呜咽着说。

米莉森特缩过身子去。“别这么小题大做，妈妈！我实在受不了搂搂抱抱。”

“真过分，米莉森特！”斯金纳先生眉头紧皱地说道。他认为她的举止太不友善了。

斯金纳夫人用手绢小心地按了按眼角，叹了口气，微微摇了摇脑袋，又坐到椅子上。凯瑟琳烦躁不安地拨弄着脖子上的长项链。

“竟要一个朋友来告诉我姐夫的死亡详情，这真是荒谬至极。这叫我们看起来都像大傻瓜。主教非常想见见你，米莉森特。他想告诉你，他是多么为你难过。”她顿了顿。但米莉森特一声不吭，她只得又继续说道，“他说，米莉森特当时带着琼出了远门。等她回来的时候，发现可怜的哈罗德躺在床上，死了。”

“那一定吓人一大跳。”斯金纳先生说。

斯金纳夫人又开始哭起来，凯瑟琳温柔地把手放在妈妈的肩上。“别哭了，妈妈。”她说，“把眼睛哭红了，人家会笑话的。”

大家都默不作声。斯金纳夫人擦干眼泪，竭力控制自己的感情。对她来说，此时此刻，帽子上还戴着可怜的哈罗德送她的白鹭羽毛，感觉太怪异了。

“还有些事我也该告诉你。”凯瑟琳说。

米莉森特再一次盯着自己的妹妹，毫无轻率之态，眼神沉着而警惕。那神情，就像一个生怕错过某句话的人。

“我不想说任何伤害你的话，亲爱的。”凯瑟琳继续说道，“但有些事我觉得你应该知道。主教说，哈罗德酗酒。”

“噢，我的天！太可怕了！”斯金纳夫人惊叫道，“这说得多么骇人听闻啊！是格拉迪丝·海伍德告诉你的吗？你怎么说的？”

“我说这纯粹是胡说八道。”

“这就是隐瞒真相的后果。”斯金纳先生烦躁地说，“事情总是这样。你要是试图对什么事情秘而不宣，竭力隐藏，各种流言蜚语就会不胫而走，传得比真相还要糟糕十倍。”

“主教在新加坡听人说，哈罗德是发了酒疯，神经极度错乱时自杀的。我觉得，为我们大家着想，你应该否认这一点，米莉森特。”

“对一位过世之人说这样的话，真是太可怕了！”斯金纳夫人说，“等琼长大了，对她也很不好。”

“但这谣言的依据在哪里，米莉森特？”她父亲问，“哈罗德一向是个很有节制的人啊。”

“得了吧。”寡妇说。

“他喝酒吗？”

“活脱脱一个酒鬼。”

这回答如此出乎意料，语气又如此辛辣讽刺，剩下的三人全都惊呆了。

“米莉森特，你怎么能在丈夫去世后这样说他呢？”她的母亲惊叫起来，戴着手套的两只手紧紧绞在一起。“我真不懂你。自从你回来后，就变得怪里怪气了。我绝不能相信自己的女儿竟能这样对待丈夫的亡故。”

“先别提这事了，孩子妈。”斯金纳先生说，“以后还有机会谈。”

他走到窗前，朝外面阳光明媚的小花园瞧了瞧，然后走回房间。他从口袋里掏出夹鼻眼镜，尽管并不打算把它戴上，还是用手绢擦了擦。米莉森特看着他，两眼分明含着一股讽刺，而且非常愤世嫉俗。斯金纳先生有些恼怒。他已干完这周的工作，直到下周一早上，他都可以享受一番悠闲自在。尽管他告诉妻子这个花园宴会非常讨厌，他宁愿在自己的花园里静静地喝杯茶，但实际上他还是非常期待这次宴会的。他并不关心在中国的传教活动，只是觉得见见主教还是非常不错的。现在竟发生了这事！这并不是他愿意把自己搅和进去的事。事实上，这是一件让人非常不快的事——你想想，突然被告知自己的女婿是个酒鬼，还是自杀死的，得多糟心啊！米莉森特若有所思地抚平她的白袖口，那副沉静的样子让他十分恼火。但他并未对她发出任何斥责之言，反而转向自己的小女儿，说道："你为什么不坐下来，凯瑟琳？屋子里有的是椅子。"

凯瑟琳一言不发地拉过一把椅子，坐了下来。斯金纳先生站在米莉森特面前，直视着她。

"现在，我当然明白你为什么告诉我们哈罗德是因感冒而死的。但我认为这样做大错特错，纸是包不住火的。这种事迟早要暴露出来。我不知道主教告诉海伍德一家的话有几分符合事实，但如果你肯听我的劝告，还是尽可能详尽地告诉我们整个事情的来龙去脉。然后，我们才好权衡一下目前该怎么做。如今没法儿指望这种事传到卡农·海伍德和格拉迪丝这里就能打住了，在我们这个地方，大家都喜欢品头论足。如果现在知道事实真相，对大家有百利而无一害。"

斯金纳夫人和凯瑟琳觉得他说得非常到位。他们等着米莉森特的答复。整个过程中，她都听得无动于衷，脸上骤然泛起的那抹红云早已消失，又恢复了一贯的苍白与灰黄。“我要是真的说出事实，恐怕你们不大乐意听。”她说。

“你要知道，我们对你总是存着同情与理解之心的。”凯瑟琳严肃地说。

米莉森特瞥了她一眼，紧抿的嘴角闪过一抹若隐若现的微笑。她索然无味地打量着他们三个。这让斯金纳夫人感到很不舒服。她看着他们的那副神情，就好像他们是裁缝店里的人体模特。她似乎住在另一个世界，一个与他们毫无联系的世界。

“你们知道，我嫁给哈罗德时根本就不爱他。”她思索着说道。

斯金纳夫人刚要惊叫一声，她丈夫倏地做了一个旁人几乎没有察觉的手势。多年的夫妻心领神会，她顿时把话吞了回去。米莉森特接着说下去，声调平稳而缓慢，毫无感情波动。

“我当时已经二十七岁了，那光景看来，也没什么人会娶我了。的确，他那时已经四十四了，年纪有些太大，但他有份不错的工作，对吧？我也不大会再有比这更好的机会了。”

斯金纳夫人又有种想哭的冲动，但她猛然记起还要去赴宴。“现在，我终于明白你为什么要拿走他的照片了。”她悲哀地说道。

“别这样，妈妈。”凯瑟琳喊道。

那张照片是哈罗德跟米莉森特订婚时拍的，哈罗德状态非常不错。斯金纳夫人一直都觉得，他是个非常好的人。他身材魁梧，个子高高的，也许稍微胖了点儿，但举止庄重，仪表堂堂。他那时就开始秃顶了。现如今，男人们秃顶都特别早。他说，你知道，那种遮阳的硬壳帽对头发也是大为不利的。他留了两撇小黑胡子，脸被太阳晒得黝黑。当然，他最好看的地方还是眼睛，棕色的眼睛大大的，跟琼的一模一样。他的谈吐很风趣，虽然凯瑟琳说他有些浮夸自大，但斯金纳夫人却不以为然。她并不介意男人高谈阔论，尤其当她发现——她很快就发现了——他被米莉森特迷住时，就更喜欢他了。他对斯金纳夫人一向彬彬有礼，而她听他谈管辖的区域、猎获的珍禽时也专心致志，好像她真感兴趣似的。凯瑟琳说他自视甚高，但斯金纳夫人生于一个盲目接受男人自卖自夸的时代。米莉森特很快就看出了风向。虽然她对母亲只字未提，但做母亲的心里清楚得很——如果哈罗德求婚，女儿会接受的。

和哈罗德住在一起的人在婆罗洲都待了三十年了，他们对这个国家评价甚高。所以说，一个女人没有理由不能在那里过得舒舒服服。当然，小孩子长到七岁就得回国接受教养，但斯金纳夫人觉得，现在操心这个未免为时过早。她邀请哈罗德来家吃饭，并告诉他，喝午茶的时候他们一家人都在。他似乎无所事事，看望老朋友的日程行将结束时，斯金纳夫人跟他说，如果他能来家住两周，他们全家都将倍感荣幸。也就是在这次小住临结束时，哈罗德和米莉森特订婚了。他们举行了一个相当漂亮的婚礼，然后去威尼斯度蜜月。在那之后，他们会启程去东方。轮船每到一个港口，米莉森特都会寄回一封信。看来她很幸福。

“瓜拉苏达的人对我都非常好。”她说道。瓜拉苏达是婆罗洲的一个重镇。“我们跟派驻长官住在一起，每个人都请我们去吃饭。有一两次，我听到有人邀哈罗德去喝酒，但他拒绝了，说婚后已改过自新了。我不知道为什么他们听了都哈哈大笑起来。长官夫人格瑞太太对我说，哈罗德能结婚，大家实在太高兴了。她说，一个单身汉在边远地区服务委实太过寂寞了。当我们离开瓜拉苏达时，格瑞太太跟我道别的语气实在滑稽古怪，不禁让我大为吃惊。她就好像是非常庄重地把哈罗德交由我看管似的。”

他们静静地听她讲述。凯瑟琳的眼睛一刻都没离开过姐姐漫无表情的脸孔，斯金纳先生则直勾勾地盯着妻子沙发后墙上挂着的波状刃短剑和带鞘砍刀等马来武器。

“直到一年半后我再回瓜拉苏达，才搞明白为什么他们的态度那样怪里怪气。”米莉森特发出一声怪响，好似一声嘲笑的回音。“我那时才知道许多过去蒙在鼓里的事。那个时候，哈罗德回英国的目的就是为了结婚，根本不在乎结婚的对象是谁。你还记得当时我们如何费心竭力去笼络他吗，妈妈？我们根本不必那么麻烦。”

“我不知道你这是什么意思，米莉森特。”斯金纳夫人说，语气不乏酸涩。对当时所耍手段的冷嘲热讽，她听了心里很不受用。“我只看见，他被你迷住了。”

米莉森特耸耸她那胖乎乎的肩膀。“他是个十足的酒鬼，过去每天晚上都抱一瓶威士忌上床睡觉，早上起来前把它喝得光光的。秘书长警告他，如果再不戒酒就必须辞职。他说，他会再给他一次机会，让他休假回英国，建议他娶个老婆。这样，等他回来的时候，就有人看住他了。哈罗德之所以和我结婚，是因为他需要一个监护人。住在瓜拉苏达的那帮家伙打赌，看我能让哈罗德保持多久的清醒。”

“可他确实爱上你了呀。”斯金纳夫人插话道，“你不知道，他过去常常和我提及你。就在你刚才说的那段时间，你去瓜拉苏达生琼的时候，他给我写了一封异常感人的信，里面提到的都是你。”

米莉森特又瞧向母亲，灰黄的脸蛋红了，两只搁在膝盖上的手也开始微微发颤。她想起婚后几个月的生活。官方的汽艇将他们送到河口，他们在一个小平房过了一夜。哈罗德还打趣说，那是他们的海边行宫。第二天，他们乘快速帆船顺流而上。依照读过的小说，她以为会看到婆罗洲的河流阴暗而凶险，没想到却是蔚蓝的天空点缀着丝丝白云，红树林和棕榈的碧叶绿枝经潺潺流水的洗刷，在阳光下闪闪发光，河岸两旁人迹罕至的莽莽丛林起伏连绵，远方的天空下，依稀可见大山崎岖嶙峋的巍峨剪影，早晨的空气清新怡人。她似乎踏进了一片友好而肥沃的土地。这让她有一种无边无际的自由感。他们观望着猴子坐在两岸缠结的树枝上。有一次，哈罗德指着一个看起来像原木一样的东西对她说，那是一条鳄鱼。副长官穿着帆布裤子，戴着一顶遮阳帽，在码头迎接他们，还有十来个收拾齐整的小兵列队向他们致敬。她被介绍给副长官，名叫辛普森。

“啊，长官。”他对哈罗德说，“很高兴见到你回来。你不在的日子真是太寂寞了。”

长官的小平房坐落在一个低矮的山头，四周杂乱地长满了五颜六色的艳丽花朵。房子有点儿破旧，家具也没几件，但房间很是宽敞，凉快。

“村子就在那边。”哈罗德用手指着说。

她顺着他的手看去，椰树林里扬起一阵敲锣声，让她的心里升起一股奇异的感觉。虽然没有太多事情可做，但日子也极易打发。清早，一个仆人男孩儿将茶端来，他俩在走廊漫步，享受清晨的芬芳（哈罗德只穿一件背心，腰间围着当地土人穿的围裙；她则穿着晨衣），直到穿衣去吃早饭。然后，哈罗德去他的办公室上班，她花一两个小时学习马来语。午饭后，他又去办公，她便小憩一会儿。喝完午茶，两人都恢复了精神，就去散步或在小平房下面哈罗德平整出来的九洞球场打高尔夫。六点钟天黑了，辛普森先生过来小酌一杯。他们一直聊到很晚才吃晚饭。有时候，哈罗德和辛普森先生会下下棋。夜晚芳香而迷人，萤火虫在走廊下面的丛林中点起盏盏闪烁着冷光的明灯，花树让四下里香气袭人。晚饭后，他们读读六个星期前的伦敦报纸，然后上床睡觉。米莉森特非常享受初为人妻的生活：有自己的房子，对当地仆人也很满意。这些仆人穿着鲜艳的围裙，光着脚在房子四处走动，声音很轻，人也很和善。作为一名派驻官员的夫人，她为自己有着重要地位而欢欣自得。哈罗德流利的马来语、镇定自若的指挥派头、尊严庄重的气质，都叫她印象深刻。她时不时还走进法院，旁听他审理案子。他那些五花八门的职务及他处理事务的精明能干，都激起了她对丈夫的尊敬。辛普森先生告诉她，哈罗德对当地土人的了解程度在整个婆罗洲也算一流。他的坚定、机智和幽默，正是对付胆小怯弱、喜好报复、生性多疑的土著种族至关重要的品质。米莉森特开始对丈夫怀有某种程度的钦佩。

结婚快一年时，有两名英国博物学家来他们家住了几天。他们前往内地，只是路过这里。他们带来了总督一封非常亲切的介绍信，哈罗德说要好好款待一下，让他们不虚此行。他们的到来，带来了生活上一个可喜的变化。米莉森特邀请辛普森先生来吃晚饭（他住在要塞，平时只在星期天晚上才来他们家吃晚饭），饭后四个男人坐下来打桥牌。米莉森特陪了他们一会儿，就去睡觉了。但他们吵吵嚷嚷，闹得厉害，有一会儿她根本睡不着。不知道几点钟时，她被哈罗德跌跌撞撞进入房间的声音吵醒了。她躺着没吱声。他打算睡觉前洗个澡，浴室就在他们睡的房间下面。他从台阶往下走，很明显摔了一跤。只听扑通一声，他开始破口大骂，接着狂呕起来。她听见他用一桶桶水冲洗自己。过了一小会儿，他爬上楼梯。这次他小心翼翼的，然后溜上了床。米莉森特假装睡着了，其实心里恶心得要命。哈罗德酩酊大醉，她决定明天一早和他好好谈谈。两位博物学家会怎么看他这个人呢？翌日清晨，哈罗德又恢复了他那尊严庄重的神态，她倒拿不定主意该不该再提这件事了。八点钟时，哈罗德和她，还有两位客人，坐下来吃早餐。哈罗德四面瞧了瞧餐桌。

“稀饭。”他说，“米莉森特，你的客人或许可以来点儿辣酱油——我想，别的什么他们大概也吃不下。我自己倒是可以来一杯加苏打水的威士忌。”

两位博物学家放声大笑，但有点儿不好意思。“您的丈夫真是个难对付的家伙。”其中一位说道。

“我想，要是叫你们来这里的第一晚就清清醒醒地上床睡觉，那我就没有好好尽到地主之谊。”哈罗德用他那周到堂皇的语气说道。

米莉森特笑容酸涩，想到两位客人也和丈夫一样酩酊大醉，心里倒稍微有些释然。第二天晚上，她一直陪着他们。大家最后散席的钟点非常合乎情理。两个陌生人终于与他们分别，继续上路。她心里对此非常高兴，生活又回复往常的平静。几个月后，哈罗德去他管辖的区域视察，染了很重的疟疾回来。这是她第一次亲眼看见常听人谈起的疾病。哈罗德病愈后，颤颤摇摇的样子对她来说没什么好奇怪的；奇怪的是他的行为举止。他下班回来，两眼呆滞地凝视着她。有时，他站在走廊上，身子虽略微摇晃但人还算庄重，滔滔不绝地说着英国的政治形势。等到前言不搭后语时，他就带着跟他一贯的庄严不相称的狡黠看着她说：“可把人害惨啦，这该死的疟疾。唉，我的小妻子啊！你可不知道，当一名帝国建设者，要担着多大的压力哟。”

她觉出，辛普森先生面带忧虑。有一两次独处时，他似乎就要向她吐露什么，但腼腆的本性让他话到嘴边又吞了回去。这种感觉越来越强烈，搞得她神经高度紧张。一天晚上，哈罗德不知什么原因在办公室待得比平时久些，她便盘问辛普森。“你似乎有什么话要向我说，辛普森先生？”她突然开口问道。

他面色绯红，犹豫了一会儿。“没什么，您怎么会觉得我有什么话要特别和您说呢？”辛普森先生是个瘦瘦的年轻小伙儿，只有二十四岁，长着一头漂亮的卷发，但他偏要下死劲把它们梳得平平整整。他的手腕让蚊子咬得又青又肿，留下不少伤痕。

米莉森特眼神坚定地望着他。“如果跟哈罗德有关，你难道不觉得坦白告诉我会更好些吗？”

他面色更红了，忸怩不安地坐在藤椅上摇来晃去。米莉森特一再坚持。

“我恐怕你会觉得我相当无礼。”他最后终于松了口，“背地里议论自己的上司，可太差劲了。疟疾这种病真要人命，谁得了一回，都会垮下来的。”他又犹豫了一下，嘴角耷拉着，像要哭似的。对米莉森特来说，他就像一个小孩子。

“我会像坟墓一样缄默。”她说话时面带微笑，竭力隐藏自己的忧虑，“请你千万告诉我。”

“我觉得很遗憾，您的丈夫在办公室放了一瓶威士忌。这样，他就可以比平时多呷上两口。”辛普森先生激动的声音都黯哑了。

米莉森特顿觉一股寒意袭遍全身，让人发抖，但她竭力控制住自己。她知道，要想这孩子把一切都说出来，她就不能吓着他。他不愿意说，她就逼迫他，哄骗他，激发他的责任感，最后还伤心地哭了。然后，辛普森不得不告诉她，哈罗德这两周来一直狂饮无度，当地土人都在议论这件事，说他很快就会故态复萌，回复到婚前的饮酒无度、不可救药的状态。他从前就有饮酒无度的坏毛病，但具体细节不管米莉森特怎么努力，辛普森先生都咬紧牙关，不肯对她吐露半字。

“你觉得他现在正在喝酒吗?”她问。

“我不知道。”

米莉森特又羞又恼，突觉浑身发热。要塞之所以如此得名，是因为那是存放枪支弹药的地方；同时，它也是法院所在地。它就位于哈罗德住的平房对面，带有独立花园。太阳就要落山了，她用不着戴帽子，站起来就朝对面走去。她发现哈罗德坐在他审理案件的大厅后面的办公室里，面前放着一瓶威士忌。他抽着烟，正向三四个马来人训话。那些人站在他面前，带着谄媚又不乏轻蔑的微笑听着。哈罗德满面通红。那几个当地人一见她来，立马一溜烟地跑没影儿了。

“我来看看你在做什么。”她说。

他站了起来。他对她一向保持着绅士的彬彬有礼，但又歪倒了。察觉出自己站不稳，他就装出一副庄严高贵的派头。“请坐，亲爱的！快请坐！我有些事要忙，多耽搁了一会儿。”

她瞪着他，满眼怒火。“你喝醉了。”她说。

他凝视着她，眼珠有些凸出，大而肥的脸上慢慢浮现出一种傲慢自大的神情。“我一点儿也不懂你在说什么。”他说。

她原准备愤怒地劝诫他一番，却突然放声大哭。她跌坐进椅子里，两手捂住脸。哈罗德瞧了她一会儿，眼泪也开始从他的脸颊流下来。他张开双臂，朝她走过去，扑通一声跪在地上。他一边抽抽噎噎地哭着，一边把她搂进怀里。“原谅我，请原谅我!”他说，“我向你保证绝不再犯。都是那该死的疟疾惹的祸。”

“多丢人啊！”她呜咽着说。

他哭得像个孩子。这样一个有身份、有尊严的大男人当着她的面自我谴责，确实很令人感动。过了一会儿，米莉森特抬起头来。他那带着恳求和悔恨的眼神与她的交织在一起。

“你能凭荣誉起誓，以后绝不碰酒了吗？”

“能，能。我恨透了这个臭毛病。”

也就是在那个时候，她告诉他自己怀孕了。他真是万分高兴。“这一直是我期待的。它一定能让我改过自新。”

他们回到小平房。哈罗德洗了个澡，眯了一会儿。晚饭后，他俩平心静气地进行了一次长谈。他承认，婚前偶尔喝酒过头；在边远地区的岗位上，人很容易堕落，染上一些坏习惯。不管米莉森特提出什么要求，他都欣然应允。在米莉森特去瓜拉苏达分娩前的几个月里，哈罗德一直是个非常优秀的丈夫，温柔体贴，思虑周到，自豪多情，无可指责。

一艘汽艇来接她，她得离开六个星期。他郑重向她保证，在她离去的这段日子里绝对滴酒不沾。他把手放在她的肩膀上。“我从来不违誓言。”他以一向庄重的语气说，“即使我没立誓，你能想象我会在你经历如此巨大辛苦时再给你添麻烦吗？”

琼出生了。米莉森特住在派驻长官家，他的夫人格瑞太太是个善良的中年妇女，对她很好。两个女人有很长的独处时间。这长长的时间她们除了闲聊，别无他事可做。随着时间渐渐推移，米莉森特对丈夫过去酗酒之事该知道的都知道了。让她最难以接受的是，哈罗德被告诫除非带回一个妻子，否则他就职位不保。这事在她心中种下了仇恨的阴暗种子。她发现，哈罗德过去是一个多么不可救药的酒鬼，整日恍恍惚惚地心神不宁；她非常害怕自己不在的时候，他会抵制不住不良嗜好的诱惑。她带着婴儿和保姆启程回家，在河口过一夜，并派信使乘独木舟去通知他。随着汽艇靠岸，她焦急地扫视着岸边。看到哈罗德和辛普森先生站在那里，收拾整齐的小士兵也在列队欢迎，她的心猛然一沉。因为她看见哈罗德在轻微地摇晃，就像一个人在晃荡的船上想努力保持平衡一样。她立马就知道，他又喝醉了。

这次归来并不怎么愉快。她几乎已经忘记她的母亲、父亲，还有妹妹都静静坐在那儿，正听她讲述呢。现在她终于醒悟过来，才意识到他们的存在。她所说的一切，似乎都发生在遥远的过去。

“那时我就知道我恨他。”她说，“我真恨不得把他杀了。”

“噢，米莉森特，别那么说！”她母亲惊叫起来，“别忘记他已经去世了，可怜的人。”

米莉森特瞧着母亲，毫无表情的脸孔这时变得愁容满布，阴阴沉沉。斯金纳先生心神不安地震了一下。

“继续说啊！”凯瑟琳说。

“当他发现我已经完全知晓他的过去时，也就毫无顾忌了。三个月后，他又因酒精中毒，发了一次癫痫。”

“你为什么不离开他？”凯瑟琳问。

“那又有什么好处？那样的话，两周之内他就会被解除职务。到时候，谁来养活我和琼呢？我不得不留下来。当他清醒的时候，我也没什么好抱怨的。虽然他一点儿也不爱我，却喜欢有我陪伴。我嫁给他也不是因为爱他，只不过是我想结婚。我尽一切所能地让他远离酒精，我设法让格瑞先生禁止把酒从瓜拉苏达运来，但他又从中国人那里搞到了。我就像猫捉耗子一样盯着他。他太狡猾了，我根本看不住他。没过多久，他又发了一次酒疯。他玩忽职守，我担心因此会闹得怨声载道。我们离瓜拉苏达有两天的路程。这对我们是一种庇护。可我想，还是有流言传了过去。因为格瑞先生给我写了一封私人警告信。我把它拿给哈罗德看了。他大发雷霆，但我能看出他害怕了。那之后的两三个月，他一直很清醒。然后，他又故态复萌，直到上次我们回国休假前一直如此。

“我们回来之前，我恳求他注意点儿，我不想你们知道我嫁给了一个什么样的男人。他在英国逗留期间表现得还可以；启程回去之前，我再一次警告过他。他变得十分疼爱琼，为她感到自豪，孩子也跟他亲。那孩子在我们两人之间一直喜欢爸爸多一些。我问他，是否愿意孩子长大后知道爸爸是个酒鬼——我终于找到了制服他的绝招。这个想法吓了他一跳。我告诉他，我绝不会允许这种事发生。一旦让琼看到他喝醉酒的样子，我就立刻带走她。你们知道吗，当我这么说的时候，他的脸色变得异常苍白。那天晚上，我跪在那里感谢上帝，我终于找到了拯救我丈夫的办法。

“他告诉我，如果我支持他，他愿意再次努力戒酒。我们下定决心共同作战。于是，他费了好大的劲儿来克服，觉得自己必须喝一口时，他就来找我。你们都知道，他是一个傲慢又自大的人，但在我面前，他总是谦和温顺，就像孩子一样完全依赖着我。或许他和我结婚时并不爱我，但这时他爱上我了，爱我和琼。我曾因羞愤而恨过他，因为他明明喝得烂醉，还试图装出一副高高在上、让人钦佩的样子，实在叫人恶心。现在，我心中竟生出一种奇异的感觉——它不是爱，而是一种奇怪而羞怯的温情。对我来说，他不再仅仅是我的丈夫，还像是我长期操劳带大的孩子。他因为有我而倍感自豪；而我，你们知道吗，也同样倍感自豪。他的长篇大论不再惹我厌烦，相反，我觉得他那庄严堂皇的样子非常有趣和迷人。最后，我们终于取得了胜利。两年以来，他滴酒未沾，完完全全戒掉了那种嗜好。他甚至都能拿它开玩笑了。辛普森先生那时离开我们被调往别处，新来的年轻人叫弗朗西斯。

“‘我是一个改过自新的酒鬼，你知道吗，弗朗西斯。’哈罗德有一次对他说，‘要不是我夫人，我早就丢官去职了。我娶到的是世界上最好的太太，弗朗西斯。’

“你们不知道，他这么说对我有着怎样的意义。我感觉，过去所经历的一切都是值得的。我太开心了。”

她沉静下来，回想起那条又宽阔又浑浊的黄色河流。在它的岸边，她竟住了那样久。夕阳的光辉闪烁摇曳，洁白如雪的白鹭在它的映照下闪闪发亮，成群结队地朝河面飞下来，飞得低而轻快，四散开来。它们就像雪白的音符在空气中振荡出的圈圈涟漪，甜美纯净，春天般美好。那情景宛如一只看不见的手在一架看不见的竖琴上弹奏出的神圣而非凡的音乐。它们在郁郁葱葱的河岸间拍翅飞翔，朦胧的暮色缠裹着它们，就像一颗心满意足的心灵放飞的欢快思潮。

“随后，琼病倒了。我们着急了三个星期。离得最近的医生也在瓜拉苏达，我们为此不得不容忍当地一名土药剂师来给孩子治病。孩子病好后，我就带她去河口呼吸新鲜的海洋空气。我们在那里待了一周。那是琼出生以来我第一次离开哈罗德。那里有个小渔村，房子搭在河边木桩上。虽说离它不远，但我们还是觉得相当寂寞。我非常想念哈罗德，还是那种柔情脉脉的想。突然，一瞬之间，我明白自己已经爱上了他。当小划船来接我们回去时，我别提有多高兴了。因为我想要告诉他，我爱他。我想，这对他来说也必定有着重要意义。当时我究竟有多么高兴，真是难以言表。我们朝上游划去。船夫头儿告诉我，弗朗西斯需要亲自去内地逮捕一个谋杀亲夫的女人，已经走了好几天了。

“哈罗德竟没来码头接我们，让我十分诧异。他对这种事总是一丝不苟的。他常常说，夫妻之间就应该相敬如宾，我想不出能有什么事拦住了他。我走上通往我们住处的小山坡，保姆领着琼跟在后面。家里异常寂静，似乎没有一个仆人在。我闹不清是怎么回事。我想，也许是哈罗德没想到我会这么快就回，所以出去了。我走上台阶。琼喊口渴，保姆领她去仆人住处喝水。哈罗德不在客厅。我喊他，没人回答。我有些失望，因为我多么希望他在家啊。我走进卧室才发现，哈罗德原来根本没出门，他躺在床上睡着了。我觉得太有趣了，因为他一直装着中午不需要午睡。他说，这是咱们白人养成的一种毫无必要的习惯。我蹑手蹑脚走到床前，想跟他开个玩笑。我撩开蚊帐，他四仰八叉躺在那儿，身上什么都没穿，只裹了一条当地人穿的围裙，身旁放着一个空威士忌酒瓶，在那里烂醉如泥。

“他老毛病又犯了。我多年的辛苦挣扎全都白费了，美梦碎了一地，一切全然无望。我火冒三丈。”

米莉森特的脸再一次变得暗红，两手紧紧抓住椅子扶手。

“我揪住他的肩膀，使出浑身的劲儿死命摇晃他。‘你这个畜生！’我大叫大喊，‘你这个畜生！’我气得头昏脑涨，根本不知道自己该做什么，也不知道该说什么，只是一个劲儿死命地摇晃他。你们不知道，他看起来多么恶心——满身横肉，光着半截身子，好几天没刮胡子，胖脸发胀浮肿，青青紫紫。他呼哧呼哧地喘着粗气，我朝他大喊大叫，他都无动于衷。我想把他从床上拽下来，但他死沉死沉的，像块木头似的躺在那儿。‘睁开眼睛！’我尖叫道。我又死命摇晃他。我恨死他了。一周以来，我是那样全心全意地爱着他。这让我更是恨他到了无以复加的地步。他让我彻底失望了，彻底失望了。我想告诉他，他是个多么肮脏的畜生，可他一点儿知觉也没有。‘睁开你的眼睛！’我再次嚷道。我一定要他睁开眼睛瞧着我。”

寡妇舔了舔干燥的嘴唇，急促地喘着气，说不出话来了。

“处在那种境地，我觉得索性让他睡下去好了。”凯瑟琳说。

“床边的墙上挂着一把‘帕兰刀’。你们知道，哈罗德是多么喜欢古董玩意儿。”

“什么是‘帕兰刀’？”

“别傻了，孩子妈！”她丈夫暴躁地回道，“你身后的墙上就挂着一把呢。”他指着那把马来短刀。不知怎的，目光一直不由自主地停在上面。

斯金纳夫人快速缩到沙发一角，做了一个受到惊吓的小手势，就好像被告知身旁蜷曲着一条蛇。

“突然，一股鲜血从哈罗德的喉咙处喷出来。脖子那儿横着一条又深又长的大血口子。”

“米莉森特！”凯瑟琳惊叫着跳起来，几乎扑向姐姐，“看在上帝的分上，你这是什么意思？”

斯金纳夫人站起来，两只眼睛睁得大大的盯着她，满是惊吓，嘴巴也合不拢了。

“短刀不再挂在墙上，而是在床上。这时，哈罗德睁开眼睛，那双像极了琼的眼睛。”

“我不明白，”斯金纳先生说，“如果他当时正处在你描述的那种境地，又怎么可能自杀呢？”

凯瑟琳抓住姐姐的胳膊，愤怒地摇晃着她，“米莉森特，看在上帝的分上，好好解释一下。”

米莉森特挣脱出胳膊。“短刀在墙上，我早告诉你们了。我也不知道究竟发生了什么。到处都是血，哈罗德睁开了眼睛。他几乎是当场就咽气了。他一句话也没说，但喘息了一声。”

斯金纳先生非常骇然，半晌说不出话。最后，终于能发出声音了：“你这恶毒的女人，这是谋杀！”

米莉森特面色绯红，轻蔑而敌意十足地瞪了他一眼，倒把他吓得缩了回去。

斯金纳夫人惊叫道："米莉森特，你没有做，是不是？"

然后，米莉森特的举动让他们觉得血管里的血都冻成冰了。她咯咯直笑。"我不知道还能是谁干的。"她说。

"我的上帝啊！"斯金纳先生咕哝出声。

凯瑟琳直僵僵站在那儿，两手按住心口，仿佛难以忍受。"后来怎样了？"她问道。

"我尖叫起来，跑到窗前，把它打开，呼叫保姆。她带着琼从院子那边走过来。'不要带琼！'我惊叫道，'不要让她过来。'她叫了厨师，让他帮忙带孩子。我催她快点儿过来。等她来了，我领她去看哈罗德。'先生自杀了！'我惊叫道。她尖叫一声，就往房子外头跑。

"没人敢靠近，他们全都吓傻了。我给弗朗西斯先生写了一封信，告诉他所发生的事，并请他立即回来。"

"你说告诉他所发生的事，是什么意思？"

"我说，我从河口回来，发现哈罗德喉咙被割了。你们也知道，在热带，人死了就得迅速埋掉。我买了一口中国棺材，士兵就在要塞后面挖了一个坑，把他埋了。等弗朗西斯回来，哈罗德已经下葬两天了。他还只是个年轻的小伙子，我可以任意摆布他。我告诉他，我发现哈罗德手里握着那把短刀，无疑酒疯发作时精神错乱杀了自己。我还把空酒瓶拿给他看了。仆人们也说，自从我去海边以后，哈罗德一直喝得很凶。我在瓜拉苏达也这样说。每个人都很同情我，对我很好，政府还给我发了一份抚恤金。"

好一阵子，他们谁都说不出话来。最后，还是斯金纳先生镇定下来了。“我是从事法律事务的，是个律师。我有我的职责。我们这个行当一向受人尊重，可现在，你却将我置于一种该死的尴尬境地。”他搜肠刮肚，从那被震得七零八落的头脑中搜寻那些躲躲闪闪的词句。

米莉森特轻蔑地看着他说：“你要怎么做?”

“这是谋杀，确凿无疑。你认为我还会包庇纵容吗?”

“别胡说八道了，爸爸!”凯瑟琳厉声说道，“你怎么能告发亲生女儿?”

“你将我置于一种该死的尴尬境地!”他又重复道。

米莉森特再一次耸了耸肩。“是你们硬要我说的。我已经独自承担这件事很久了。现在，也该让你们一起承担了。”

正在那时，房门被女仆打开了。“老爷，戴维斯已经把车开过来了。”她说。

凯瑟琳故作镇定地吩咐几句，女仆退了出去。

“我们最好还是出发吧。”米莉森特说。

“我现在没法儿去宴会。”斯金纳夫人惊慌失措地嚷道，“我实在心绪难安。咱们该怎么应对海伍德一家呢?况且主教还想认识你。”

米莉森特做了个漠不关心的手势，两眼依旧带着讥诮的神情。

“我们必须得去，妈妈。”凯瑟琳说，“如果我们不去，就太让人笑话了。”她愤怒地转向米莉森特，“啊，我觉得整个事情糟糕透顶!”

斯金纳夫人无助地看向丈夫。他走过来，把她从沙发上扶起来。“我恐怕我们必须去，孩子妈。”他说。

“我，帽子上还装饰着哈罗德亲手送给我的白鹭羽毛啊。”她悲叹了一声。

他搀着她走出房间，凯瑟琳紧跟其后，米莉森特落下一两步。

“你们知道的，慢慢就会习惯了。”她沉静地说，“一开始我也老是想个不停，但现在我都能忘记个两三天了。似乎也没什么危险。”

他们没理她。全家人走过大厅，走出前门。三位女士坐在汽车后座上，斯金纳先生坐在司机旁边。这是一辆旧汽车，没有自动启动器。戴维斯走到车前，摇动曲柄，发动引擎。

斯金纳先生转过头来，怒气冲冲地瞪着米莉森特。“你根本就不该讲给我听！”他说，“我觉得你太自私了。”

戴维斯回到驾驶座上。他们绝尘而去，赶赴卡农家的花园宴会。

穷乡僻壤[①]

乔治·穆尔正坐在办公室里。工作已经做完，他之所以还在这里盘桓不去，是因为他根本就没心思去俱乐部。

现在差不多是吃午饭的时候了，俱乐部里一定满满都是人。其中有两三个会请他喝一杯，而他简直没法儿面对他们的热心邀请。这些人中有些他已认识三十多年了，他们让他感到厌烦，或者整体来说，他根本就不喜欢他们。而今，他就要去

① 原文篇名为 *The Back of Beyond*。

见他们最后一面，倒让他心里一阵难受。今晚，他们要为他饯行，大家都会来，还会赠给他一套银制茶具，而他一点儿也不想要。他们会发表讲话，对他在殖民地的贡献歌功颂德一番，再对他的离去表示遗憾，最后送上“但愿人长久”的祝福，愿他好好享受应得的闲暇时光。然后，他会做出适宜得体的答复。在他准备的讲话里，他会回顾一下履职以来周遭发生的巨大变化。从一个毫无经验的实习生开始，他就一直在新加坡服务。他会感谢在他有幸作为哥打毛律的派驻长官期间他们的忠诚合作，并描绘该国未来的光辉前景，尤其会特别提到哥打毛律的光辉前景。他会与他们一道回忆，在他来之前，这里还是一个贫困荒芜的小村庄，只有寥寥几家中国小商铺，而现在他离开的时候，这里已成为一个繁荣兴旺的大城镇，道路铺设平整，有轨电车往来穿梭，石屋排排而立，出现了一片富丽而兴旺的中国住所，还有一家光彩壮丽直追新加坡本市的俱乐部。他们会一起欢唱《他是一个快乐的好伙伴》和《昔日的美好时光》。然后，他们会一起跳舞；许多年轻人还会因此喝得酩酊大醉。马来人已经为他举办过告别派对，中国人则为他举办了一场持续了好几天的盛宴。明天，一大帮子人会去车站给他送行；然后，这一切都将落下帷幕。他好奇，他们都会怎样评价他呢？马来人和中国人会说他很严厉，但也会承认他很公平；种植园主不会喜欢他，会觉得他手段强硬，因为他禁止恃强凌弱；下属会畏惧他，因为他时刻鞭策他们，对工作懈怠或效率低下丝毫不能容忍——他自己工作起来不遗余力，自然没理由容许他们偷懒——他们觉得他毫无人性。确实，没什么能诱惑得了他。即使去俱乐部和大家一起玩，听黄色段子，开人玩笑或被开玩笑，一起开怀大笑的时候，他也还是端着架子。他很清楚，他的到来会让人扫兴，与他同桌打桥牌（每天他都喜欢打桥牌，从六点打到八点）被视为一种荣幸而非娱乐。随着夜色越来越深，其他桌边的年轻人变得越来越兴奋喧闹时，他会朝那个方向瞟上一眼。这时，就会有年长者走过去，低声告诫闹腾的人们安静点儿。

乔治·穆尔轻轻叹息了一声。从官方的角度来看，他事业有成，取得了巨大成功，是被任命的最年轻的派驻长官，还因特殊贡献获得过表彰。但从人情的角度，就是另一番模样了。他以能力、勤勉与可靠赢得了尊敬，但与此同时，他也太了然于心以致想都不用想就知道，他没能激发任何人对他的爱戴。没人会惋惜他的离去。过不了几个月，他就会被忘得一干二净。

他露出了一丝不易觉察的笑容。他并非一个多愁善感之人，他很享受自己的权力，看那些人在他的指挥下各司其职、各尽其能，给他一种实实在在的满足感。他也并不因自己被畏惧而非爱戴感到怅然若失。他将人生视为一道高等数学题，要解决它，需要他竭尽所能，施展一切力量，结果却毫无实际意义。它之有趣在于问题的错综复杂，美则在于问题的解决之道。但就像纯美学问题，它并无什么实际意义的结果可言。他的未来一片空白。他今年五十五岁，依旧精力充沛。就他自己看来，思想依旧犀利、警醒如前，而且人事经历也相当丰富。人生余下的就是找个英国小镇或在里维埃拉某个便宜点儿的地方定居下来，和一群老太太打打桥牌，或者和退休的上校们玩玩高尔夫。休假的时候，他碰到过几个老上级，发现他们在多么困难地适应环境的改变。他们一直期待着退休后的自由，并描绘出一幅幅将如何利用这份自由度过闲暇时光的美好画面。然而，幻想的丰满抵不过现实的骨感。昔日掌管广阔辖区的派驻长官，退休后再也无人关注。这种转变并不那么令人愉快。同样令人不愉快的是，昔日有半打中国年轻男仆服侍的你，如今不得不将就用着几个女仆。然而，最最令人不愉快的是，你现在对谁来说都是一个无关痛痒的人，而你早已习惯了昔日那种微妙的奉承——你一句赞扬的话，会让各种各样身份背景的人兴奋激动；而一个皱眉，又能让他们羞愧不安。

乔治·穆尔伸长手臂，从桌上的烟盒里抽出一支烟。在此过程中，他注意到手背上满是褶皱，手指干瘪枯瘦。他厌恶地皱了皱眉，这是一只老人的手。他的办公室里有一面他很早以前买的中国式镜子。那镜子已被他丢在一边很久了。现在他站起来，定定地端详着镜子里的自己。他看到一张干瘦发黄的脸，上面皱纹纵横，嘴唇紧抿，一头稀薄而灰白的头发，一双灰眼睛里满是疲倦。他个子很高，身材瘦削，窄肩膀，背挺得笔直。他一直都在打马球，即便现在，也能在网球上打败很多年轻小伙子。当你和他说话的时候，他会双眼紧盯着你，全神贯注地听你说，但他的表情毫无变化，让你无从琢磨自己说的话究竟对他有何影响。或许，他并没有意识到，这让人多么尴尬不安。他很少笑。

一个勤务兵走进来，手里拿着一张写有人名的便条。乔治·穆尔看了看，吩咐士兵将来访者领进来。他再次在椅子上坐下来，一双冷酷的眼睛盯着门那里，一会儿来访者就要从那里走进来。

来人是汤姆·萨弗瑞。乔治思索着他来此有何贵干，或许和晚上的送别宴有关。汤姆·萨弗瑞是委员会的头头。听说竟然是他组织了这次送别宴，乔治感到非常有趣。因为过去一年里，他们的关系绝对算不上友好。萨弗瑞是个种植园总管，他手下的一个泰米尔监工控告他对自己实施了人身攻击。这名监工因对萨弗瑞非常无礼而被鞭打了一顿。乔治·穆尔了解到，监工确实挑衅得异常厉害才导致萨弗瑞鞭打了他。但他一向反对种植园总管操纵法律以为己用，审理该案时，穆尔对萨弗瑞处以罚款。审判结束后，为了说明这并非个人恩怨，穆尔邀请萨弗瑞共进午餐。但萨弗瑞对审判结果愤愤不平，认为处罚不当是对自己的公开侮辱，就干脆拒绝了邀请。自此之后，他拒绝和派驻长官有任何社交往来。如果乔治·穆尔和他说话，他会漫不经心地应付几句。他下定决心，绝不再受穆尔公开侮辱，也绝不和穆尔一起打桥牌或网球。萨弗瑞经管着该地区最大的橡胶种植园。经此一事，乔治·穆尔不禁自嘲地想，萨弗瑞组织这场送别宴，还为赠礼收集签名，究竟是觉得教养要求他必须这么做，还是因为派驻长官要走了、触动了他感性的一面，才做出如此高贵的姿态。

一想到晚上汤姆·萨弗瑞要作主要发言，要极尽能事地赞美即将离去的长官那些令人钦佩的品质，还要代表委员会对这一无法弥补的损失表示遗憾，即使乔治·穆尔那有些冷淡的幽默感也不禁要发笑了。

就在这时，汤姆·萨弗瑞被领进来了。穆尔长官从椅子上站起来，和他握手，面带一丝淡淡的微笑。“你好，请坐！抽烟吗?”

“您好!”

穆尔长官向他打了个手势，萨弗瑞按他示意，坐在指定的椅子上。长官等着他陈述来意。穆尔意识到，他的客人很尴尬。萨弗瑞是个大块头的家伙，人长得魁梧结实，红润的脸蛋，双下巴，一头卷曲黑发，蓝眼睛。他的体形还不错，像野马一样健壮。但很明显，他对自己太好了点儿。他酒喝得不少，吃饭也是尽情享受。但他是个很好的商人，是个工作很努力的人。他在管理种植园方面精干高效，在委员会里也很受欢迎。整体来说，他是众人眼里熟知的“好伙计”。他慷慨大方，不吝啬钱财，对任何困境中的人们都会帮一把。穆尔长官的脑海里突然冒出一个想法：萨弗瑞之所以来这里，是想在晚饭前调解两人之间的分歧。这种可能性在穆尔心中激起一阵轻微但并无恶意的蔑视之情。他并没有任何仇敌，因为那些人还没低劣到他要仇恨的地步，但如果他真的对谁心生仇恨，他想，他会一直恨他们到地老天荒。

“我敢说，这一大早的就见到我，您一定很吃惊。今天是您离任的最后一天，我想，您一定很忙吧。”

乔治·穆尔没有回答，所以他又继续说：“说起来，这事还挺尴尬的。事实是，我和太太不能参加今天晚上的送别宴了。考虑到去年我俩之间的那场不愉快，我想我有必要来告诉您，这事绝对和它没有丝毫关系。我觉得，在那件事上，您确实对我太过严苛。但我介意的不是钱，而是那事实在有伤我的尊严。不过，过去的事就过去了。现在，您要走了，我不想让您觉得，我还对您怀有任何恶意。”

“当我听说这场送别宴主要由你牵头组织时，我就明白了。”穆尔长官礼貌地答道，“对于你的缺席，我感到非常遗憾。”

“我也非常遗憾。主要是因为科诺比·克拉克离世的缘故。”萨弗瑞稍微犹豫了一下，“这让我和太太非常难安。”

“真叫人伤心。他是你的一个好友，是吧?”

“他是我在殖民地最要好的朋友。”

汤姆·萨弗瑞两眼泪光闪烁。乔治·穆尔觉得，胖子真是多情善感。“我非常能理解。在这种情况下，你是没有心情参加一个似乎甚为欢闹喧嚣的晚宴的。”他友善地说道，“你是听说了什么事吗?”

“没有。不过就是报纸上说的那些。”

“他离开这儿的时候看着还挺好的。”

“就我所知，他这一生中，从来就没生过什么病。”

“我想是心脏出了问题吧。他多大?”

“和我一般大，三十八岁。”

“那真是英年早逝。”

科诺比·克拉克也是个种植园总管。他经营的场地与萨弗瑞的相邻。乔治·穆尔还挺喜欢他的。他面貌丑陋，脸色发黄，高颧骨，太阳穴深陷了进去，深深的眼窝里一双大眼睛黯淡无光，嘴巴大得出奇。但他的笑容很迷人，为人也很随和。

他很能逗人发笑，讲得一手好故事。他那种无忧无虑的幽默感让人觉得很开心。他桥牌打得挺好，人绝对不傻。乔治·穆尔觉得他是个毫无特色的人。在自己的事业生涯中，穆尔认识很多像克拉克这样的人。这些人来了，又走了。两周之前，克拉克回英国休假。穆尔长官知道，萨弗瑞夫妇在他临别的那晚为他举行了盛大晚宴。克拉克已婚，妻子当然随他一起回国休假。

"我真为她感到遗憾。"乔治·穆尔说，"这对她一定是个很沉痛的打击。为他举行了海葬，是吧?"

"是的。报纸上是这样说的。"

噩耗是前一天晚上传到哥打毛律的。新加坡的报纸是下午六点钟送的，正是人们要去俱乐部的时间。许多人在那里打桥牌或桌球，等着扫一眼报纸上的内容。突然，有一个人惊叫道："我说，你看见这个了吗？科诺比死了！"

"哪个科诺比？不是科诺比·克拉克吧?"

在报纸"大众通告"那一栏，三行文字自成一段，写道：

斯达、莫斯利等先生接到电报告知，哥打毛律的哈罗德·克拉克先生归途中突然去世。已举行海葬。

一个人走上前来，从说者手里夺去报纸，不敢相信地自己读了一遍。另一个人越过他的肩膀，也在盯着报纸看。还有那些正在读报纸的人们，直接翻到那一页，去读那对眼前的一切已经漠不关心的三行文字。

“我的天啊！”一个人惊呼出声。

“我说，这倒的是哪辈子的霉！”另一个补充道。

“他离开这儿的时候，还像小提琴一样装置精良呢！”

沮丧的战栗刺穿这些健壮快活、无忧无虑的人的心。彼时，每一个人都想起，自己也终有一死。其他人走进俱乐部，心里带着六点钟喝一杯的想法。就在他们走进来，急切地想见到朋友们时，却被这样残忍糟糕的噩耗劈头袭来。

“我说，你听说了吗，可怜的科诺比·克拉克去世了。”

“不是吧？我的天，太可怕了！”

“太不走运了，是不是？”

“倒霉透了。”

“那可真是个好人。”

“好人中的好人。”

“偶然在报纸上看到这么一则消息，可把我吓了一跳。”

“可不是嘛。”

一个人手拿报纸走进台球室，去通知大家这个噩耗。他们正在为威尔士王子杯障碍赛作战。这项赛事是那位威严的贵人访问哥打毛律时引进俱乐部的。汤姆·萨弗瑞正与一个叫道格拉斯的家伙作战，而穆尔长官因为在前一回合败下阵来，正和其他十几个人在观看比赛。记分员单调地喊出分数。新进来的人等着萨弗瑞打完这一回合，就把他叫出来说：“我说，汤姆，科诺比去世了。”

“科诺比？这不是真的！”

来人把报纸递给他，又有三四个人围过来和他一起看。

“上帝啊！”一阵可怕的沉静。

报纸从一个人手里传到另一个人手里。真奇怪，每个人都不愿意相信这一事实，直到亲自白纸黑字地在报纸上看到。

“噢，我真感到遗憾。”

“我说，这对他太太来说太不幸了。”汤姆·萨弗瑞说，“她就要生了。我可怜的太太一定会忧心忡忡了。”

“怎么会发生这种事？他离开这里不过才两周。”

“他那时候还好好的。”

“精力充沛！”

萨弗瑞胖胖的红脸蛋略微垮了下来，走到桌旁抓起自己的杯子，仰头深饮一口。

“要不这样吧，汤姆！”他的比赛对手说道，“这一场就取消吧！”

“真是没法儿好好打了。”萨弗瑞的目光搜索着计分板。看到自己得分领先，于是说道，“不过，还是让我们继续吧。我再回家把这个不幸的消息告诉维奥莱特。”

道格拉斯击中一次，得分变为十四。萨弗瑞失掉一个很容易的球，不计得分。道格拉斯继续打，但没得分；而萨弗瑞再次失掉一击。这一击在平常，他是绝对有把握成功的。萨弗瑞微皱眉头。他知道，他的朋友们在他身上下了很重的赌注，而他不想叫他们失望。道格拉斯的得分已涨到二十二。萨弗瑞喝干杯中的酒，努力振作精神，叫那些心怀同情的旁观者都看在眼里。然后，他再次静下心来，集中精力到球上。萨弗瑞连续得了十八分，最后以失掉一个长球结束。大家都给他鼓起掌来。他已重拾信心，由此开始迅速得分。道格拉斯也打得非常好。这场比赛变得越来越激烈，众人看得目不转睛。刚才在萨弗瑞注意力分散的那几分钟里，他的对手已借此追赶上来，而现在就要看各人能力了。

“点方两百三十五分。”那个马来记分员用他那奇怪而清脆的英语高声叫道，“平方两百二十八分。点方击球。”

道格拉斯打了一个八分。轮到平方的萨弗瑞，竟将得分拉到两百四十。接着，他给对手制造了一个双重障碍。道格拉斯两球都没击中，萨弗瑞因此又得了一分。

“点方两百四十三。”记分员再次高声叫道，“平方两百四十一。平方击球。”

萨弗瑞打了三击漂亮的红色球，结束了比赛。

“众望所归的胜利啊！”看客喊道。

“恭喜你，老伙计。”道格拉斯说道。

“服务员，”萨弗瑞叫道，“问问这些先生们要点儿什么。可怜的老科诺比。”他重重地叹息了一声。

酒水端上来了，萨弗瑞买了单。他说，他得走了。另外两个人继续开始打球。

“没想到他竟打得这样好。”当门在萨弗瑞身后关上时，一个人这么说道。

“是的，展示了一个人的毅力与勇气。”

“有那么一会儿，我还以为他要一败涂地了呢。”

“他竭尽全力振作了起来。他知道自己身上押了很多注，不想让他的支持者失望。”

“当然，那事也太叫人震惊了——科诺比去世那事。”

“他们是好朋友。我在想，他究竟死于什么原因呢。”

“打得非常漂亮，先生。”

乔治·穆尔记起那天的场景，不禁有些奇怪。当时，听到朋友死讯的汤姆·萨弗瑞能自制到如此地步，如今却难以承受这件事了。或许就像战争中一样，一个受了伤的人当时感觉不到自己受了伤，直到从战场下来才意识到。所以，萨弗瑞当时也并没意识到哈罗德·克拉克的去世对他是一个多么沉重的打击，直到他有时间好好思考才明白这一点。然而，在穆尔看来，更有可能的是，就萨弗瑞个人而言，朋友去世后他会一切照旧，继续如往常一般生活，只在其他老伙计的陪伴中寻求对逝者离去的同情与慰藉；但他太太的传统礼节意识坚持认为，他们正处在朋友逝去的悲痛中，这时候去参加宴会恐怕不合礼数，得体的做法是，避开那些欢乐的聚会。

维奥莱特·萨弗瑞是个非常善良的小女人，比丈夫小三四岁。长得虽不漂亮，但能让人赏心悦目，衣着总是十分得体，和蔼可亲，有淑女风范，毫不装腔作势。在穆尔和萨弗瑞的关系还很好的时候，他时不时地会和他们一起吃饭。他发现，她人很亲切，但不十分有趣。他们聊天的内容都是一些老生常谈的东西。关系交恶后，他很少看见她。偶尔遇着了，她总是会朝他礼貌一笑，而他有时也会对她说一两句客套话。但只有通过努力搜索记忆中的人物形象，他才能将她与自己因职务关系在本地区认识的半打女士区别开来。

萨弗瑞大概已经说完他来此的目的了，穆尔长官奇怪他为什么还不起身离去。他坐在椅子上，几乎是“堆”在那里，给人的感觉就是他的骨头散了架，没法儿再支撑起整个人，满身肥肉都塌陷下来。他阴郁愁闷地盯着那将自己和长官隔开的桌子，深深叹了一口气。

“别太难过，萨弗瑞。”乔治·穆尔说，“你也知道，东方的生活多么变幻无常。一个人得学会适应失去喜欢的人。”

萨弗瑞的眼睛慢慢从桌子上移开，定定地看着乔治·穆尔的眼睛，眨也不眨。乔治·穆尔喜欢别人看着他的眼睛。或许他觉得，抓住他们的眼神，就等于将他们置于自己的掌控之下。萨弗瑞的蓝眼睛涌上两滴泪珠，然后顺着脸颊滑落下来。他脸上是一种不可思议的困惑神情。有什么事吓着他了。是死亡吗？不，在他看来，是比死亡更糟糕的事。他像是受到了某种恐吓和威胁，那局促不安的畏缩样子让你想到一只遭受了不公平毒打的小狗。

“不是那样的。”他支支吾吾地说，“我本该承受得住的。”

乔治·穆尔没有答话。他冷冷地凝视着对面那个强壮的大块头男人，等着他的下文。他非常愉快地意识到自己对此漠不关心。萨弗瑞烦恼地扫了一眼桌子上放着的一堆文件。

“恐怕我耽误您太多时间了。”

“不，我现在没什么事可做。”

萨弗瑞朝窗外看去，双肩微微颤栗了一下。他似乎正在犹豫挣扎。“我在想，我是否能征询一下您的意见。”他终于开口说道。

“当然可以。”穆尔长官说道，脸上隐隐带着微笑，“那正是我在这里的职责之一。”

“纯粹是一件私事。”

“你可以相信，我绝对不会辜负你的信任。”

“是的，我相信您不会那么做的。但说起来这件事真是难以启齿！告诉您之后，我都不好意思再见您了。但您明天就要走了，这让整个事变得容易一些。希望您能明白我的意思。”

“非常明白。”

萨弗瑞开始叙述起来，声音低沉，语气闷闷不乐，像是很难为情的样子，说得磕磕巴巴，笨拙得像一个不会说话的人。他说着说着，又说回去了，将整个事重新说了一遍。有时候说得混乱不堪；有时说出一个长句，详尽描述，却突然中断了，因为他也不知道该怎么结束这句话。乔治·穆尔静静地听着，脸像是戴了面具一样看不出丝毫表情变化，眼睛一直盯着萨弗瑞的脸，只在要从面前烟盒抽出一根烟时才稍稍移开目光，并用刚才吸完的那支点燃新烟。听着他的叙述，穆尔看到了像是作为叙述背景的种植园总管单调的一生。那情景就像是柔和缓慢的弦音伴奏，大大地减轻了一段意想不到的不和谐旋律的刺耳程度。

橡胶成交价格如此之低，必须尽可能节省开支。汤姆·萨弗瑞也不得不亲自去干一些活儿，而这些活儿原本在更为景气的时候都是由助手做的。他破晓就起床，去苦力集合的地方。一旦天亮到能稍微看见东西了，他就开始点名。根据应答声，在每个被点到的名字后面做记号。然后分配一组组劳力去干活儿，有的割橡胶，有的除草，有的修沟渠。萨弗瑞再回去吃顿丰盛的早餐，点上烟斗，再去苦力干活儿的地方视察一番。孩子们正在玩闹，婴儿爬到这儿爬到那儿，泰米尔女人们在路边做饭。她们黑色的皮肤闪着油亮的光，穿着枯燥乏味的棉布红褶裙，头发上戴着金饰。她们中有些人还长得挺标致，举止端庄，眉清目秀，有着细腻而小巧的手。但萨弗瑞看到她们就只有厌恶。他往种植园走去。那里树木种成一排排，长势良好，让人有置身于德国童话故事整洁的森林中的曼妙感觉。地面铺满厚厚一层枯叶。他的身边陪着一个泰米尔工头，长长的黑发挽成一个发髻，光着两只脚，身着当地围裙，手指上戴着炫目的大戒指。萨弗瑞走得非常困难，每遇到一条沟渠就跳过去，很快就汗下如雨了。他检查一下树，看看橡胶割得是否适当。如果碰到一个正在操作的苦力，他就会看看那人的削屑。要是太厚了的话，就训斥一顿，还扣他半天工资。如果一棵树不再适宜多割了，他就吩咐工头将盛橡胶的杯子及固定杯子的绳索都拿走。除草工人成群结队地劳作着。

中午的时候，萨弗瑞回到自己的小平房喝杯啤酒。因为没有冰块，酒非常热。他脱掉卡其色短裤、法兰绒衬衫，还有走路时穿的沉重的靴子和袜子，去洗个澡，刮一下脸。然后，穿着当地土人的围裙吃午饭。再小憩半个小时，接着去办公室，一直工作到五点钟。喝完茶后，他就去俱乐部。大约八点钟的时候，再从俱乐部回到小平房吃晚饭。再过半个小时，就去睡觉。

但昨天晚上打完球后，他立即就回家了。那天，维奥莱特没陪他。克拉克夫妇还在的时候，他们每天都会在俱乐部见一次。自从他们走后，她来俱乐部的次数就少了。她说，那儿没什么人让她觉得有趣，大家说的话她都听得耳朵起茧了。她不打桥牌，他打的时候让她在那儿耗着实在枯燥无聊。她跟汤姆说，不用担心留下她一个人，她在家有很多事可以做。一看他那么早就回家了，她猜一定是回来告诉自己他赢得了比赛。在这类小小的胜利上，他的自我满足感就像个小孩子一样。他是个善良而简单的人，她知道，他对于赢得比赛的快乐不仅仅是因为他自己，还是因为他觉得这也会给她带来欢乐。他这样毫不迟疑地匆匆赶回家只为告诉她这件事，她因此倍感甜蜜。

“你的比赛怎么样？”一看他缓步走进客厅，她就问道。

“我赢了。”

“赢得很容易？”

“嗯，本该很容易，但实际并非如此。一开始我有些领先，后来卡壳了，陷入困境，什么也做不了。你知道道格拉斯是个怎样的人，毫不浮夸，脚踏实地，所以就追赶上了我。然后我对自己说，要是再不打起精神，就要被打败了。我还是有点儿小运气的。嗯，长话短说，我以七分打败了他。”

“这打得还不好吗？这次威尔士王子杯你该赢了吧，是不？”

“嗯，我还有三场。如果我能打进半决赛，应该会有机会赢。”

维奥莱特笑了笑。她急于向他展现，自己如他期望的那样感兴趣，“是什么让你那会儿分了心呢？”

他的脸色瞬间沉了下来。“这也是我马上就回来的原因。

我本打算退出比赛的，但又觉得这样做对支持我的朋友们来说，未免不公平。”

她疑惑地看着他。“怎么了？出了什么事吗？别是什么坏消息吧？”

“简直是噩耗！科诺比死了。”

她盯着他足足有一分钟之久。接着，那张脸，那张干净和善的小脸，因为惊骇而变得憔悴枯槁。一开始，她好像根本不明白发生了什么事。“你这是什么意思？”她大叫起来。

“已经上报纸了。他在旅途中死的，他们为他举行了海葬。”

突然，她发出一声刺痛人心的尖叫，然后直挺挺倒向地板，昏死了过去。

“维奥莱特！”他叫道，跪下来将她的头放在自己胳膊上，“来人！来人！”

一个小男孩儿被主人声音里的恐惧吓了一跳，马上冲了进来。萨弗瑞大叫着让他拿来白兰地。他将酒挤一些到维奥莱特嘴里。她睁开眼睛，随着记起刚才发生了什么事，眼睛因极度痛苦而变得阴郁黯淡。她的脸就像小孩子即将放声大哭时一样扭曲起来。他把她抱起，放在沙发上。她把头扭了过去。“噢，汤姆，这不是真的。这不可能是真的。”

“我恐怕是真的。”

“不，不，不是。”她放声大哭，肩膀一抽一抽的，哭得撕心裂肺，实在让人耳不忍闻。

萨弗瑞不知道怎么办才好。他跪在她旁边，试图安慰她。

他想把她揽在怀里，她却猛地将他推开了。

“别碰我！”她吼道。这声吼，是那样尖利刺耳，吓了他一大跳。

他站起身来。“别太难过，亲爱的。”他说，“我知道，这种噩耗无疑是晴天霹雳。他是个非常好的人。”

她把脸埋在靠垫里，哭得肝肠寸断。看她哭得不可抑制，身体也因此颤抖不止，他觉得真让人折磨。她直哭得天昏地暗，悲似欲狂。他把手温柔地放在她的肩膀上。“亲爱的，别这样。这对你不好。”

她摇掉他的手。“看在上帝的分上，让我一个人待会儿。”她哭喊道，“噢，哈尔，哈尔。”

他从未听她这样唤过那死去的人。当然，他的名字是“哈罗德”，但大家都叫他“科诺比”。

“我该怎么办？”她哀号着，“我接受不了，接受不了。”

萨弗瑞开始变得有点儿不耐烦了。维奥莱特悲伤到这种程度，对他来说，有些夸张。维奥莱特通常不会情绪激烈到如此难以自制的地步。他觉得，可能是这该死的气候造成的。它让女人神经紧张、极度敏感。维奥莱特已经有四年没回家了。她现在没蒙着脸了，躺在那里，几乎要从沙发上跌落下来，嘴巴因为内心痛苦而大张着，眼泪断了线似的从茫然瞪视的眼睛里流出来。她悲痛欲绝。

“再喝点儿白兰地。”他说，“振作点儿，亲爱的。你这个样子也帮不了科诺比什么。”

她突然站起来，将他推到一边，满怀恨意地看了他一眼。

“走开，汤姆。我不需要你的同情。我只想一个人待会儿。”她快速走向一把扶手椅，躺下来，头往后仰，苍白的脸因为极度痛苦而扭曲起来。“噢，这不公平。”她悲叹道，“我现在该怎么办呢？啊，上帝，我真希望自己也死了。”

“维奥莱特！”他的声音因为痛苦而颤抖起来，几乎也要哭了。

她不耐烦地跺着脚说：“走开！我说，走开！”

他惊了一跳，盯着她，突然喘了口气，一股颤栗袭过他那庞大的身躯。他朝她走了一步，但又顿住了，然而，他的那双眼睛始终未曾离开过她那惨白、深受痛苦折磨的脸庞。他盯着那张脸，好像看到了什么让他惊骇恐怖的东西。然后，他垂下头来，一言不发地走出房间。他走到房间后面一间小小的客厅。这间小客厅平时很少用，现在，他重重地跌坐在椅子上，思绪翻飞。过了一会儿，晚饭的铃声响了。他还没洗澡，往手上瞥了一眼，他觉得用不着再去洗了。他慢慢走进餐厅，吩咐小男侍去告诉维奥莱特晚饭已经准备好了。男孩儿走回来说，夫人不想吃晚饭。

“好吧，那我自己吃好了。”萨弗瑞说。

他让男孩儿给维奥莱特送去一碟汤、一片吐司，当鱼端上来的时候，又放了些鱼。但男孩儿原封不动地又端了回来。“夫人说她不想吃。”他说。

萨弗瑞独自吃着晚饭。他还是按照往常的习惯，吃着一道道相似的菜肴，吃得很丰盛，还喝了一瓶啤酒。吃完之后，男孩儿给他端来一杯咖啡。他点燃一支雪茄。萨弗瑞一直坐着没动，直到他抽完烟。他又冥思苦想了一番。最后，他站起来，走到他们经常坐卧的那个大阳台。维奥莱特仍然像他走开时那样缩在椅子上，眼睛闭着，听见他进来时睁开了。他搬过一把轻便椅子，在她前面坐下来。

“科诺比是你什么人，维奥莱特？”他问。

她微微一惊，转开眼睛，什么都没说。

“我不太明白，听到他的死讯，你竟悲痛到这个地步。”

“不过是太震惊了。”

“是很震惊。但一个人竟然因为朋友的去世而全然崩溃，未免太奇怪了。”

“我不明白你是什么意思。”她说。她几乎是勉强吐出了这几个字。他看见，她的嘴唇直哆嗦。

“我从来没听你叫他‘哈尔’。即使他的妻子，都只叫他‘科诺比’。”

她什么都没说，满是悲痛的眼睛盯着虚空。

“看着我，维奥莱特。”

她微微转过头，冷淡地凝视着他。

“他是你的情人吗？”

她闭上眼睛，眼泪滚落而下，嘴巴扭成一个奇怪的样子。

“你难道就没什么要和我说的吗？”

她摇摇头。

“你必须回答我，维奥莱特。”

“我现在的状态不适合和你说这个。”她抱怨说，“你怎么能这样没心没肺？”

“恐怕我现在并无同情之感。我们必须把这事说清楚。你要不要来杯水？”

“我什么都不想要。”

“那就回答我的问题。”

“你没有权力这么问。太侮辱人了。”

“你难道让我相信，一个像你这样的女人，不过是听到自己熟识的一个人死了就昏死过去，醒来后又哭得肝肠寸断。怎么会！即便是谁的独子死了，她也不会哭成你这个样子！那会儿我们听到你妈妈死讯时，你也哭了。当然，那种情况下，谁都会哭。我也知道你非常痛苦，但是你会向我寻求安慰。你说，没有我，你简直不知道该怎么办。”

“这次太突然了。”

“你妈妈去世也很突然。”

“自然了，我很喜欢科诺比。”

“有多喜欢？喜欢到一听到他死了，你就不知道自己在说什么，也根本不在乎自己在说什么？你为什么说‘这不公平’？你为什么说‘我现在该怎么办’？”

她重重叹了一口气，一会儿把头往这儿扭一会儿把头往那儿扭，就像躲避屠夫双手的待宰羔羊。

“你不要把我当成大傻瓜，维奥莱特。我告诉你，如果你们之间没发生什么，你根本就不可能心碎成这个样子！”

“好吧，既然你都这样认为了，那干吗还拿这些问题来折磨我？”

“亲爱的，你这样藏藏掖掖的没什么好处。我们不能再这样谈下去了。你觉得我现在是什么感受?”

当他说这些话的时候，她看着他，根本就没想到他会是什么感受。完全沉浸在悲痛中的她，根本就没有心思来关心这些。“我好累。”她叹息着说道。

他身子前倾，粗暴地抓住她的手腕。“说!”他吼道。

“你弄痛我了。”

“那我呢?你不觉得你也在弄痛我吗?让我这样遭罪，你到底还有没有心啊?”他放开她的手腕，一下子站了起来，走到房间尽头又走了回来。就好像这来回走动突然激起了他的怒火一样，他抓住她的肩膀，把她使劲往脚边拖拽，拼命摇晃她。“如果你不告诉我真相，我就杀了你!”他吼道。

“杀了我才好呢。”她说。

“他是不是你的情人?”

“是。”

“你个贱人!”他一手仍然牢牢抓住她的肩膀好让她动弹不得，抡起另一只胳膊，用上全部力气，宽大的手掌啪啪啪不停打在她脸上。她被打得直颤抖，但没有退缩也没有叫出声来。他打了又打。突然，他察觉出她奇怪地一动不动，遂放开了她。然后，她就不省人事地滑到了地板上。他感到害怕，弯下腰去触摸她，叫她的名字。她仍然一动不动。他把她抱起，重新放回到刚才拽她下来的那把椅子上。她第一次昏迷时送来的白兰地还在房间里，他把它拿来，努力灌进她喉咙里。她呛住了，酒洒得下巴和脖子上到处都是。她那苍白的脸颊一边因为他下手很重而变成青灰色。她微微叹了口气，睁开眼睛。他又把酒杯送到她嘴边，托着她的头，她又啜了一点儿那让她恢复精神的白兰地。他看着她，眼里尽是忏悔与担忧。

“对不起，维奥莱特。我不想这么做的。我替自己羞愧不已。我从来没想到，我会堕落到打女人的地步。”

尽管她感觉很虚弱，脸也疼得厉害，但唇角还是闪过一丝笑意。可怜的汤姆。他确实会说这种话，他也的确是那样想的。如果你问他，为什么男人不应该打女人，他会多么愤慨啊。但萨弗瑞看到那抹苍白的微笑，却将其归因于她倔强不屈的硬骨气。上帝啊，她真是个有胆量的小女人，他这么觉得。“勇敢”用在此处不甚恰当。

“给我支烟!”她说。

他从烟盒里抽出一支，放进她嘴里，但打火机打了两三次，都没点着。

“你不觉得拿根火柴来更好吗?”她说。此时此刻，她忘了那令她心碎的悲痛，隐约觉得这场景挺有趣。

他从桌子上拿起火柴盒，将点燃的火柴递到她烟头上。她带着无限的解脱神情，猛吸了一口。

“我没法儿向你描述我多为自己感到羞愧，维奥莱特。”他说，“我觉得自己很恶心。我也不知道我这是发什么神经。”

“噢，没关系。这很正常。你为什么不喝一杯?那会让你好受点儿。”

他一声不吭，弓起肩膀。那样子，像是他现在所承受的巨大压力是有着实体形态的物体。他给自己倒了杯加苏打水的白兰地，然后一声不吭地坐了下来。

她看着一缕青烟袅袅旋进空气里。“你打算怎么办?”她终于开口说道。

他作出一副疲惫不堪的绝望姿态。“我们明天再谈。你今晚状态不太好，抽完这支烟，你最好上床睡觉。”

“你已经知道得挺多了，没理由不告诉你所有的。”

“别现在说，维奥莱特。”

“不，就现在说。”

她开始叙说起来。他听得见她在说什么，但几乎理解不了她的意思。他感觉就像是，他以无限的爱与关切为自己悉心建造了一座房子，打算在里面住一辈子；然后，他突然不明白这是怎么了，只见一群强盗闯了进来，用他们的凿子与锤子把房子一间间砸个稀烂，原本漂亮温馨的居所就这样变成了一堆废墟。雪上加霜的是，干了这件事的罪魁祸首就是科诺比·克拉克。他们曾同船来到这里，起先还在同一个庄园劳作。他们都把这个年轻的种植园总管称作“爬山虎”。你在新加坡的大街上一眼就能认出他来：头戴双毡帽，卡其色的上衣卷到手腕上。涉世未深的年轻人四处闲逛，目不转睛地瞪眼看着周围的新鲜玩意儿，然后被狡猾的中国人哄骗，买下大卡车。这些卡车原本毫无价值，还是从伯明翰运来的，他们却在此买下来当作东方古董送回家；他们坐在廉价旅馆的酒吧里，喝掉一瓶瓶酒，数量多得数也数不清，晚上看完电影后坐上黄包车在中国片区结束这一晚。汤姆和科诺比形影不离。汤姆，大块头，很有力气，人挺简单，非常诚实，工作非常卖力；科诺比，人长得丑，却有一种奇怪的魅力，深邃的眼睛，凹陷的脸颊，大大的嘴巴颇富幽默意味。通常都是科诺比负责开玩笑，汤姆负责哈哈大笑。汤姆先结婚，他是休假时遇到维奥莱特的。父亲死于战争，她在父亲同一居住地的人家里当家庭教师。他爱上她，是因为她在这个世上孤单一人，他那温柔的心因为想到她未来生活的枯燥单调而深受触动。科诺比也结婚了。因为汤姆结婚了，这让他怅然若失。他和一个来东方和亲戚过冬的女孩儿结婚了。伊妮德·克拉克那时很漂亮，金黄的头发；如今，从正面看依然很漂亮，虽说原本光洁娇嫩的肌肤已不复往昔；但她那娇弱小巧的下巴从侧面看时，会让你想到一头羊。她亚麻色的头发十分漂亮，直直的，因为热带的天气让它鬈不起来；还有一双陶瓷般的蓝眼睛。虽然只有二十六岁，她的眼神里已满是疲惫。结婚一年后，她生了一个小孩儿，但两岁就死了。也就是在这件事后，汤姆·萨弗瑞设法帮科诺比得到与他相邻的种植园的管理职位。两个男人愉快地再次亲密如昔，而他们的妻子那个时候彼此还不太了解，却很快也成为好朋友了。她们彼此照着对方连衣裙的样式给自己也做一套，每逢宴会，彼此互借仆人和餐具。这四个人每天都见面，去哪里都一起。汤姆·萨弗瑞觉得这很伟大。

奇怪的是，维奥莱特和科诺比·克拉克如此亲密地相处了三年才坠入爱河。两人都没看到爱情已悄然来临，两人谁也不怀疑，在享受彼此陪伴的乐趣时，他们因人生际遇而聚到一起，在这不经意迸发的友谊中还存有什么别的情感。在一起并没有给他们带来什么特别的快乐，而仅仅是一种安逸的舒适感。如果偶尔哪天没见面，他们就会莫名其妙地觉得了无乐趣。那看起来也很自然，合乎情理。他们一起打牌，一起跳舞，彼此互开玩笑。意识到彼此已经相爱，好像纯属偶然。那天他们四个一起去俱乐部跳完舞，坐萨弗瑞的车回来。等路过克拉克的种植园时，他会将他们在住所放下。维奥莱特和科诺比坐在车子后排。他喝了很多酒，但没喝醉，他们的手不经意触碰在一起，他抓住她的手，紧紧握住。他们没说话，都很疲倦。突然，香槟的酒劲消散，他顿时清醒无比。一瞬之间，他们突然明白自己已疯狂爱上对方。与此同时，他们也意识到从未品尝过的爱的滋味。等他们到达克拉克家时，汤姆说："你最好坐到我旁边来，维奥莱特。"

"我累坏了，不能动了。"她说。她的腿疲软无力，觉得再也站不起来了似的。

第二天见面的时候，两人谁也没提昨天发生的事，但心里都清楚，有些事已经不可避免地发生了。他们仍像以前那样相处，随后一直这样相处了好几个星期。他们都觉得，一切都变得与以前不同了。最后，实在情难自禁，他们成了情人。但在他们看来，肉体上的关系在他们的爱情中似乎无足轻重，他们的生活方式也的确让他们很难，除了偶尔几次享受一下亲密的爱抚。每天能看见彼此对他们来说，已经足够了。尽管旁边还有其他人在，一个眼神，一丝触碰，都能让他们感觉到爱的存在。这才是最重要的。性爱仅仅是对他们灵魂交融的一种证明。

他们很少谈及汤姆或伊妮德。有时，如果他们拿另两人的小缺点开玩笑，也并非出于恶意。如果他们能好好想想就会意识到，那两个如此频繁见到的人对他们来说竟完完全全毫不重要了，他们兴许会觉得这太不正常了。他们的关系隐没在日常生活中，就像刮胡子、穿衣、一日三餐那样让人习以为常，谁也没发觉。他们对另两个人都很温柔体贴，甚至劳心费力去取悦，就像对卧床不起的病人一样悉心照顾。因为他们两人是如此幸福，出于恻隐之心，他们必须竭尽所能为那些不幸的人做点儿什么。他们毫无顾虑，完全沉浸在对彼此的爱中，根本没有哪怕一刻的时间去懊悔。过去那么长时间，虽然生活并不缺少快意，但枯燥乏味。而现在，爱情的美好已点燃激情，让人兴奋不已。

接下来，却发生了一件让他们惊慌失措的事。汤姆效力的公司意图在英属北婆罗洲买进一片广阔的橡胶种植园，且已进入谈判阶段，公司派汤姆去打理那片种植园。这份工作比他现在的要好很多，工资更高，还会有助手。那样，他就不必那么辛苦地工作了。萨弗瑞欣然接受了这份工作。原本克拉克和萨弗瑞都该回国度假的，两对夫妇已经安排好一起回家。但外派这件事打乱了一切行程。汤姆至少还得一年才能去度假。而等克拉克夫妇度假回来的时候，萨弗瑞夫妇已在婆罗洲了。维奥莱特和科诺比没花多长时间就已决定，目前只有一个解决办法。他们非常希望两人能这样天长地久，尽管如此状态对于他们尽情享受爱情仍然存在一定的阻碍，但可以确定的是，他们可以常常见到对方；他们觉得相伴的时间还很长很长，未来已经镀上一层幸福的光辉；而这种幸福似乎无穷无尽，两人想都不敢想有朝一日他们要分开。他们下定决心要一起私奔。他们似乎突然之间就明白了，以前的每一天他们本都可以在一起的，却白白浪费了。他们的爱还给另一件事找到了冠冕堂皇的借口。爱情的火焰愈燃愈旺，两人都被如火激情吞噬了，再没有丝毫感情可以浪费在别人身上。他们对于将给汤姆和伊妮德造成的痛苦毫不关心。这虽然不幸，却不可避免。他们精心筹备私奔。科诺比假借生意之名先去新加坡，维奥莱特则告诉汤姆，她要和前面庄园的朋友们一起度过一周，然后在新加坡和科诺比会合。他们会一起去爪洼岛，再从那里乘船去悉尼。到了悉尼之后，科诺比会找份工作。当维奥莱特告诉汤姆，麦肯齐夫妇邀请她去小住几天时，汤姆非常高兴。

“那太好了！我觉得你也需要改变一下，去散散心，亲爱的。”他说，“我觉得，你最近看起来有些憔悴。”他满怀深情地摩挲着她的脸颊。

这一动作刺痛了她的心。“你总是对我这样好，汤姆。”她说，满眼泪花。

“嗯，我做得还不够。你是这世上最好的小女人。”

“这八年来，你和我在一起幸福吗？”

“非常幸福。”

“噢，那太好了，是不是？没人能夺走你这一切。”

她告诉自己，他是那种能很快走出悲伤的人。他为了女人而喜欢女人，所以重获自由之后要不了多久，他就会找到愿意再次携手人生的人。他将会像和她在一起一样，和新妻子在一起也很幸福。或许，他会娶了伊妮德呢。伊妮德是那种很依赖人的小女人。这多少有点儿让维奥莱特生气，她觉得伊妮德不是那种深情的女人。她的虚荣心会受到伤害，但她的心不会破碎。但现在大局已定，一切都安排好了，日期也已定下来，她却内疚不安了。悔恨困扰着她。她真希望，这不会让那两人遭受巨大不幸和痛苦。她犹豫不决。

“我们在这儿过得很愉快，汤姆。”她说，“我在想，抛弃这里的一切是不是明智。我们真要放弃这里的知根知底而去一个一无所知的地方吗？”

“我亲爱的小丫头，这可是千载难逢的机会，而且能赚大钱。”

“钱不是一切，幸福才是最重要的。”

“我知道，但也没理由我们在婆罗洲就不能像在这里一样幸福啊。再说了，现在也别无选择。我不是自己的老板。上级想让我去，我就必须去。这事就这么定了。”

她叹了一口气，她现在别无选择。给别人造成痛苦确实可恶，但有时候这也是没办法的事。汤姆对她来说，就像在航行途中任何一个对你礼貌的人一样，重要性绝不会比这多一点点。所以，让她牺牲自己的人生幸福来成就他，也未免太荒谬了。

克拉克夫妇两周之后就会启程回英国，这决定了他们私奔的日期。日子一天天飞逝。维奥莱特焦躁不安又异常兴奋。她激动地期待着，那种欣喜若狂的心情简直让她觉得那可预测之后的宁静痛苦不堪。她已预测到，一旦他们上了去悉尼的船，一切都会平静下来，而她也将会开启新的生活，并确信它会是迟来的完美幸福。

她开始整理行装。她假装要去小住的朋友会举行很多娱乐活动，这给了她携带大批行李的借口。明天她就要走了。现在是上午十一点钟，汤姆去了种植园巡视。一个小男侍来到她房间告诉她说，克拉克夫人来了。恰在此时，她听到伊妮德正在叫她，就快速关上行李箱盖，走向游廊。令她吃惊的是，伊妮德走上前来，双臂绕住她的脖子，激动地亲吻她。她看着伊妮德，发现她平时苍白的面颊此刻红彤彤的，眼睛也闪烁着光芒。伊妮德激动地哭了。

“究竟发生了什么事，亲爱的?”她惊叫起来。

有那么一刻，她害怕伊妮德知道了他们所有的事。但伊妮德脸上闪着愉快的红光，并不是嫉妒或愤怒。“我去看了哈罗医生。”她说，“我本来不想说的。过去因为假预兆空欢喜了两三次，但这次他说不用担心了。”

一阵寒意突然刺穿了维奥莱特的心脏。“你这是什么意思？难不成你——”

她盯着伊妮德，伊妮德点了点头。“是的，医生说现在已确定无疑了。他觉得，我至少已经怀孕三个月了。啊，亲爱的，我太开心了。”

她再次扑进维奥莱特怀里，紧紧抱住她，喜极而泣。

“噢，亲爱的，别这样。”维奥莱特觉得自己面如死灰。她知道，她要是不竭力稳住自己，一定会昏过去的。

“科诺比知道吗?”

“不，我还只字未说。他以前太过失望了。孩子死的时候，他的心都碎了。他一直都很想要我再怀上一个。”

维奥莱特强迫自己说出此时此刻她理当说出的那类恭喜话，但伊妮德根本没听。她想要讲述她的希望与害怕的所有细节、她的孕症，还有她和医生的面诊。她一直说个不停。

“你打算什么时候告诉科诺比？”维奥莱特终于问道，“现在？等他回来的时候？”

“噢，不，他巡视回来时又累又饿，我想等晚上吃完饭后再告诉他。”

维奥莱特抑制住愤怒的冲动。这件事伊妮德肯定要大张旗鼓一番，她正在选择恰当的时机。不过，这也是人之常情。幸好如此，这让她有机会先见到科诺比。前脚刚把伊妮德送走，后脚她就给科诺比打了电话。她知道，他回家的路上都会去办公室看看的，就留言让他给她回电话。她现在唯一担心的就是他不能在汤姆回来前打来电话，但她得赌赌运气。

“哈尔？”

“是我。”

“你三点钟的时候在小木屋吗？”

“在。发生了什么事吗？”

“见面的时候再告诉你，别担心。”

她挂掉电话。小木屋是科诺比工作的种植园里一个小小的遮风避雨的地方，她很容易就能找到，他们偶尔在那里相会。劳工们上班的时候会经过小木屋，没任何隐私可言，但它很方便两人交谈几分钟。再说，也不是什么激动人心的甜言蜜语。三点钟的时候，伊妮德在午休，汤姆在办公室上班。

当维奥莱特走上前去的时候，科诺比已经在那儿了。他倒抽了一口凉气。“维奥莱特，你咋苍白成这样？”

她把手递给他。他们不知道，有多少双眼睛会看见他们，但他们一向如此，不是什么见不得人的事。

“伊妮德今早来看我了。她今天晚上会告诉你的，我想你该有个心理准备，她怀孕了。”

“维奥莱特！”他看着她，骇然失色。

她开始哭起来。他们从未谈过彼此夫妻的事，他和他的妻子，她和她的丈夫。他们刻意忽视这个话题，因为它对两人来说都痛苦不堪。维奥莱特很清楚自己的生活是什么样子；她很合丈夫的心意，但女人奇怪的冷漠让她对此丝毫不看重，因为她在其中享受不到任何乐趣；但不知怎的，她说服自己，哈尔是不同的。他现在凭直觉感到，她所得知的这事多么残酷地伤害了她。他试图为自己辩解。

“亲爱的，我也没有办法。”

她无声地哭泣着，他满含痛苦地看着她。“我知道这很残忍，”他说，“但我又能做什么呢？我好像也没有理由——”

她打断他。“我不怪你。这是不可避免的。只是因为我太傻了，才承受这么大的痛苦。”

“亲爱的！”

“我们两年前就该走的。以为我们就可以这样一直下去，简直是疯了才会这样想。”

“你确信伊妮德说的是真的吗？三四年前，她就觉得自己怀上了。”

“噢，是真的。她这次是真怀上了。她高兴死了，说你很想要个孩子。”

“这事太突然了，我到现在还不能相信。”

她看着他，他正满眼困扰地瞪着洒满落叶的地面。她微微一笑。“可怜的哈尔，”她深深叹了一口气，“现在什么也做不了了，我们之间结束了。”

“你这是什么意思?”他惊叫道。

“噢，我亲爱的！你现在不能就这么离开她了，是不？以前还好说，她是会伤心，但终会熬过去的。然而，现在不同了。不管怎么说，怀孕期间对女人来说并不太好受。这几个月，她或多或少会有些不舒服。她需要爱，需要关心。这时候离开她，让她独自一人去承担这些，也太没良心了。我们不是那种没心肝的畜生。”

“你的意思是说，你想让我和她一起回英国?”

她点点头，脸色黯淡。

“幸好你要走了。等你离开了，我们不能再日日相见，或许会让事情变得简单一些。”

“但我现在没有你简直没法儿活。”

“不，你可以的。你必须这样。我也可以的。而且对我来说，情况更糟糕。因为留下的人是我，我一无所有。”

“噢，维奥莱特，我绝对做不到。”

“亲爱的，没什么好再争的了。她告诉我的那一刻，我就意识到将会是这个结果。这也是我想先见到你的原因。我害怕，你会在震惊之下对她和盘托出我们的事。你知道，我爱你胜过这世界上的一切。她从未做过什么伤害我的事，所以我现在不能将你从她身边带走。这对我们俩来说很糟糕，但事已至此，我根本没有勇气再做出那种卑鄙的事。”

“我巴不得自己死了好。”他悲叹着说。

“这对她没有任何好处，对我也是一样。”她笑着说。

“那将来该如何呢？难道我们要牺牲掉一辈子吗？”

“我恐怕是。这听起来真残酷，亲爱的。但我想，迟早有一天我们会熬过去的。人能跨过各种坎。”她看了看腕表，“我该回去了。汤姆很快就会回家了。我们五点钟俱乐部见。”

“汤姆和我本该打网球的。”他可怜巴巴地看了她一眼，“噢，维奥莱特，我好难过。”

“我知道。我也不好受。但这样谈下去也解决不了什么。”

她把手伸给他，但他猛地抱住她，热烈地亲吻她。等放开时，他的泪水已沾湿了她的脸颊。然而，她却已是绝望得哭都哭不出来了。

十天之后，克拉克夫妇起航回国。

这段故事，汤姆·萨弗瑞能讲到什么程度，乔治·穆尔就听到什么程度。在听的过程中，他以那一贯冷静而超然的方式沉思着这件事，觉得多么不可思议啊。这些平平凡凡的普通人，本过着单调乏味的生活，竟也能发生这样震颤人心的悲剧。谁能够想到，维奥莱特·萨弗瑞，如此优雅端庄的一个人，不是坐在俱乐部读读配插图的报纸就是喝着柠檬汁和朋友闲聊，竟会爱上那样一个平凡普通的人，并因此而悲痛欲绝呢？乔治·穆尔记起自己在科诺比启程前一天晚上在俱乐部看到他的情形。他看起来兴高采烈，大伙儿都因他要回国了而嫉妒他。那些最近才从英国返回的人告诉他，绝对不要错过展览馆里的演出，酒要尽兴喝。萨弗瑞夫妇为克拉克夫妇举办的送别宴并没有邀请穆尔长官，但穆尔很清楚晚会是怎样一种情景：欢呼祝福，情真义重，打趣玩闹；吃罢晚饭，打开留声机，大家开始跳舞。他不禁好奇，维奥莱特和克拉克一起跳舞的时候，两人心里是什么滋味。当想到两人明明心里异常悲苦绝望、面上却不得不装出一副开心快乐的样子时，穆尔竟生出一阵奇怪的悲伤、沮丧之情。

在想着这些事的同时，乔治·穆尔回忆起了他自己的过往。那是少有人知的一个故事。毕竟，它发生在二十五年前。

“你现在打算怎么做，萨弗瑞？”他问道。

“好吧，这就是我想让您给我点儿建议的地方。科诺比已经死了，我不知道如果我和维奥莱特离婚，她将会怎样。我在想，我该不该让她和我离婚。”

“噢，你想离婚？”

“嗯，我必须离。”

乔治·穆尔又点燃一支烟，看着袅袅轻烟盘旋着消散在空中。

“你知道我曾经结过婚吗？”

“嗯，我想我听说过。你妻子去世了，是吗？”

“不，我和她离婚了。我有个二十七岁的儿子，他在新西兰经营农场。我上次回国休假时还看见了我妻子。我们是在剧场碰到的。一开始，我们都没认出彼此来。她和我打招呼，我请她去伯克利吃饭。”

乔治·穆尔咯咯笑起来。那天，他独自去看戏，是一部音乐喜剧。他发现旁边坐着一个体格庞大的黑胖女人，有种似曾相识的感觉。但戏很快就开始了，他再没看她第二眼。等第一幕结束、幕布放下来的时候，她明亮的双眼看着他，说起话来了："你过得怎么样，乔治？"

竟是他的妻子。她神态自若，坦率而友好。"好久不见。"她说。

"确实。"

"生活对你怎么样？"

"噢，还好。"

"我想，你现在已经是长官了吧。你还在那里效劳，是不？"

"是的。不过，很快就退休了，倒霉。"

"怎么了？你看起来挺健康的呀。"

"我快到退休年限了。我就要是个没用的老头儿了，再无用武之地啦。"

"你能保持这样瘦就很走运了。我看起来很糟糕，是不？"

"你看上去不像是日益消瘦的人。"

"我知道。我本来就胖，而且变得越来越胖。我禁不住，我喜欢食物。我拒绝不了奶油、面包和土豆。"

乔治·穆尔哈哈大笑，但不是因为她的话发笑，而是因自己的所思所想发笑。这些年来，他偶尔会想，某个时候他还会再遇到她，但从未想过会是这样的见面情形。音乐剧结束的时候，她面带微笑与他道别。他说："我想，不会再有你和我一起吃午饭的那一天了吧？”

“哪天都可以，随你喜欢。”

他们约定一个日期。到那天，两人都准时到了。他知道，她已经嫁给那个男人，而他正是因为这个男人才和她离婚的。从她的衣着可以看出，她现在生活挺舒适。他们喝了鸡尾酒。她津津有味地吃掉饭前点心。她已经五十岁了，但对年龄很看得开，依然神采奕奕。她的身上总萦绕着某种快乐与无忧无虑，脑子反应敏捷，善谈，笑容发自内心，颇富感染力，是那种心宽体胖的人发出的笑。要不是知道她的家族已为印度内政服务效劳了百年之久，他会错把她当成一个歌舞女郎。她并不浮华艳俗，但生就一副明艳夺目之姿，很有舞台形象。她一点儿也没觉得尴尬。“你没再婚，是吗？”她问道。

“没有。”

“太可惜了。虽说第一次不成功，但没理由第二次就不会成功。”

“那我就没必要再问你过得幸不幸福了。”

“我没什么好抱怨的。我觉得自己有种快乐的天性。吉姆一直对我很好。他现在退休了，你知道吧。我们现在住在乡下，我极喜欢贝蒂。”

“谁是贝蒂？”

“噢，那是我女儿。她两年前结婚了，我无时无刻不在希望哪天能成为祖母。”

“那会让我们变老的。”

她放声大笑。“贝蒂二十二岁。非常感谢你邀请我吃午饭，乔治。毕竟，对过去了那么久的事还心怀芥蒂就有些太蠢了。”

“蠢透了。”

“我们不适合彼此，幸亏我们发现这一点还不是太晚。当然，我挺傻。不过，那时我还太年轻了。你那时过得幸福吗？”

“我想我可以说，我曾经是个成功的人。”

“噢，好吧，那或许是你能享受到的所有幸福了。”

他露出对她精明的欣赏之笑。然后，轻易地把这一切抛到一边，她开始谈其他的事。尽管法院给了他儿子的抚养权，但他因为没法儿照顾儿子，又将儿子交给了她。那孩子十八岁就移民了，现在已经结婚。他对于乔治·穆尔来说，就是个陌生人。他很清楚，即便在大街上碰见儿子，他也认不出他来。他是个很真诚的人，没法儿装出对那孩子还很感兴趣的样子。但他们仍然谈了一会儿他，之后谈的就是演员和戏剧了。

“嗯，”她最后终于说道，“我得走了。这顿饭吃得很愉快。见到你很开心，乔治。非常感谢。”

他送她进出租车，然后摘掉帽子，独自走在皮卡迪利大街。他认为她是个令人相当愉快、有趣的女人，想起自己曾疯狂地爱着她，他不禁笑了。当他再次对汤姆·萨弗瑞说话的时候，嘴角还带着一丝笑意。

“我和她结婚的时候，她实在是漂亮极了。这也是麻烦所在。不过，当然，她要是不那么漂亮，我也不会娶她。他们就像围着蜜罐的苍蝇一样追逐着她。我们常常吵得很厉害。最后，我抓住她出轨了。自然，我也就和她离婚了。”

“那是自然。”

“是的，但我知道，我是个大傻子才会那么做。”他身子前倾，“亲爱的萨弗瑞，我现在才知道，当初我要是还有那么一点点理智，就会睁一只眼闭一只眼。那样的话，她慢慢就会定下心来，成为我的好妻子。”

他真希望能向他的客人解释清楚，当他坐下来和那个让人愉快、给人舒服之感又颇富幽默的女人聊天时，他曾经那么小题大做的事如今对他来说一点儿都不重要，这一切又多么荒诞可笑啊！

“但一个人得为自己的荣誉考虑考虑。”萨弗瑞说。

“该死的荣誉！一个人得为自己的幸福考虑考虑。这与荣誉真就那么息息相关吗？就因为他的妻子跳到了别的男人床上去？我们不是东征的十字军，也不是什么西班牙大公。你，我，都不是这类人。我喜欢我的妻子。我不是说我没有其他女人，我有。但她有那种别人都给不了我的东西。就因为我不能享受完全占有它的乐趣，我就要扔掉我在这世上最想要的东西，是多么愚蠢啊！”

“我从来没想过你会是说出这种话的人。”

看到萨弗瑞那满是困扰的胖脸上明显可见的尴尬神情，乔治·穆尔微微笑了。“我或许是你面对的第一个说出赤裸裸事实的人。”他反驳道。

“你的意思是不是说，如果有机会重来，你的做法将会完全不同？”

“如果我重回二十七岁，我想，我仍会像当时那样是个大傻瓜。但如果我有现在的理智，我告诉你，如果我发现妻子不忠，我会怎么做：我会像你昨晚做的那样，狠狠打她一顿，然后把这一切放下。”

“你是不是让我原谅维奥莱特？”

穆尔长官慢慢地摇了摇头，笑了，“不，你已经原谅她了。我只是在建议你不要意气用事。”

萨弗瑞忧虑地看了他一眼。有些情感对他来说，因为太不合乎人之常情而被他从意识中驱逐出去，但这个冷静而精明的男人竟能看透他内心的这些情感。认识到这一点，叫他感到仓皇失措。

“你不知道整个事情的原委。”他说，“科诺比和我就像亲兄弟一样。是我设法给他找了现在的工作。他的一切都是我给的。而且，要不是我，维奥莱特或许余生都将只是个家庭教师。那太浪费了，我不禁对她感到怜惜。如果你知道我说的是什么意思——起先正是怜悯之情让我注意到她。当你非常慷慨得体地对待他们时，人家却反过来将脏水泼到你身上，你不觉得这很蠢吗？这也太不知感恩了！”

“噢，亲爱的小伙子，一个人是不应该期待别人来感激的。谁都没有权力这样期待。毕竟，你做好事，是因为这能给你带来快乐。这是世界上最纯洁的快乐。期待谁会对此有所感激，那真是要求太多了。如果你能得到别人的感激，那就像你在获得股息后又获得了红利。那是挺好的，但你绝不能视此为你应得之物。”

萨弗瑞皱起眉头，感到困惑不解，不太能明白。有些事在他看来，这世上绝不可能还存在第二种思考方式，但乔治·穆尔对这些事却有着如此迥异于他的怪异思考。毕竟，万事都有个极限。我的意思是，如果你还有那么一点点体面之感，你就要像个老爷那样行事。你得为自己的自尊考虑考虑。这可真滑稽，乔治·穆尔给出的这堆理由还真他妈的似乎挺行得通。该死！你不得不承认，你要是知道该怎么解决这类事，早就乐颠乐颠地去做了。当然，乔治·穆尔就是个怪人，没人能十分懂得他。

“科诺比·克拉克已经死了，萨弗瑞。你用不着再妒忌他了。这件事，除了你、我，还有你的妻子，没人知道一星半点儿。而我，明天就永远地走了。你何不让过去的就过去了呢？”

“维奥莱特会鄙视我的。”

乔治·穆尔微微一笑。令人意想不到的是，在那一本正经而又严苛挑剔的脸上，那丝微笑竟异常地温暖可爱。“我对她了解甚少。我一直以为她是个和善的女人呢。难道她真那样可恶吗？”

萨弗瑞愣了一下，脸红到耳朵根儿。“不，她像天使一样善良。我那样说她才真是可恶。”他的声音变得哽咽，间或抽泣几下。“天知道，我只想好好做正确的事。”

“做正确的事就是行善。”

萨弗瑞以手捂脸，控制不住此刻震颤他的情感。“我似乎一直都在给予，给予，却没人为我做过他妈的一件好事。我心碎不碎没关系，我必须得往前走。”他拿手背抹了一下眼睛，深深地叹了口气，“我会原谅她的。”

乔治·穆尔看着他，稍作沉思。“我要是你，就不会这么小题大做，时刻耿耿于怀。”他说，“这只会让你活得小心翼翼。她也有很多要原谅的事。”

“你说的是我打她的那件事，是不？我知道，是我做得糟透了。”

“一点儿也不。这反而对她是件好事。我说的不是你那个意思。你一直都很慷慨大方，老伙计。而且，你知道吗，一个人得需要多大的智慧才能心安理得地接受别人的慷慨大方啊。幸运的是，女人都很轻佻，很快就会忘记她们接受的恩惠。否则，她们当然没法儿活了。”

萨弗瑞张大嘴巴看着他。“说实话，你真是个怪人，穆尔！”他说，“有时候，你似乎冷酷无情得像钉子一样；有时候，你说的话又让人觉得你还有点儿人情味；接着，好嘛，正等人家觉得错判了你，觉得你毕竟还是有心的时候，你又做出一些叫人震惊不已的举动。我想，别人说的‘玩世不恭’，就是这个样子的。”

“我倒从未深思过此事。”乔治·穆尔笑笑说，“但如果直面事实，当它无论多么令人不快时都不心怀怨恨，从容接受人性之本来面貌，觉得荒谬滑稽时就放声大笑，觉得令人同情时就适度悲痛。如果这就是玩世不恭，那我想，我的确是玩世不恭。通常，人性既有荒谬滑稽的一面，也有令人同情的一面。但如果生活教会了你宽容，你会发现更多的是该微笑，而不是哭泣。”

汤姆·萨弗瑞离开后，穆尔长官谨慎地点燃最后一支烟。他打算一直吸到吃午饭。调和一个愤怒的丈夫和一个犯错的妻子对他来说，是个新角色，给了他一种谨慎的消遣。他继续思考人性，薄而苍白的唇边萦绕着一抹冷笑。他记起自己经常站在沿海某些干涸的小湾边，带着极大的兴趣观看“跳跳鱼”。有时候会有成百上千条跳跳鱼，有的小到只有几英寸长，有的又肥又大，足有你脚板那么长。它们和生活在其中的泥土一个颜色。它们静静地待着，圆圆大大的眼睛盯着你，突然一个猛冲，将自己埋进泥洞里。看它们在泥面扑扇疾跃，场面实在奇异非凡。它们成群结队地大量出现在某一个地方，那会给你一种可怕的感觉，觉得泥土自身竟神秘地变成了活的；而当你忆起就是这么一群生物，那时它们体型庞大、凶猛可怕，曾经是地球唯一的居民，一种返祖的恐惧瞬间就会冻僵了你的心。它们身上有着神秘可怕的一面，但也不乏有趣好玩的一面。它们让你想起了人类。站在那里半个小时，看着它们嬉戏耍闹，实在令人愉快。

乔治·穆尔从挂钩上取下遮阳帽，带着对人生的满意之情，走进屋子外面的阳光里。

蒙德拉哥勋爵[1]

奥德林大夫瞧了一眼桌上的钟表：五点四十分。他对病人的迟到感到十分诧异，因为蒙德拉哥勋爵一向以守时自豪。他说话言简意赅，即使一句普普通通的话，也常常带有格言警句的意味。他习惯于说，守时是对智者的敬意，对愚者的鞭策。蒙德拉哥勋爵约诊的时间是五点半。

奥德林大夫的长相没什么引人注目的地方。他瘦高瘦高

① *原文篇名为 Lord Mountdrago。*

的，肩膀挺窄，还有点儿驼背；头发灰白稀疏，长长的脸气色不怎么好，还布满皱纹。他还不到五十岁，但人很显老。两只淡蓝色的眼睛大得出奇，神情疲惫倦怠。你要是和他待一会儿就会发现，他那两只眼珠很少转动，一直盯着你的脸。但因它们毫无表情，所以你也并不觉得怎么不适。这对眼睛很少有鲜明生动的时候，既没留下任何蛛丝马迹让你可以窥视到他内心的想法，也不随他说话有任何表情变化。你要是观察力敏锐，就会惊奇地发现，他眨眼的次数比我们大多数人少得多。他长着两只大手，柔软而结实，凉爽而不黏糊，手指修长而尖削。除非你特别用眼细看，否则就无法描绘出奥德林大夫穿衣着装是个啥样子。他穿深色的衣服，系黑色的领带，一身穿着让他本就气色不好、皱纹纵横的脸更显苍白，同时也让他黯淡无神的眼睛更觉倦怠无光。他给人的印象就像一个病秧子。

奥德林大夫是一位精神分析师。他从事这份职业纯粹出于偶然，一直惴惴不安地干着。大战爆发时，他刚取得资格证不久，在几家不同的医院积累经验。他主动向当局申请服务，没过多久就被派往法国。正是在那时，他才发现了自己这一独特的天赋。他那双凉爽而坚实的手仅仅通过抚摸病人就能减轻他们的某些痛苦，而同那些饱受失眠折磨的病人聊聊天又常常能引他们入睡。他说话慢条斯理，嗓音没啥特色，声调也不随吐出的话语发生任何改变，但听起来悦耳、温柔，能让人平静下来。他告诉病人，他们必须休息，用不着忧虑不安，要好好睡觉，休息就潜入他们疲惫不堪的骨头，安宁平和驱走焦虑不安。就像一个人为在挤满了人的长凳上找到一席之地而挤走别人一样，睡意也像绵绵春雨落在新翻的土地上那样落在他们疲惫的眼睑上。奥德林大夫发现，靠他那低沉而单调的嗓音和病人说话，用他那对黯淡而宁静的眼睛注视着病人，拿他那双修长而结实的手抚摸病人疲惫的额头，就能够平缓他们的烦躁不安，解决让他们心烦意乱的内心冲突，驱散让他们的生活成为一种折磨的恐惧。有时，他的治疗效果简直可以说是一种奇迹。有一个人因被一颗爆炸的炮弹埋入土中而成了哑巴，他让他恢复了说话能力；还有一个人因为飞机失事而瘫痪，他也让人家四肢行动恢复如初。他也弄不懂自己蕴含的这种神奇力量。他生性多疑，尽管人家说在这种情况下首先要做的是相信自己，可他从来也没法儿好好做到这一点。只是由于他的治疗效果连最具疑心的观察者都深信不疑，才使得他不得不承认自己有某种特殊能力。虽然他自己也闹不清楚这种能力是打哪儿来的，不仅难以理解还有些不大靠得住，却让他做出一些连自己也没法儿解释的奇事来。大战结束后，他去维也纳深造，继而又到苏黎世，最后在伦敦安定下来开始他“来路不明”的手艺。

到现在为止，他从事这一行已经十五年了，并且一直在发挥专长，因此久负盛名。人们交相谈论着他那些令人惊叹的成就。尽管他的诊费高昂，还是有很多病人前来就医，忙得他应接不暇。奥德林大夫知道自己取得了一些非凡成就：他让一些人免于自杀；一些人免进疯人院；他减轻了那种让美好生活染上痛苦的忧伤，让一些不幸的婚姻变得幸福起来；他根除一些异常机能，使不少人从可憎的束缚中解脱出来；他还让那些罹患精神疾病的人恢复了神志。尽管他做了这么多了不起的事，但在心灵深处，仍然怀疑自己不过是个江湖庸医。

运用一股他没法儿理解的力量，与他的本性是相悖的。当他没信心的时候却利用病人对他的信任，也违背了他那颗诚实的心。他现在的生活已相当富足，根本不需再工作。而且，这项工作本身也已让他精疲力竭。有那么十好几次，他都想放弃不干了。他熟悉弗洛伊德、荣格还有其他此类人的所有著作，但一点儿也不满意。他私下里确信，他们所有的理论都是骗术。然而，它们的效果虽难以理解，却又显而易见。十五年来，形形色色的病人来到他位于温坡街的诊所，进入光线昏暗的密室。因此，还有什么样的人性是他没看清楚的呢？各种各样奇奇怪怪的事灌入他的耳朵，有时是挺乐意讲出来的，有时含羞带怯，有时欲言又止，有时愤怒不已。他对这些，早已见怪不惊了。再也没有什么事能叫他震惊失色。他现在已经认识到，男人都是谎话连篇，他们是多么虚荣。实际上，他对他们的了解比这还糟呢。但他也明白，自己无权去审判抑或谴责他们。但年复一年，随着这些骇人听闻的秘事透露给他的越来越多，他的脸变得越来越灰白，皱纹越来越深，黯淡无光的眼睛也越来越疲惫不堪。他很少放声大笑。不过，偶尔为了放松，读上一本小说，他还是会微微一笑。难道作者真以为他们所刻画的那些男男女女就是那个样子？真希望这些作家能够知道，那些人实际上是多么复杂，多么让人意想不到，他们的灵魂里存在着怎样不可调和的因素，又深受怎样阴暗而邪恶的念头折磨。

五点四十五分。奥德林大夫回忆起自己经手治疗的种种古怪病例。但这其中，他记不起还有哪例比蒙德拉哥勋爵更奇特的了。首先，这个人的身份、地位就让诊治显得非比寻常。蒙德拉哥勋爵是一位既能干又声名显赫的人。还不到四十岁，就被任命为外交大臣。任职三年后，已可见他的政策行之有效。他被公认为保守党里最能干的政治家。但他的父亲是贵族，一旦父亲去世，他就得继承爵位，无法继续保持下议院的席位。故而，他不可能有朝一日荣任首相。但在当今的明主时代，英国的首相不可能从上议院诞生，蒙德拉哥勋爵继续在下几届保守党执政的内阁里出任外交大臣，并继续长期指导祖国的外交政策，还是毫无障碍的。

蒙德拉哥勋爵有许多优良品质。他富有、智慧又很勤劳，游历过许多国家，能流利地讲好几种外语。从青年时代起，他就专攻外交事务，认真尽责地去了解别国的政治、经济情况。他富有勇气，深具远见卓识，处事果断坚定。无论在讲台还是议会里，他都是个非常出色的演说家，吐字清晰，言辞精辟，还常常带些诙谐。他也是个卓越的辩论家，应答之机敏受到广泛称颂。他仪表堂堂，个子很高，容颜俊俏。虽然秃顶得厉害，还稍微胖了点儿，但这都给他增添了成熟稳重的气质，对他颇为有利。年轻时，他颇富运动才能，曾经在划船比赛中充当牛津大学队的划手，还被视为英国最优秀的射击手之一。二十四岁的时候，他与一个十八岁的姑娘结了婚。这位姑娘的父亲是公爵，母亲则是美国一大笔财产的继承人。他娶的这位妻子既有地位又有财富，他们生了两个儿子。多年来，他俩私下里一直分居，但在公众场合总是共同出席，所以保全了面子。两人都没有什么绯闻事件可以让人说长道短。毋庸置疑，蒙德拉哥勋爵野心勃勃，工作甚为卖力，还得加上他特别忠君爱国这一点，凡是有可能影响到他事业的享乐通通都引诱不了他。不幸的是，他也有很大的缺点。

他是个极严重的势利小人。他父亲如果是这一头衔的头号拥有者，你就不会奇怪他也是那个样子了。如果受封律师或受封制造商、抑或受封酿酒商的儿子过分重视自己的头衔，还可以理解，蒙德拉哥勋爵父亲持有的伯爵封号授自查理二世，祖先首封为男爵则可追溯至玫瑰战争时期。三百年来，这个世袭封号的持有者已与英国最尊贵的家族结成密切同盟。但蒙德拉哥勋爵就像暴发户爱显摆自己的钱财一样，爱显摆自己的地位。他从不放过任何一个向他人炫耀出身的机会，好让人对此印象深刻。当他愿意一展风度时，他就会表现得温文尔雅、彬彬有礼，但只有那些他认为跟自己具有同等地位的人才能一睹他的如此风采。对那些比他低下的人，他就冷冰冰的，十分傲慢。他对待仆人粗暴，肆意辱骂秘书。政府办公室里那些在他连任下工作的下级官员，对他既畏惧又憎恨。他的傲慢已经到了十分可怕的地步。他知道自己比那些与他打交道的大多数人都要聪明得多，而且从来都会毫无顾忌地告知他们这一点。他对人性的弱点毫无容忍之心。他觉得自己生来就是发号施令的，那些期望他听取一下他们的论证或期望听他讲一讲决策理由的人，都让他恼怒、生气。

他还自私自利到了无法估量的地步。他将自己享受到的任何服务都视为他地位和智慧应得的权利，对此不怀丝毫感激。他从未想过自己也该为别人做点儿事。他有许多仇人，他藐视他们。他看不出谁值得他帮助、同情或者怜悯。他没有朋友。上级不信任他，因为他们怀疑他的忠诚度；他在党内不受欢迎，因为他霸道专横，蛮不讲理。

但他的优点又那样突出，爱国精神又那样显著，学识又那样扎实可靠，处理事务又那样能力非凡，他们也就不得不容忍他。让他们能这样做的另一个原因是，有时他也能讨人喜欢。当他和同等地位的人一起时，或当他同国外贵宾、名门佳丽一起而又想征服他们时，也能表现得欢欣愉悦、幽默风趣及温文尔雅。那时，他的举止会叫你想起，他的血管里流着切斯特菲尔德勋爵①同样的血液。他会讲个挺有意思的故事，自然而不做作，通情达理，甚至见解深刻。他那渊博的知识和敏锐的发现会叫你大为震撼。你会觉得他是世间最好的伙伴；你会忘了他昨天还侮辱过你，并且下一天极有可能对你视而不见。

蒙德拉哥勋爵差点儿没能成为奥德林大夫的病人。一位秘书给大夫打来电话说勋爵大人想向大夫咨询一下，如果大夫能在明天上午十点到府邸看视，勋爵大人将会十分高兴。奥德林大夫回答说，他不能到蒙德拉哥勋爵府邸去，但十分愿意约请勋爵后天下午五点钟光临他的诊疗室。秘书接过口信，一会儿又打来电话说，蒙德拉哥勋爵坚持在自己的府邸会见奥德林大夫，诊费随大夫定。奥德林大夫回复说，他只在自己的诊疗室接待病人，并遗憾地表示，除非勋爵准备来访，否则他无法效劳。过了不到一刻钟，又传来一条简短口信：勋爵大人将在明

① 切斯特菲尔德勋爵（1694－1773）：英国政治家、作家。

天而不是后天下午五点来访。

蒙德拉哥勋爵被引进来的时候，并没有直接走入房间，而是站在门口，神情傲慢地上下打量着大夫。奥德林大夫感觉勋爵正在发怒，便默不出声，用那双平静无波的眼睛凝视着他。他看见的是一个大块头男人，个高体胖，头发灰白，前额已经秃顶，眉宇间却因此增添了一丝贵族气息，脸胖胖的，五官端正，线条清晰有力，一副傲慢自大的表情。他有点儿像十八世纪波旁王朝的君主。

“看来见你真跟见首相一样难呐，奥德林大夫。我可是个大忙人。”

“何不坐下说?”大夫说。他的脸上没有任何迹象表明，蒙德拉哥勋爵的话给他造成了什么影响。奥德林大夫在桌旁的一把椅子上坐下。

蒙德拉哥勋爵依然站在那儿，阴郁地皱着眉头。“我想我应该告诉你，我是陛下的外交大臣。”他尖刻地说。

“何不坐下说?”大夫又重复了一遍。

蒙德拉哥勋爵做了一个手势，好像他立马就会转身，昂首阔步地走出房间。但如果那是他的打算，显然，他经过一番思量后又改变了主意，坐了下来。

奥德林大夫打开一个大本子，拿起笔，瞧都没瞧病人就开始写起来。“年龄?”

“四十二。”

“婚否?”

“已婚。”

"结婚多长时间?"

"十八年。"

"有无子女?"

"两个儿子。"

蒙德拉哥勋爵生硬地回答着他的提问，奥德林大夫一一作了记录。然后，他往椅背上一靠，瞧着勋爵。他没有说话，只是严肃地端详着勋爵，浅淡的眼珠一动不动。"你为什么来看我?"他终于问道。

"我听说过你。我知道，克努特夫人是你的病人。她跟我说，经你治疗后，她感觉病好了很多。"

奥德林大夫没有答话，眼睛依然专注地盯着勋爵的脸。但他如此毫无表情，倒会让你觉得他根本就没看见勋爵。"我创造不出什么奇迹。"他终于开口说道。虽然没有笑，但眼里隐约闪过一丝笑意，"即使我创造了奇迹，皇家医学院也不会认可。"

蒙德拉哥勋爵发出一声简短的轻笑，似乎减少了一点儿敌意。他说起话来温和多了，"你可是远近闻名啊，大家似乎都挺信任你。"

"你为什么来找我?"奥德林大夫又重复道。

现在轮到蒙德拉哥勋爵沉默了。他看似很难回答这个问题。奥德林大夫耐心地等着。最后，蒙德拉哥勋爵似乎做了一番努力，开口说道："我很健康。那天不过是依循惯例，让我的私人医生——奥古斯都·菲茨赫伯特爵士给我检查了一下身体。我敢说，你一定听说过他。他告诉我，我的体格跟三十岁的人一样健壮。我工作很努力，但从来不觉得累，我很喜欢我的工作。我很少吸烟，喝酒也很有节制。运动量足够，生活有规律。我完全是一个身心健康的正常人。我早就料到，来这儿向你咨询，你定会觉得我又傻又幼稚。”

奥德林大夫已经察觉出，他必须帮他。“我不知道能为你做点儿什么，但我会尽力的。你感到心烦忧虑吗?”

蒙德拉哥勋爵眉头紧皱。“我所从事的工作非常重要。我奉召作出的决定轻易就可影响到整个国家的福利，甚至全世界的和平。我的判断必须要均衡协调，我的头脑必须保持清醒明晰。这些都是至关重要的。任何可能干扰到我工作有效性的烦恼，我都认为有责任根除它们。”

奥德林大夫的目光一直没离开过勋爵。他看出很多问题，发现在这位病人浮夸自大、傲慢无礼的举止下，隐藏的是他难以驱散的焦虑。

“我叫你好心到这里来一趟，是根据以往的经验我知道，病人在大夫诊疗室昏暗的环境里比在他熟悉的环境里更容易敞开心扉，畅所欲言。”

“这儿可确实够暗的。”蒙德拉哥勋爵尖刻地说。他踌躇着。显而易见，这个很有自信、脑子一向转得很快、做事果断、从来没惊慌失措过的人此时此刻很是局促不安。他笑了笑，好向大夫展示，他很舒适自在，但双眼透露出的焦虑不安却背叛了他。他再次开始说话时，语气里带着不自然的热诚：“一件微不足道的琐事，我都不好意思来打扰你。恐怕你会说，别傻啦，白白浪费我宝贵的时间。”

“即使事情看起来再怎么微不足道，也可能有它存在的重要意义。它们可能是深层的精神错乱的征兆。而且，我的时间完全听你支配。”奥德林大夫的声音低沉而严肃，单调的语气有奇异的镇定作用。蒙德拉哥勋爵终于下定决心坦率直言。

“事实是，我最近总做一些叫人疲惫不堪的梦。我知道，去关注这些梦未免有些蠢，但——唉，坦白地说，它们搞得我神经紧张。”

“你能跟我描述一下这些梦吗？”

蒙德拉哥勋爵笑了。虽然他努力想要笑得无忧无虑，却显得苦涩。“都很荒谬，我都没法儿描述。”

“没关系。”

“好吧。第一个梦是在一个月之前做的。我梦见自己正出席康纳马拉府邸的宴会。那是一个官方宴会，国王和王后都会驾临。所以，当然需要佩戴勋章。我戴上了绶带和星形勋章。我走进一间似乎是衣帽间的屋子。他们脱下我的大衣。那儿有个小个子男人，名叫欧文·格里菲斯，是威尔士议员。实话告诉你，见到他我可真是吃了一惊。他甚为粗俗不堪，我不禁暗自想：‘真是的，莉迪亚·康纳马拉做得太过火了！下一次，她可要邀请些什么人啊？’我觉得他特别古怪地看着我，但我一点儿也没留心他。事实上，我抄了近道，没再看那个粗俗的矮个子，就直接上了楼。我想，你从来没去过康纳马拉府邸吧？”

“从来没有。”

“对，它不是那种你可能去的家庭。那是一个相当俗气的府邸，却有着精美的大理石楼梯，康纳马拉夫妇站在楼梯顶端迎接客人。当我和康纳马拉夫人握手的时候，她吃惊地看着我，然后开始咯咯直笑。我没太在意，她是个非常愚蠢、没教养的女人，行为举止比她被查理二世封为公爵夫人的祖先好不到哪里去。我必须得承认，康纳马拉府邸那几间会客室还挺富丽堂皇。我走进那些房间，跟许多人点头致意，还有握手。接着，我看到德国大使正同一位奥地利大公在聊天。我特别想和他说句话，就走上前去伸出手来。大公看到我的那一刻，就放声大笑起来。我感到深受侮辱，便严厉地上下审视他，但他笑得更厉害了。我正准备尖锐地说他两句，周围突然安静下来。我意识到国王和王后驾临了，就转身背对大公。我朝前走去，却突然发现，我没穿外裤，只穿着丝质短内裤，露着鲜红色的吊袜带。怪不得康纳马拉夫人咯咯直笑；怪不得大公放声大笑！我没法儿说那一刻我感觉是啥滋味——羞辱到了极点。我出了一身冷汗，醒了过来。天呐，你不知道，当我发觉这只是个梦时，我松了多大一口气。”

“这种梦并非很少见。”奥德林大夫说。

“我也觉得如此。但第二天，发生了一件怪异的事。我正在下议院走廊，格里菲斯慢慢从我身旁走过。他故意向下瞧着我的腿，又直直地盯着我的脸瞧。我几乎可以确信，他还眨了眨眼睛。一个荒谬的想法骤然出现在我脑海：昨天晚上他也在那儿，不仅瞧见我丢丑了，现在还在回味。我当然明白这是不可能的，因为那不过是个梦。我冷冷瞪了他一眼，他继续往前走，但咧嘴笑得都快把脑袋笑掉了。”

蒙德拉哥勋爵从口袋里掏出手帕，擦了擦手心的汗。他现在再也不试图掩饰自己的不安了。奥德林大夫的视线一直没离开过他。

“和我说说别的梦吧。”

“第二天晚上做的梦就更为离奇怪异了。我梦见自己在议会。那儿正在进行一场外交事务辩论，不仅全国而且全世界都在极为严肃地关注这场辩论。政府决定改变外交策略，那将会给帝国未来造成极其重大的影响。整个场面具有历史意义。议会大厅当然挤得水泄不通，各国大使都到了，旁听席上也坐满了人。该由我来做当天晚上的重要演讲。一个像我这样的人树敌不少，有很多人恨我年纪轻轻就坐上这样的高爵尊位。说实话，即使最聪明的人在我这个年纪，能有相对默默无闻的一官半职，定然也是心满意足的。因此，我下定决心要让自己的演讲不仅对得起这个历史时刻，还要震得那些诽谤我的人哑口无言。想到全世界都在注意倾听我的发言，我就激动不已。我站了起来。你要是去过议会就会知道，在辩论过程中，那些议员是怎样交头接耳，又是怎样窸窸窣窣地翻弄文件、翻阅报告的。但我一开始讲话，全场就悄无声息了，像坟墓一样死一般的安静。突然，我瞥见那个又讨厌又粗俗的矮个子威尔士议员格里菲斯坐在对面席位上，正冲我吐舌头。我不知道你是否听过歌舞杂耍演出时唱的一首粗俗的歌——《一辆两人骑的自行车》。那是很多年前一首非常流行的歌。为了向格里菲斯表示我对他是完完全全的鄙视，我就开始唱这首歌。第一节我唱得还不错，全场一时惊呆了。等我唱完第一节，对面席位上的议员就喊起来：‘听啊！听啊！’我扬手示意他们安静下来，开始唱第二段。议员们都僵成石头一般，静静地听我唱。我觉得第二段唱得不太好，对此有点儿恼火。我有好听的男中音，决计让他们对我作出公平评判。当我开始唱第三段时，议员们哄然大笑。笑声骤然一发不可收拾，各国大使、贵宾席上的旁听者、女宾席上的女士们、新闻记者全都笑起来了。他们笑得身子乱颤，大喊大叫，捂着肚子，在椅子上打滚儿，人人都不能自已，只有我身后坐在前排席位上的大臣没笑。在那阵难以置信、史无前例的哄然喧嚣中，他们惊呆了，石化一般坐在那里。我朝他们瞥了一眼，突然意识到自己行为的严重性——我把自己变成了全世界的笑柄。我悲惨地意识到，自己不得不引咎辞职。我惊醒过来，发现原来不过是一场梦。”

叙述这个梦时，蒙德拉哥勋爵那自视甚高的作风已荡然无存。讲完后，他脸色惨白，浑身颤抖。但他竭力振作起来，哆嗦的嘴唇勉强露出了笑意。“整件事太不可思议了，我都禁不住觉得好笑。我没再作他想，第二天下午走进议会时，感觉还挺不错。辩论进行得沉闷乏味，但我又不得不到场，并读了些我必须过目的文件。出于某个原因，我碰巧抬起头来看看，便瞧见格里菲斯正在发言。他的威尔士口音让人不快，外表也不讨人喜欢。我想象不出他有什么值得我花费精力去听的。就在我准备继续回到我的文件中去时，他引用了两句《一辆两人骑的自行车》中的歌词。我禁不住瞟向他，瞧见他的眼睛正紧紧盯着我，还咧嘴狞笑，尽是尖刻嘲讽。我微微耸了耸肩。这简直是滑天下之大稽，一个卑贱矮小的威尔士议员竟敢这样瞧着我。我在梦里唱的那首造成灾难性后果的歌，他竟也引用了其中的两句歌词。这种巧合也太怪异了。我又开始读我的文件，但不怕告诉你，我根本没法儿集中精力看下去。我有些困惑不解。欧文·格里菲斯出现在我的第一个梦里，就是康纳马拉府邸的那个梦，事后还给我留下这样一种确切印象——他知道我那次当众出丑的情形。他刚又引用了那两句歌词。难道这纯粹是偶然吗？我自问，有没有可能他正和我做着一样的梦。这想法当然很荒谬，我决定不再去想它。其他人的梦都无聊得让人厌烦。我夫人过去也偶尔做梦，第二天非要详细地向我描述她梦到了什么。可真把我快逼疯了。”

奥德林大夫微微一笑。“你没有惹我厌烦。”

“我再给你讲一个几天之后我做的那个梦。我梦见自己进了莱姆豪斯①一家小酒馆。我这一生从没去过莱姆豪斯，也不认为进入牛津大学后去过小酒馆，但那条街、那个地方就像家里一样舒适而惬意。我走进一个房间——不知道他们管它叫沙龙酒吧还是私人酒吧——那儿有个壁炉，一边还放着一把皮制的大扶手椅，另一边放着一张小沙发；长长的吧台横跨整间屋子，越过吧台可以看到外面的公众酒吧区。门边有一张大理石面的圆桌，桌旁还有两把扶手椅。那是一个星期六的晚上，酒吧里挤满了人。灯光很亮，但烟雾浓厚，熏得我眼睛疼。我穿得像个粗汉，头戴便帽，脖子上围着一条手绢。我觉得大多数人都喝醉了，挺有趣。有一台留声机，抑或无线电广播——我

① 莱姆豪斯：伦敦东部区名，旧时为华人聚居区，以贫穷肮脏而著名。

不知道到底是哪个，正在播放着音乐。壁炉前两个女人正跳着一支奇怪可笑的舞。一小撮人围着她俩又是笑，又是欢呼，又是唱。我走上前去瞧了瞧，一个人对我说：‘喝一杯吧，比尔?’桌上的酒杯里满是一种黑乎乎的液体。我知道，那叫黑啤酒。他递给我一杯，我不想引人注目，就喝了。正在跳舞的一个女人甩掉别人，抓住那杯子。‘喂，这是什么意思?’她说，‘你喝的是我的酒。’‘噢，对不起。’我说，‘是这位先生递给我的。我还以为是他的呢。’‘没关系，伙计。’她说，‘我不介意。来和我跳支舞吧。’我还没来得及拒绝，她已搂住我，两个人就这样跳了起来。接着，我发现自己坐在扶手椅上，那个女人则坐在我的大腿上，我们正共享一杯啤酒。我该向你说明，性这玩意儿从来没在我生活中占过重要地位。我之所以结婚早，一方面是因为处在我那个地位，结婚才叫人满意放心，另一方面是因为可以一劳永逸地解决性这个问题。我打算要两个儿子，如今也生了两个儿子，便把这事一股脑儿全抛到一边去了。我总是忙得不可开交，根本没工夫多想那事。像我这样经常生活在公众视线中的人，要做出任何可能引发丑闻的事那真是疯了。一个政治家所能拥有的最为宝贵的财富，就是在女人这事上能有一份无可指责的清白记录。我不能容忍那种为了女人而毁掉事业的人，我对他们只有鄙视。那个坐在我腿上的女人喝醉了，她既不漂亮也不年轻。事实上，她只是个邋里邋遢的老婊子。她让我作呕，但当她把嘴凑上来亲我时，尽管一嘴臭烘烘的啤酒味，牙也烂了，尽管我厌恶这样的自己，但我还是想要她——全心全意想要她。突然，我听到一个声音：‘这就对了，老小子！尽兴享受吧。’我抬头一看，竟是欧文·格里菲斯。我努力从椅子上跳起来，但那个可怕的娘们儿不让我动弹。‘别理他！’她说，‘他就是那种爱管闲事的人。’‘你继续。’他说，‘我知道莫尔。她会叫你花的这份钱很值当的。’你知道，让他看到我那样荒唐还不够多么惹恼我，叫我大为光火的是，他居然敢叫我‘老小子’。我推开那个女人，站起身，直视着他。‘我不认识你，也不想认识你。’我说。‘我可认识你。’他说，‘奉劝你一句，莫尔！可要确保把钱收到，这家伙只要有机会就赖账。’近旁桌上有个啤酒瓶，我二话没说，拎起瓶颈就朝他脑袋死命砸了过去。我的动作如此暴力和凶猛，一下子把我吓醒了。”

“这种梦并不难理解。”奥德林大夫说，“这是人的复仇本性在人品无可指摘的人身上所起的反应。”

“这事听着挺愚蠢，但我还没告诉你我为什么要讲这个梦。我告诉你这个梦，是因为第二天发生了一件怪事。我急需查点儿东西，就去了议会图书馆。我找到那本书，开始读起来。坐下来的时候没注意格里菲斯就在我旁边的一把椅子上。另一名工党议员走进来，上前跟他打招呼。‘哈啰，欧文。’他对他说，‘你今天看起来状态很不好啊。’‘我头疼得要命。’他答道，‘我感觉好像有人拿瓶子砸裂了脑袋。’”现在，蒙德拉哥勋爵的脸痛苦得都快变成灰白色了。“我过去有一种想法，后来因为觉得荒诞可笑而没再理会。现在我才知道，那想法是真的。我知道格里菲斯和我在做同样的梦，他也像我一样记得清清楚楚。”

“这没准儿还是巧合。”

“他说话并没冲着他的朋友，而是故意冲着我。他看着我，面色阴郁沉闷，满是怨恨。”

“你能不能提供一些迹象就此解释一下，为什么这个人一再出现在你的梦里？”

“没啥迹象。”

奥德林大夫的目光一直没离开过病人的脸，他看得出来，对方在撒谎。他手上有支笔，便在吸墨纸上画了一两道弯弯曲曲的线。要让人说出真相，总要花费很长一段时间。但他们也知道，除非他们一五一十讲出来，否则大夫也无能为力。

“你刚才向我讲述的梦是三周前做的。后来还有做吗？”

“天天晚上都做。”

“那个格里菲斯每次都出现吗？”

“是的。”

大夫在吸墨纸上画出了更多的线。他想要用这种沉寂、单调乏味以及小房间里的阴暗光线，对蒙德拉哥勋爵的感觉产生影响。蒙德拉哥勋爵往椅后一靠，扭头避开大夫严肃的目光。

“奥德林大夫，你必须帮我做点儿什么。我已经忍无可忍了。再这样下去，我会疯的。我害怕睡觉。我已经有两三个晚上没合眼了。我坐着看书，一犯困就披上外套去散步，直到精疲力竭为止。可我必须睡啊。我所做的工作要求我精神高度集中，我必须完全掌控自己的每一个机能。我需要休息，可睡眠让我丝毫得不到休息。我一睡就做梦，那个粗俗的小无赖总在那儿冲我咧嘴笑，嘲弄我，鄙视我。这简直是一种恐怖的迫害。我跟你说，大夫，我不是梦中那样的人，用梦中那些情况来判断我是极为不公的。随便你问哪个人，我是一个诚实、耿直、正派的人。无论在私生活还是公事上，我的人品都没人能指责什么。我唯一的追求就是为祖国服务，让它保持伟大。我有钱，有地位，那些对不及我的人的种种诱惑在我这里根本毫无作用。因此，廉洁奉公对我来说算不得什么可称颂的事。但有一点我还是可以自豪地宣称，没有任何一种荣誉、任何一种个人利益、任何一丝为自己着想的念头能引诱我背离自己的职责一点点。我牺牲了一切，才成就现在的我。成为伟人是我的终极目标，它现在已近在咫尺，唾手可得，我却开始丧失勇气。我不是那个可怕的矮个子所看到的那种卑劣可鄙、懦弱好色的家伙。我做的那些梦，已经向你讲述了三个。它们代表不了什么，纯属滑稽。那个家伙看到我做出一些如此让人厌恶、如此可怕而又如此可耻的事——即使我命悬一线，也不会说出这些事的，他却记得清清楚楚。我简直不敢面对我在他眼里看到的嘲笑和厌恶，我甚至连辩解都变得犹犹豫豫。我知道，我的话对他来说什么都不是，不过是彻头彻尾的骗人鬼话。他看见我干的那些事——但凡有点儿自尊的人都不会干，干了就会被撵出同辈的社交圈，并被判处长期监禁；他听见我说的那些下流话；他看到的我不仅荒唐可笑，还令人作呕。他鄙视我，并对此毫不掩饰。我告诉你，你要是没办法帮帮我，我不是自杀，就是把他杀了。”

“我要是你，就不会杀他。”奥德林大夫用他颇为抚慰人心的声音冷静地说，“在咱们这个国家，杀死同胞的后果是非常尴尬的。”

“我不会因此被绞死，如果你说的是这个意思。谁会知道是我杀了他呢？我做的梦已经向我展示清楚该如何操作了。我已经告诉过你，就在我拿啤酒瓶砸他脑袋的第二天，他就头疼得厉害，连看都看不清楚了。这是他自己说的。这说明梦中他的身体遭受何种待遇，醒来后也一样有感觉。下次我再打他就不会用啤酒瓶了。哪天晚上我再做梦的时候，就会发现手里有把刀或口袋里有把手枪。一定会这样的，因为我太想要了。那时，我就会抓住机会，像杀猪一样捅了他，像开枪射狗一样毙了他——正中心窝！然后，我就会从此摆脱掉这残酷的迫害。”

有些人兴许会觉得蒙德拉哥勋爵疯了，但这么多年给人治疗精神疾病的奥德林大夫知道，我们称之为神志正常的人和我们称之为神经错乱的人之间，界限是多么细微的一条线啊。他知道，那些从外表各方面看来都很健康正常的人看似没什么痴心妄想，在履行日常生活的职责上不仅能给他们自己增光添彩，还会对身边朋友益处多多。但当你获得他们的信任，撕去他们戴给世人看的面具时就会发现，他们不仅变态得厉害，而且满脑子荒诞怪想，内心的奢望到了如此不可思议的地步，以致从这方面来讲你只好叫他们疯子。你要是把他们都送进疯人院，全世界的疯人院加起来恐怕都还不够大。不管怎样，一个人不能因为做怪梦而这些怪梦又严重损害了他的神经，就被确诊为疯子。这个病例很奇特，但在奥德林大夫的观察下，也不过是其他病例的夸大表现而已。然而，他也不太确定过去凑效的治疗方法这次是否还能见效。“你向其他大夫咨询过吗?”他问。

“只咨询过奥古斯塔斯爵士。我只告诉他，我深受噩梦困扰。他说我工作劳累过度，建议我去度假巡游。真是荒谬！我现在可离不开外交部，眼下国际形势正需要我密切关注，没我不行。这点我可清楚得很。我的整个前途全取决于现在这个节骨眼上我的一举一动。他给我开了镇静药，但毫无作用。又给我开了补药，非但没什么作用，还让我变得更糟。他就是个老傻蛋。”

“你能解释一下为什么那个人总是出现在你的梦里吗?”

“你之前问过我这个问题，我已经回答了。”

确实如此。但奥德林大夫对那个回答不满意。“刚才你谈到迫害，为什么欧文·格里菲斯想要迫害你?”

“我不知道。”蒙德拉哥勋爵的目光略微移了移。

奥德林大夫确信他没说实话，“你伤害过他吗?”

“从来没有。”蒙德拉哥勋爵一动没动。

但奥德林大夫却有一种奇怪的感觉，觉得勋爵好像缩成了一团。他面前这个傲慢的大块头给人的印象是，向他提出这个问题对他是一种侮辱。尽管如此，假象背后是一种躲躲闪闪、惊慌失措的神情。那样子让你想到一只落入陷阱的吓坏了的猎物。奥德林大夫身子前倾，以双眼的威力迫使蒙德拉哥勋爵直视它们。“你确定?”

“非常确定。你看似还不明白，我们两人是各走各的路。我也不想一再絮叨这件事，但我必须得提醒你，我是王国政府的大臣，格里菲斯不过是工党一名默默无闻的小议员。自然，我们两人之间没有任何社会交集。他出身十分低微，是那种我去任何一座府邸都不可能遇到的人。政治上，我们两人的地位相差悬殊，根本不可能有任何共同之处。”

“除非你告诉我事情整个真相，否则我什么也帮不了你。”

蒙德拉哥勋爵扬起眉毛，声音焦躁刺耳：“我不习惯别人质疑我的话，奥德林大夫。如果你非要那样做，我觉得再占用你的时间纯粹等于白白浪费我的时间。请告知我的秘书你的诊疗费，他会给你寄来一张支票。”

从奥德林大夫脸上的所有表情来看，你兴许会觉得，他根本就没听见蒙德拉哥勋爵说了些什么。他依然沉着冷静地盯着对方的眼睛，声音严肃而低沉：“你有没有对这个人做过他认为受到了伤害的事？”

蒙德拉哥勋爵犹豫不决。他移开视线。接着，好像由于奥德林大夫眼里有某种他没法儿抵抗的强制力量，只好又把视线转了回来。他阴沉恼怒地答道：“只要他是个肮脏下流的卑鄙无赖，我就会攻击他。”

“但这正是你刚才描述他的样子。”

蒙德拉哥勋爵一声叹息，败下阵来。奥德林大夫知道，这声叹息意味着他终于要说出一直藏藏掖掖的事了。现在，他已经不再坚持。大夫垂下眼睛，又开始在吸墨纸上画着模糊不清的几何图形。沉默持续了两三分钟。

“我急于告诉你一切可能对你有所用处的事。我方才没提到下面要说的，只是因为我觉得它无关紧要，看不出它能和病情有什么关系。格里菲斯在上次选举中赢得一个席位，他几乎立刻开始惹人讨厌。他老爹是个矿工，他小时候也在矿上干过；他当过寄宿学校的校长，还干过记者。他是义务教育从工人阶级中培养出来的那种半瓶子醋、自负逞能的知识分子，学识浅薄，考虑欠妥，计划不切实际。他骨瘦如柴，脸色灰白，一副饿得半死的样儿，从来邋里邋遢——天晓得当今的议员怎么都不注意服饰，他那身打扮简直是对议会庄严的一种侮辱。他那寒酸相可相当扎眼啊！衣领压根就没干净过，领带从来没有打得像样的时候；他看起来就好像一个月没洗澡似的，两只手脏得简直不堪入目。工党前排议席上有两三个议员还是有点儿本事的，但余下的都不怎么样。在尽是瞎子的王国，独眼就成王。由于格里菲斯是个油嘴滑舌的家伙，再加上他对许多话题有着诸多凡才浅识，他那边负责组织工作的议员们一有机会就推举他发言。似乎他还真将自己想象成外交专家了，没完没了地向我提一些叫人厌烦的蠢问题。不瞒你说，我打定主意狠狠奚落他一顿。我觉得，这可完全是他咎由自取。从一开始，我就讨厌他说话的方式，嗓子里发出哼哼唧唧的声音，口音粗俗；他那种神经质的怪癖尤其叫我恼火。他说起话来含羞带怯，犹犹豫豫。好像讲话是一种折磨，可又受内心某种激情驱使非说不可，因此经常说些叫人尴尬不安的话。我承认，他偶尔也有激昂慷慨、流利顺畅的辩论口才。这对他那个党的议员缺乏系统条理的思想，产生了一定影响。他们对他的诚挚认真钦佩不已；而不像我那样，对他的感情用事感到作呕。政治辩论中适当煽情也是常有的事。国家都是为自身利益所支配的，工党却宁愿相信，他们的目标是利他主义的。政治家如果能用甜言蜜语说服选民，让他们相信他现在为国家利益所进行的艰苦谈判是造福整个人类的，也还是情有可原的。但像格里菲斯这类人所犯的错误在于，纯粹只是投机取巧地利用甜言蜜语的表面价值。他就是个奇葩，一个令人讨厌的奇葩。他还自己美其名曰：‘理想主义者’。他满嘴胡说八道，冗长乏味。那些知识分子用这些话不知烦了我们多少年了：什么不抵抗主义，什么人类皆兄弟——你知道，都是些不可救药的废话。最糟糕的是，这些话不仅被他的政党推崇备至，竟然动摇了我们党内那些头脑不大灵光、有些稀里糊涂的议员。我听说外面谣传，一旦工党执政，格里菲斯就有可能在政府办公室任职；我甚至听人暗示，他可能就职外交部哩。这虽然荒唐可笑，但并非不可能。有一天，格里菲斯就外交事务展开一场辩论，我趁机把它搞得更加紧张激烈。他做了一个小时的发言。我觉得，这是彻底干掉他的好机会。上帝为证，先生，我确实做到了。我把他驳得体无完肤。我指出他论证上的错误，强调他知识欠缺。在下议院里，最具摧毁性的武器就是嘲讽：我嘲弄他，我讥笑他。我那天状态甚佳，议员们笑得前仰后合。他们的笑声使我更兴奋，我那天可是发挥得淋漓尽致。反对党坐在那里，面色阴沉，一言不发。其中也有人忍不住跟着笑了一两回。你知道，看到一位同僚或许还是竞争对手被人嘲笑愚弄，并不那么难受。要说有谁曾被当作傻瓜一样受人嘲笑愚弄，我可是让格里菲斯尝尽了滋味。他瘫在椅子上，缩成一团。我看到他脸色苍白，不一会儿就用手捂住了脸。等我坐下来的时候，已经彻底把他逼入死境。我把他的声誉永远地毁掉了。即使工党执政，他就职政府办公室的几率也不会比一个看门警卫高。我事后听说，他的父亲——那个老矿工，还有他的母亲，以及他那个选区形形色色的支持者都从威尔士专程赶来，意在观看一场胜利——一场他们指望他会胜出的胜利。然而，他们看到的却是他的奇耻大辱。他当初只以微弱优势赢得选区席位。这次变故很可能轻易地就让他丢掉席位。但这与我何干。”

“如果我说你毁掉了他的职业生涯，你会不会觉得这话太重了？”奥德林大夫问。

“我觉得你不该这么说。”

“这个对他是一种很严重的伤害呢。”

“他自找的。”

“你难道对此没感到一点儿良心上的谴责吗？”

“我想，如果我事先知道他父母在场，或许会稍微留点儿情。”

奥德林大夫没什么好再说的了，他准备用一种他认为兴许会有效的方法来治疗这位病人。他试着用暗示的方式，让病人在醒着时忘掉他的那些梦；他试着让病人进入深度睡眠，好不再做梦。他发现，蒙德拉哥勋爵的抵抗简直无法攻破。一个小时后，他打发病人走了。

自那之后，他见蒙德拉哥勋爵的次数已有半打之多。他没能让病人的状况获得任何改善。噩梦继续夜夜折磨这个不幸的人。很明显，他的整体健康状况越来越差。他精疲力竭，易怒到没法儿控制。蒙德拉哥勋爵十分生气，因为他没能从治疗中获得任何益处，但还是坚持治疗。不仅因为治疗似乎是他目前唯一的希望，还因为能和人直言不讳地谈谈心对他来说，也不失为一种减轻折磨的办法。

奥德林大夫最后得出结论：现在，只剩下一个办法可以使蒙德拉哥勋爵得到解救。但他对勋爵了解得十分清楚，确信若按勋爵的意愿，他绝不会采纳那种办法。蒙德拉哥勋爵正面临精神崩溃的威胁。要想从这种威胁中解脱出来，就必须被引导着采取一种措施。而这种措施，又与他自负出身的骄傲态度和自鸣得意的自我认知相抵触。奥德林大夫确信，不能再拖延下去了。他采取暗示的方法治疗他的病人。经过几次面见诊治后发现，勋爵越来越容易受暗示影响。最后，他终于设法让勋爵进入一种昏昏欲睡的状态。他用那低沉、柔和而单调的声音来安抚勋爵受尽折磨的神经。他不断地重复着几句话。蒙德拉哥勋爵安静地躺在那儿，眼睛紧闭，呼吸均匀，四肢放松。然后，奥德林大夫以同样安静的语调说出他早就准备好的话。

“你会去欧文·格里菲斯那里跟他说，你对给他造成的巨大伤害感到非常对不起。你会说，你将尽一切力量来弥补你对他造成的伤害。”

这两句话对蒙德拉哥勋爵所起的作用，就像鞭子抽在他脸上一样。他剧烈地摇晃着身子，从那种催眠的状态中一跃而起，双眼中的怒火熊熊燃烧，劈头盖脸地朝奥德林大夫肆意辱骂起来。那一连串的怒骂之词，甚至连他自己都没听过。他骂他，诅咒他。勋爵骂出的那些猥亵之词，叫大夫也大吃了一惊。要知道，奥德林大夫听过各种各样的骂人脏话，有时还出自高雅的贵妇之嘴呢。而现在，勋爵竟也知道这些词，叫大夫如何不吃惊。

“向那个肮脏的威尔士兔崽子道歉?！那我宁可自杀。”

“我相信，这是你重获精神和谐的唯一办法。”

一个神志还算清醒的人竟处在这样一种无法控制的暴怒中——这种情形，就连奥德林大夫也不常见。他的脸涨得通红，眼珠子都凸了出来，唾沫横飞。奥德林大夫冷静地看着他，等待这场风暴自行平息。没过多大会儿，他就看见，蒙德拉哥勋爵因为连续数周都处于神经紧张状态而身心虚弱，很快就精疲力竭了。

“坐下。”他说道，语气甚为严厉。

蒙德拉哥勋爵跌坐在椅子上，一蹶不振。“主啊，我疲乏到极点了。我必须休息一会儿，然后就走。”

或许有整整五分钟，他俩静坐在完全的沉默中。蒙德拉哥勋爵是个恶徒，一个横行霸道的恶棍，但他也是位绅士。等他打破沉默时，已恢复自制力。

“恐怕刚才我对你太无礼了。我对自己向你说的那些话感到羞耻。我只能说，如果你拒绝继续治疗，那也在情理之中。可我不希望你那么做，我觉得来此面诊，确实对我有些帮助。我认为，你是我唯一的机会了。”

“不必再想你方才说了什么。那些都无关紧要。”

“但有一件事你绝不能要求我去做，那就是向格里菲斯道歉。”

“我对你的病情想了很多，不能说我对它已很是了解，但我相信唯一能解救你的办法，就是按照我刚才建议的那样去做。我一直有一种想法，认为我们每个人都不是只有一个自我，而是有很多个自我。就你来说，其中一个自我已经站起来反抗你对格里菲斯造成的伤害，并且以格里菲斯的形象出现在你脑海中，好惩罚你对格里菲斯的残忍行径。我如果是一位神父，就会告诉你，正是你的良心采用了那个人的形态和容貌痛斥你去悔改，劝说你去弥补。”

“我的良心清白无辜。我要是毁了那个人的事业和前途，那也不是我的错。我踩死他就像踩死我花园里的一条鼻涕虫，我有什么好后悔的。”蒙德拉哥勋爵说完这几句话，就走了。

等候病人时，奥德林大夫一边翻阅笔记，一边思考。既然他往常的种种治疗方法在此均告失败，他该怎样才能使病人在思想上接受他认为唯一还能解救他的办法。

他瞥了一眼钟表——六点整。蒙德拉哥勋爵竟然还没来。这可真奇怪。他知道，勋爵是打算来的。今早他的秘书还打来电话说，勋爵会像往常那样准时前来。他一定是因工作上的紧急事情，脱不开身了。这个想法让奥德林大夫又想起一些别的事。蒙德拉哥勋爵现在很不适宜工作，绝不适宜处理重要的国家大事。奥德林大夫琢磨着，自己是否理所应当同一位当权人士取得联系——首相或常务外交次官都行，告诉他自己的确切想法——蒙德拉哥勋爵的精神状态很不稳定，把重大外交事务交到他手里是极其危险的。但这件事办起来比较棘手，可能招来不必要的麻烦，甚至被严厉斥责一顿，白白浪费精力。奥德林大夫耸了耸肩。“毕竟，”他思索着，“过去这二十五年里，政治家已经将世界搞得一团糟了。他们疯也好，正常也好，我想局势也不会因此有多大改变。”他拉响铃铛，“如果蒙德拉哥勋爵来了，你告诉他，我六点十五分还有别的约诊，恐怕不能接待他了。”

“好的，先生。”

“晚报来了吗?”

“我去看看。”

一会儿后，仆人就把报纸拿来了。头版横跨着一个大字标题：外交大臣惨死。

“我的天啊!”奥德林大夫惊叫起来。

平生第一次，他失去了惯常的镇定，感到痛苦难受。他感到震惊，非常震惊，但一点儿也不觉得奇怪。蒙德拉哥勋爵可能会自杀的想法已经在他头脑里出现过好多次了，大夫认为勋爵的惨死一定是自杀无疑了。报纸说，勋爵在地铁站等车。他站在月台边沿，车一驶进来，就见他倒落在铁轨上。据推测，勋爵可能是突然昏厥了。报纸接着说，蒙德拉哥勋爵近几周一直因工作过度劳累而身感不适，但因外交局势需要他不懈关注，他觉得不能因此卸下重任。一些政治人物在当今政治局势中扮演着非常重要的角色，也因此担负着巨大压力——蒙德拉哥勋爵就是这种重压下的又一牺牲者。另有一小段优雅的文字称颂这位已故政治家的才干、勤勉、爱国精神和政治远见。紧接着，是对首相将如何选择继任者的种种猜测。

奥德林大夫把相关内容都浏览了一遍。他并不喜欢蒙德拉哥勋爵。勋爵的死在他心里激荡起的感情主要还是对自己的不满意，因为他对勋爵的病到底还是无能为力。

或许，他在没和蒙德拉哥勋爵的私人医生取得联系这件事上做错了，他感到灰心丧气。每逢他凭着良心认真尽责地为病人治疗却最后以失败告终时，他都会感到灰心丧气。这个时候，他就会对自己以此为生的江湖医术理论和实践很反感。他与之打交道的那些力量阴暗而神秘，或许超出了人类思想之力能够理解的范围。他就像一个双眼被蒙住的人，试图摸索着前进，但他自己也不知身在何处，去往何处。

他无精打采地翻阅报纸，突然又很是震惊了一下，嘴里不由得再次发出一声惊呼。他的视线落在靠近一栏底端的一小段文字上。一名议员暴卒——他看到了这个标题。欧文·格里菲斯先生，哪哪的议员，午后在弗利特街突然发病，被送到查令十字医院时发现已亡。据推测是自然死亡，但将会验尸。

奥德林大夫简直不敢相信自己的眼睛。难道真有这种可能——蒙德拉哥勋爵前一夜终于在梦中掌握了他一直想要的武器，刀或者枪，就把折磨他的那个人杀了。如同上次梦中他用酒瓶砸向折磨者的脑袋，使他第二天头痛难忍一样，这次他在梦中施行的诡异谋杀几小时后也在醒着的大仇人身上起了作用？或者比这更神秘，更可怕！难道蒙德拉哥勋爵从死亡中求得解脱，而他的大仇敌，因为被如此残忍地冤枉而怒火未息，也就不惜一死，直追他到另一个世界，继续在那儿折磨他？这可太诡异了。理智的看法是，将这一切仅仅视为一种怪异的巧合。

奥德林大夫拉响铃铛。“告诉密尔顿夫人，我很抱歉今晚不能接待她。我不大舒服。”

的确如此，他浑身直哆嗦，像患了疟疾一样。凭借某种精神上的感觉，他似乎看到一片阴冷荒凉、可怕恐怖的虚空。精神世界的茫茫黑夜吞没了他，他感到一种奇怪而亘古持久的恐惧。而究竟恐惧什么，他也一无所知。